SÉRIE NOIRE

Collection créée par Marcel Duhamel

JO NESBØ

DE LA JALOUSIE

TRADUIT DU NORVÉGIEN
PAR CÉLINE ROMAND-MONNIER

nrf

GALLIMARD

Cet ouvrage a été publié avec le concours
de Marie-Caroline Aubert.

Cette traduction a été publiée avec le soutien
financier de NORLA.

Titre original :
SJALUSIMANNEN OG ANDRE FORTELLINGER

Oh ! Prenez garde, monseigneur, à la jalousie ! C'est le monstre aux yeux verts qui produit l'aliment dont il se nourrit !

WILLIAM SHAKESPEARE, *Othello*
Acte III, scène 3

LONDRES

Je n'ai pas peur en avion. Statistiquement, le risque de mourir dans un crash est de un sur onze millions. Autrement dit, la probabilité de succomber à un infarctus sur son siège est huit fois plus élevée.

J'ai attendu que l'avion décolle et atteigne son altitude de croisière pour me pencher vers la femme qui sanglotait convulsivement côté hublot et lui présenter ces statistiques, d'une voix basse que j'espérais rassurante.

« Mais, naturellement, les statistiques sont bien peu de chose quand on a peur, ai-je ajouté. Je peux le dire parce que je sais exactement ce que vous ressentez. »

Alors que tu avais jusqu'à présent gardé les yeux rivés au hublot, tu t'es retournée doucement et tu m'as regardé, comme si tu t'apercevais seulement à cet instant que le siège voisin était occupé. Le truc en classe affaires, c'est que les centimètres supplémentaires entre les sièges font que, avec un petit effort de concentration, on peut réussir à s'imaginer qu'on est seul. Il est d'ailleurs communément admis que, pour éviter de rompre cette illusion, on ne s'adresse pas la parole au-delà de brèves phrases de politesse et de ce qui pourrait se révéler nécessaire d'un point de vue pratique (« Cela ne vous ennuie pas que j'occulte le hublot ? »). L'espace supplémentaire pour les jambes permet de passer l'un devant l'autre sans avoir à coordonner ses mouvements, quand on veut aller aux toilettes, accéder aux coffres à bagages et ainsi de suite ; il est en général parfaitement possible de s'ignorer totalement, quand bien même le voyage durerait une demi-journée.

J'ai interprété l'expression de ton visage comme une certaine surprise de me voir enfreindre la règle numéro un de la classe affaires. Quelque chose dans l'élégance décontractée de ta tenue – un pantalon et un pull aux couleurs que je ne percevais pas comme assorties, mais qui l'étaient probablement, étant donné la personne qui les portait – me disait que tu n'avais pas voyagé en classe éco depuis un certain temps, si tant est que tu l'aies jamais fait. Mais tout de même, tu pleurais, alors n'était-ce pas toi qui avais mis à mal ce cloisonnement tacite ? D'un autre côté, tu pleurais détournée de moi, montrant clairement que tu ne souhaitais pas partager cela avec tes compagnons de voyage.

Toutefois, m'abstenir de te dire quelques mots de réconfort aurait confiné à la froideur, donc je ne pouvais qu'espérer que tu comprendrais mon dilemme.

Ton visage était pâle, éploré, et cependant d'une beauté

étonnante, elfique. À moins que ce n'ait été cette pâleur, ces larmes, justement, qui l'aient rendu si sublime ? J'ai toujours eu un faible pour le frêle, le vulnérable. Je t'ai tendu la serviette que l'hôtesse avait posée sous nos verres avant le décollage.

Tu as dit « Merci beaucoup » en te forçant à sourire, avant de prendre la serviette et d'estomper le mascara qui coulait sous ton œil. « Mais je ne crois pas. »

Et puis tu t'es retournée, tu as collé le front contre le plexiglas, comme pour te cacher, et de nouveau ton corps a été secoué de sanglots. Tu ne croyais pas quoi ? Que je savais ce que tu ressentais ? Quoi qu'il en soit, j'avais fait ce qu'il fallait, et j'allais bien sûr te laisser à tes affaires. J'allais regarder une moitié de film et essayer ensuite de dormir, même si je n'escomptais pas plus d'une heure de sommeil, je parviens rarement à dormir, quelle que soit la longueur du vol, a fortiori quand je sais que je devrais me reposer. Je n'allais rester que six heures à Londres, avant de rentrer à New York.

Le voyant de bouclage des ceintures s'est éteint, une hôtesse a fait un tour dans la cabine, versé de l'eau dans nos verres vides sur le robuste accoudoir entre nous. Le commandant de bord nous avait informés que le vol entre New York et Londres durerait cinq heures dix. Autour de nous, certains avaient déjà incliné leurs dossiers et remonté leurs couvertures, d'autres avaient le visage éclairé par des écrans, ils attendaient le repas que j'avais décliné, comme toi, quand l'hôtesse avait circulé avec le menu avant le décollage. J'avais en revanche eu le plaisir de trouver un film dans la catégorie « Classics », *L'inconnu du Nord-Express*, et je m'apprêtais à mettre mon casque quand j'ai entendu ta voix : « C'est mon mari. »

Le casque à la main, je me suis tourné vers toi.

Le mascara s'étalait en un grimage théâtral autour de tes yeux. « Il me trompe avec ma meilleure amie. »

Je ne sais pas si tu as perçu qu'il était légèrement singulier de continuer d'évoquer cette personne comme ta meilleure amie, mais je n'avais pas l'intention de rectifier, pour formuler les choses ainsi.

« Je suis navré, ai-je répondu. Je ne voulais pas me mêler de…

— Ne vous excusez pas, c'est bien que des gens se préoccupent des autres. C'est trop rare. Nous sommes si terrifiés par tout ce qui est bouleversant, triste.

— Vous n'avez sans doute pas tort sur ce point, ai-je dit, ne sachant pas si je devais reposer mon casque ou non.

— Je parie qu'ils couchent ensemble en ce moment même. Robert est perpétuellement en rut. Et Melissa aussi. Ils baisent dans mes draps en soie à cet instant précis. »

Par réflexe, mon cerveau s'est fait une image d'un couple de trentenaires, lui gagnant l'argent, beaucoup, et toi choisissant les draps. Nos cerveaux sont des spécialistes du stéréotype. Parfois ils se trompent. Parfois ils ont raison.

« Ça doit être affreux, ai-je dit, avec une intonation moyennement dramatique.

— Je veux mourir. Donc vous vous trompez en ce qui concerne l'avion. J'espère qu'il va s'écraser.

— Mais il me reste tant à faire », ai-je répondu en affichant une mine soucieuse.

Pendant une seconde, tu t'es contentée de me dévisager. C'était peut-être une mauvaise blague, en tout cas, un peu trop insolente, et avec un timing déplorable, vu la situation. Tu venais tout de même de dire que tu voulais mourir, qui plus est en invoquant un motif plausible. De deux choses l'une, on pouvait percevoir ma plaisanterie comme inconvenante et insensible ou considérer qu'elle apportait un dérivatif salutaire à l'indiscutablement funeste. Du *comic relief**, comme on dit, du moins quand l'effet est obtenu. Quoi qu'il en soit, je regrettais ma boutade ; je retenais mon souffle, même. Et puis tu as souri. Ce n'était qu'un friselis à la surface d'une flaque de boue, disparu aussitôt, mais je respirais à nouveau.

« Rassurez-vous, as-tu murmuré. Il n'y a que moi qui vais mourir. »

---

* L'auteur utilise des termes anglais dans la version originale. L'édition française suit cet usage. Les termes concernés sont en italique dans le texte. *(N.d.É.)*

Je t'ai observée d'un air interrogateur, mais tu as évité le contact visuel, ton regard m'a dépassé pour se perdre dans la cabine.

« Ils ont un nourrisson, là-bas, au deuxième rang, as-tu dit. Un enfant qui va peut-être hurler à pleins poumons pendant toute la nuit, en classe affaires, qu'en pensez-vous ?

— Qu'est-on censé en penser ?

— On est censé en penser ceci : les parents devraient comprendre que les gens qui ont payé plus cher pour être placés ici l'ont fait parce qu'ils ont besoin de dormir, ils vont peut-être se rendre directement à une réunion ou au travail demain matin.

— Moui. Dans la mesure où la compagnie aérienne autorise les nourrissons en classe affaires, on ne peut pas s'attendre à ce que les parents n'en profitent pas.

— Alors la compagnie devrait être condamnée pour abus de confiance. » Tu as délicatement tamponné ton autre paupière inférieure, tu avais troqué la serviette que je t'avais donnée contre un kleenex que tu avais sur toi. « Elle fait sa publicité pour la classe affaires en montrant des passagers qui dorment paisiblement.

— Elle sera sanctionnée à terme, puisque nous ne serons pas prêts à payer pour quelque chose que nous n'obtenons pas.

— Mais pourquoi le font-ils ?

— Les parents ou les gens de la compagnie ?

— Les parents, je comprends, ils ont plus d'argent que

de décence. Mais la compagnie aérienne doit perdre de l'argent avec la dégradation de son produit, non ?

— Elle perdrait aussi des points de réputation si elle se faisait épingler comme peu bienveillante envers les enfants.

— Les enfants se moquent bien d'être en affaires ou en éco pour hurler.

— Vous avez raison, je voulais dire peu accueillante vis-à-vis des jeunes parents. » J'ai souri. « Les compagnies aériennes craignent sans doute qu'on y voie une forme de ségrégation. Bien sûr, le problème pourrait être résolu en exilant ceux qui pleurent en classe éco et en attribuant leur place à une personne munie d'un billet bon marché mais souriante et moins émotionnellement instable. »

Ton rire était doux et attirant, et cette fois il a eu le temps de monter jusqu'à ton regard. On a tôt fait de trouver incompréhensible – c'était mon cas – que quelqu'un puisse être infidèle à une femme aussi belle que toi, mais c'est pourtant ce qui se passe. Ce n'est pas une question de beauté extérieure. Ni intérieure, d'ailleurs.

« Qu'est-ce que vous faites dans la vie ? m'as-tu demandé.

— Je suis psychologue, je fais de la recherche.

— Sur quel sujet ?

— Les gens.

— Évidemment. Qu'est-ce que vous découvrez ?

— Que Freud avait raison.

— Sur quoi ?

— Sur le fait que les gens, à quelques exceptions près, ne valent pas grand-chose. »

Tu as ri. « Amen, monsieur…

— Appelez-moi Shaun.

— Maria. Mais vous ne le pensez pas, Shaun, si ?

— Qu'à peu d'exceptions près, les gens ne valent pas grand-chose ? Pourquoi ne le penserais-je pas ?

— Vous venez de prouver que vous vous souciez d'autrui et se soucier d'autrui n'a aucun sens pour un authentique misanthrope.

— D'accord. Pourquoi mentirais-je ?

— Pour cette même raison : vous vous souciez d'autrui. Alors vous faites écho à ce que je dis, vous me réconfortez en prétendant avoir comme moi peur en avion. Quand je vous dis que mon mari me trompe, vous me consolez en me répondant que le monde est plein de mauvaises personnes.

— Ouh là ! Et c'est moi qui suis censé être le psychologue, ici ?

— Vous voyez, même votre choix de métier vous trahit. Vous êtes forcé d'admettre que vous êtes une contre-démonstration de votre propre affirmation. Vous êtes une personne de valeur.

— J'aurais bien voulu, Maria, mais je crains que ce qui apparaît comme des égards pour les autres ne soit en fait que le résultat de mon éducation bourgeoise anglaise.

Je n'ai pas grande valeur pour quiconque à part moi-même. »

Imperceptiblement, tu t'es tournée de quelques degrés vers moi. « Bon, soit, c'est cette éducation qui fait votre valeur, Shaun. Et alors ? Ce sont les actes qui constituent la valeur de quelqu'un, pas ce qu'il pense et ressent.

— Je crois que vous exagérez. Mon éducation fait que je n'aime pas contrevenir aux règles du comportement acceptable, tout simplement. Je ne fais aucun sacrifice réel, je m'adapte et j'évite l'inconfort.

— Comme psychologue, en tout cas, vous avez de la valeur.

— Je crains d'être une déception sur ce point aussi. Je ne suis pas assez intelligent et travailleur pour trouver un traitement à la schizophrénie. Si notre avion s'écrasait, le monde ne perdrait qu'un article bien rébarbatif sur le biais de confirmation, dans une revue scientifique qui n'est lue que par une poignée de confrères. C'est tout.

— Seriez-vous prétentieux ?

— Oui, et en plus je suis prétentieux. On peut l'ajouter à mes vices. »

Tu riais de bon cœur à présent. « Même pas d'épouse et d'enfants qui vous regretteraient si vous disparaissiez ?

— Non », ai-je répondu sèchement. Occupant le siège côté couloir, je ne pouvais pas couper court à la conversation en me tournant vers le hublot, faisant mine de repérer quelque chose d'intéressant dans la nuit de l'Atlantique. Sortir le magazine de la poche du dossier devant moi aurait été trop véhément.

« Pardon, as-tu dit doucement.

— Ne vous en faites pas, ai-je répondu. Vous disiez que vous alliez mourir. Qu'est-ce que vous entendiez par là ? »

Nos regards se sont croisés, et pour la première fois nous nous sommes vus. Et c'est peut-être de la rationalisation rétrospective, mais je crois que nous avons tous deux entraperçu quelque chose, qui, déjà, nous faisait pressentir que cette rencontre pouvait tout changer, qu'elle avait tout changé. Tu te faisais peut-être la même réflexion, puisque tu t'es penchée vers moi, par-dessus l'accoudoir, avant de t'arrêter en sentant que je me raidissais. Ton parfum me faisait penser à elle, c'était son odeur, elle était revenue.

« Je vais me suicider », as-tu chuchoté.

Tu t'es laissée aller contre ton dossier en m'observant.

Je ne sais pas ce que mon visage exprimait, mais je savais que tu ne mentais pas.

Tout ce que j'ai trouvé à dire, c'est : « Comment comptez-vous vous y prendre ?

— Je vous raconte ? » Tu avais posé la question avec un sourire insondable, presque enjoué.

J'ai réfléchi. Avais-je envie de savoir ?

« Enfin, ce n'est pas vrai, as-tu ajouté. Pour commencer, je ne vais pas me tuer, c'est fait. Ensuite, ce n'est pas moi qui vais me priver de mes jours, mais eux.

— Eux ?

— Oui. J'ai signé un contrat il y a… » Tu as consulté ta montre, une Cartier, j'étais prêt à parier que c'était un cadeau de Robert. Avant ou après son infidélité ? Après. Cette Melissa n'était pas la première, il était infidèle depuis le début. « … quatre heures.

— Eux ? ai-je répété.

— L'agence de suicide.

— Vous voulez dire… comme en Suisse ? Le suicide assisté ?

— Oui, mais encore plus assisté. Et à cette différence près qu'on vous prive de vos jours de façon que ça n'ait pas l'air d'un suicide.

— Ah ?

— Vous ne semblez pas me croire.

— Si… si, si. Simplement, je suis stupéfait.

— Ça, je comprends. Il faut que ça reste entre nous, parce qu'il y a une clause de confidentialité dans le contrat, je n'ai pas le droit d'en parler. Mais c'est… » Tu as souri alors que tes yeux s'emplissaient à nouveau de larmes. « … d'une solitude intolérable. Et vous êtes un inconnu. Psychologue, en plus. Vous êtes soumis au secret professionnel, n'est-ce pas ? »

J'ai toussoté. « Quand il s'agit de patients, oui.

— Alors je suis votre patiente. Je vois que vous avez des disponibilités pour une consultation tout de suite. Quels sont vos honoraires, docteur ?

— J'ai bien peur que nous ne puissions pas procéder ainsi, Maria.

— Bien sûr. Ça doit contrevenir aux règles de votre profession. Mais vous devez pouvoir écouter à titre personnel, non ?

— Il faut que vous compreniez que, éthiquement, c'est problématique qu'une personne suicidaire se confie à moi sans que j'essaie d'intervenir.

— Vous ne saisissez pas, il est trop tard pour intervenir, je suis déjà morte.

— Vous êtes morte ?

— Mon contrat est irréversible, je serai tuée d'ici trois semaines. On vous explique au préalable qu'une fois que vous avez apposé votre signature sur le papier, il n'y a aucun bouton d'alarme, que s'il y en avait eu, cela aurait créé toutes sortes de cas litigieux. Vous êtes assis à côté d'un cadavre, Shaun. » Tu as ri, mais d'un rire dur et amer, cette fois. « Vous pouvez tout de même boire quelque chose en ma compagnie et simplement écouter un peu, non ? » Tu as tendu un long bras élancé vers le bouton d'appel, qui a émis un « pling » fluet et solitaire dans l'obscurité de la cabine, tel un bruit de sonar.

« D'accord, ai-je dit, mais je ne vous donnerai aucun conseil.

— Très bien. Et vous promettez de n'en parler à personne, même après ma mort ?

— Je le promets. Quoique je ne voie pas quelle importance cela peut avoir pour vous.

— Oh que si ! Si je ne respecte pas la clause de confidentialité, ils pourront réclamer de grosses sommes d'argent à mes héritiers, et il ne restera que des miettes à l'organisation à laquelle je lègue mes biens.

— En quoi puis-je vous aider ? » s'est enquise l'hôtesse qui s'était matérialisée sans un bruit à côté de nous.

Tu t'es penchée devant moi et tu as demandé un gin tonic pour chacun de nous. L'encolure de ton pull a dévoilé un peu de ta peau nue, pâle, et j'ai alors constaté que tu ne sentais pas comme elle. Ton odeur à toi était douce, balsamique, comme de l'essence. Oui, de l'essence. Et un bois dont j'avais oublié le nom. C'était une odeur presque masculine.

Une fois l'hôtesse repartie, après avoir éteint la lampe d'appel, tu as ôté tes chaussures, tu t'es tournée sur le côté, tu as replié tes jambes sous toi avec une souplesse de chatte et tes cous-de-pied tendus gainés de nylon, bien entendu, m'ont évoqué la danse classique.

« Cette agence de suicide occupe de jolis locaux à Manhattan, as-tu expliqué. C'est un cabinet d'avocats, ils prétendent être parfaitement au clair juridiquement, et je n'en doute pas. Par exemple, ils ne tuent pas les gens qui souffrent d'un trouble mental ; on est soumis à un bilan psychiatrique poussé avant de signer le contrat. Il faut aussi avoir dénoncé d'éventuelles assurances-vie, afin d'éviter un procès des compagnies d'assurances. Il y a tout un tas d'autres clauses, mais la plus importante est la clause de confidentialité. Aux États-Unis, le droit des contrats entre deux parties consentantes, adultes, est plus étendu que dans la plupart des autres pays, mais si les pratiques de cette société étaient connues et rendues publiques, on risquerait bien sûr des réactions incitant les politiques à mettre le holà. Ils ne font pas de publicité et leurs clients sont exclusivement des gens aisés qui ont entendu parler d'eux par le bouche-à-oreille.

— On comprend qu'ils souhaitent garder profil bas, en effet.

— Leurs clients aussi aspirent à cette discrétion, bien sûr, le suicide est tout de même teinté de honte. Comme l'avortement. Les cliniques qui pratiquent l'avortement ne font rien d'illégal, mais elles ne l'affichent pas au-dessus de leur porte d'entrée.

— C'est vrai.

— Et c'est évidemment la discrétion et la honte qui sont leur fonds de commerce. Leurs clients sont prêts à débourser des sommes importantes pour être tués avec un minimum de désagrément physique et psychologique, et de façon aussi inattendue que possible. Mais le plus important, c'est que rien ne puisse faire suspecter un suicide à la famille, aux amis et à l'environnement extérieur.

— Et ça se passe comment ?

— On ne nous le dit pas, bien sûr ; tout ce qu'on sait, c'est qu'il existe une infinité de méthodes et que cela se produit dans les trois semaines suivant la signature du contrat. On ne nous donne pas d'exemples, parce que, consciemment ou inconsciemment, nous éviterions alors certaines situations, et cela occasionnerait beaucoup de peur inutile. La seule chose dont on nous informe c'est que ce sera totalement indolore et que, vraiment, nous ne le verrons pas venir.

— Je comprends que certaines personnes tiennent à cacher qu'elles mettent fin à leurs jours, mais pourquoi est-ce important pour vous ? N'aurait-ce pas été une façon de vous venger, au contraire ?

— De Robert et Melissa, vous voulez dire ?

— S'il était évident que vous vous êtes donné la mort, cela ferait naître en eux un sentiment de honte, mais aussi de culpabilité. Robert et Melissa s'accuseraient eux-mêmes, mais aussi, plus ou moins inconsciemment, l'un l'autre. On voit ça sans arrêt. Vous connaissez le taux de divorce chez les parents d'un enfant qui s'est suicidé, par exemple ? Ou leur taux de suicide, d'ailleurs ? »

Tu m'as regardé sans rien dire.

« Je suis désolé. » Je me suis senti rougir légèrement. « Je vous attribue un désir de vengeance uniquement parce que je suis sûr que c'est ce que j'aurais moi-même ressenti.

— Vous trouvez que vous vous êtes présenté sous un mauvais jour, là, Shaun.

— Oui. »

Tu as ri, un rire bref et fort. « Ce n'est pas grave, parce que, en effet, je veux me venger, bien sûr. Mais vous ne connaissez pas Robert et Melissa. Si je me suicidais en laissant une lettre où je pointe son infidélité, lui faisant porter la faute, Robert le nierait, bien sûr. Il rappellerait que j'étais soignée pour dépression, ce qui est vrai, et que j'avais en outre manifestement développé de la paranoïa. Melissa et lui ont été très discrets, il se peut que personne ne soit au courant. Je parie qu'environ six mois après mon enterrement elle sortira avec un des financiers de l'entourage de Robert, pour les apparences. Ils bavent devant elle, tous autant qu'ils sont, et aucun d'eux ne lui a jamais reproché d'être l'allumeuse qu'elle est. Ensuite, elle et Robert s'afficheront enfin comme couple et l'expliqueront par leur chagrin commun qui les aura rapprochés.

— D'accord, c'est bon, vous êtes sans doute plus misanthrope que moi.

— J'en suis certaine. Et ce qui est vraiment à vomir, c'est que, en son for intérieur, Robert ressentirait une certaine fierté.

— Fierté ?

— Qu'une femme n'ait pas pu continuer de vivre, parce qu'elle ne pouvait pas l'avoir pour elle toute seule. C'est ainsi qu'il verrait les choses. Et Melissa aussi. Mon suicide ne ferait qu'augmenter la valeur de Robert à ses yeux et finirait par les rendre plus heureux.

— Vous êtes sérieuse ?

— Et comment ! Vous ne connaissez pas les théories de René Girard sur les désirs mimétiques ?

— Non.

— L'hypothèse de Girard est que, au-delà de l'assouvissement de nos besoins primaires, nous ne savons pas ce que nous désirons. Alors nous imitons notre entourage, nous apprécions ce que d'autres apprécient. Si vous entendez suffisamment de gens autour de vous dire que Mick Jagger est sexy, vous finissez par le désirer, même si vous le trouviez laid au départ. Si j'augmente la valeur de Robert en me suicidant, Melissa le voudra encore plus, et ils seront encore plus heureux ensemble.

— Je comprends. Et si votre mort semble accidentelle ou naturelle ?

— L'effet sera inverse. Je serai celle qui a été prise par les circonstances ou le destin. Et Robert portera un autre regard sur ma disparition et sur moi en tant que personne. Lentement mais sûrement, j'acquerrai un statut de sainte. Si bien que le jour où Melissa commencera à l'agacer – ce qui arrivera –, Robert se souviendra de mes qualités et regrettera ce que nous avions. Il y a deux jours, je lui ai envoyé une lettre dans laquelle je lui annonçais que je le quittais, parce que j'ai besoin de ma liberté.

— Vous voulez dire qu'il ne sait pas que vous êtes au courant pour Melissa ?

— J'ai lu tous leurs messages sur le téléphone de Robert, mais je n'en ai pas soufflé mot à quiconque avant vous, là, maintenant.

— Et le but de cette lettre ?

— Dans un premier temps, il sera soulagé de ne pas avoir à être celui qui s'en va. Ça lui épargnera des frais de divorce et il passera pour le *good guy*, même s'il s'affiche très prochainement avec Melissa. Mais avec le temps l'idée semée par ma lettre germera. Je l'avais quitté pour ma liberté, oui, mais sans doute aussi parce que je savais que je pouvais rencontrer quelqu'un de mieux que lui. J'avais peut-être même déjà quelqu'un dans ma vie avant de partir. Dès lors que cette pensée lui viendra…

— … c'est vous qui aurez la théorie des désirs mimétiques de votre côté. C'est pour ça que vous vous êtes tournée vers cette agence de suicide. »

Tu as haussé les épaules. « Alors, quel est le taux de suicide chez les parents d'enfants qui se sont supprimés ?

— Pardon ?

— Et lequel des parents se suicide ? La mère, n'est-ce pas ?

— Allez savoir », ai-je répondu en fixant le dossier

devant moi. Mais je sentais ton regard sur moi, tu attendais une réponse plus détaillée. J'ai été sauvé par deux verres tumblers, qui sortaient comme par magie de l'obscurité pour atterrir sur l'accoudoir entre nous.

J'ai toussoté. « N'est-ce pas insoutenable de devoir attendre si longtemps ? De se réveiller tous les matins en pensant qu'on va peut-être être assassiné ce jour-là ? »

Tu as hésité, tu ne voulais pas que je m'en tire à si bon compte, mais finalement tu as laissé filer et tu as répondu : « Pas quand l'idée qu'on ne sera peut-être pas assassiné ce jour-là est pire. Malgré l'angoisse paniquée de la mort qui nous frappe parfois et la pulsion d'autopréservation qui survient à mauvais escient, la peur de mourir n'est pas pire que la peur de vivre. Mais comme psychologue, vous connaissez tout cela, évidemment. » Tu avais prononcé psychologue avec emphase.

« Oui, d'une certaine façon. On dispose de travaux de recherche sur des tribus nomades du Paraguay. Quand un membre de la tribu est vieux et faible au point de constituer un fardeau, le conseil tribal décide qu'il faut le mettre à mort. Comme vous, cette personne ne sait ni quand ni comment se déroulera l'exécution, mais elle l'accepte : après tout, si la tribu a survécu dans un environnement où la nourriture est chiche et où il faut se livrer à de longues marches difficiles pour en trouver, c'est parce qu'elle a su sacrifier les faibles, au profit des individus viables et en mesure de transmettre la vie. Dans sa jeunesse, la personne désormais condamnée a pu elle-même abattre d'un coup de massue sa grand-tante fragilisée, un soir, dans l'obscurité, devant la hutte. Pourtant, l'étude n'en montre pas moins que l'incertitude entraîne un stress extrême pour les membres de la tribu et que c'est en soi une cause probable de leur longévité réduite.

— Bien sûr que c'est stressant, as-tu répondu, avant de bâiller et d'effleurer mon genou de ton pied vêtu de nylon. J'aurais préféré que ce soit moins de trois semaines, mais je suppose qu'il faut du temps pour trouver la méthode la plus adaptée et la plus sûre. S'il faut à la fois que ça ait l'air d'un accident et que ça se passe en douceur, cela requiert sans doute une organisation rigoureuse.

— Vous récupérez votre argent si cet avion s'écrase ? ai-je demandé en buvant une gorgée de gin tonic.

— Non. Ils m'ont expliqué qu'ils avaient de gros frais pour chaque client, et leurs clients étant tout de même suicidaires, il faut qu'ils s'assurent qu'ils ne les devancent pas, intentionnellement ou non.

— Hmm. Donc il vous reste au maximum vingt et un jours à vivre.

— Bientôt vingt et demi.

— Précisément. Et à quoi pensez-vous les employer ?

— À faire des choses que je n'ai jamais faites. Parler et boire avec des inconnus. »

Tu as vidé ton verre d'un trait. Mon cœur s'est mis à

battre la chamade comme s'il savait d'ores et déjà ce qui allait se passer. Tu as posé le verre sur l'accoudoir et ta main sur mon bras. « Et puis j'ai envie de faire l'amour avec vous. »

Je ne savais pas quoi répondre.

« Maintenant, je vais aller aux toilettes, as-tu dit. J'y serai toujours si vous me rejoignez dans deux minutes. »

J'ai senti quelque chose se répandre en moi, une jubilation intérieure dépassant le simple désir, c'était une manifestation touchant l'ensemble de mon organisme, une espèce de renaissance, que je n'avais pas éprouvée depuis très longtemps et que, à vrai dire, je ne pensais pas connaître à nouveau un jour.

« Au fait, as-tu précisé. J'ai l'air bravache, comme ça, mais j'ai besoin de savoir si vous allez venir ou non. »

J'ai bu une gorgée de mon cocktail pour gagner du temps. Tu as regardé mon verre, tu attendais ma réponse.

« Et si j'avais quelqu'un dans ma vie ? » J'ai entendu que ma voix était rauque.

« Ce n'est pas le cas.

— Et si je n'étais pas attiré par vous ? Ou si j'étais homosexuel ?

— Vous avez peur ?

— Oui. Les femmes qui prennent l'initiative sexuellement m'effraient. »

Tu as scruté mon visage.

« D'accord. Ça, je veux bien le croire. Je suis désolée, ce

n'est vraiment pas moi, mais je n'ai pas le temps de tourner autour du pot. Alors, que faisons-nous ? »

J'ai senti que je m'apaisais. Mon cœur battait toujours vite, mais l'affolement, le réflexe de fuite se tarissaient. J'ai fait tourner mon verre dans ma main. « Vous avez une correspondance, à Londres ? »

Tu as acquiescé d'un signe de tête. « Reykjavik. L'avion décolle une heure après notre arrivée. Qu'est-ce que vous aviez en tête ?

— Un hôtel, à Londres.

— Lequel ?

— Le Langdon.

— C'est bien, le Langdon. Si vous y passez plus de vingt-quatre heures, les employés retiennent votre nom. À moins qu'ils ne soupçonnent une liaison extraconjugale, auquel cas ils ont du téflon sur le cerveau. Mais de toute façon nous n'allons pas y passer plus de vingt-quatre heures.

— Vous voulez dire que…

— Je peux reporter Reykjavik à demain.

— Vous êtes sûre ?

— Oui. Vous êtes content ? »

J'ai réfléchi. Non, je n'étais pas content. « Et si… », ai-je commencé, mais je me suis tu.

« Vous avez peur qu'ils interviennent pendant que vous serez avec moi ? » Tu as fait tinter joyeusement ton verre contre le mien. « De devoir vous occuper d'un cadavre ? »

J'ai souri. « Non. Ce que j'allais dire, c'est : et si on tombe amoureux ? Alors que vous avez signé votre contrat de mort. Un contrat irréversible.

— Il est trop tard. » Sur mon bras, ta main a glissé vers la mienne.

« Oui, exactement.

— Non, trop tard pour l'autre chose. Nous sommes déjà tombés amoureux.

— Ah bon ?

— Un peu. Suffisamment. Assez pour que je sois contente d'avoir peut-être encore trois semaines devant moi. »

La lune brillait à travers le hublot derrière toi, te faisant une auréole mate.

« Qu'en pensez-vous ? t'es-tu enquise.

— J'en pense qu'il va bientôt falloir que je me réveille de ce rêve, parce que ceci n'est pas en train de se produire. »

Tu as souri, serré ma main, et tu t'es levée en disant que tu revenais tout de suite.

Pendant que tu étais aux toilettes, l'hôtesse de l'air est venue chercher nos verres, et je lui ai demandé si nous pouvions avoir deux oreillers supplémentaires.

Quand tu es revenue, tu t'étais remaquillée.

« Ce n'est pas pour vous, as-tu précisé après avoir déchiffré mon regard. Vous aimiez quand c'était tout étalé, non ?

— J'aime bien les deux. Alors pour qui vous maquillez-vous ?

— À votre avis ?

— Pour eux ? » J'ai désigné la cabine d'un mouvement de tête.

Tu as secoué la tête. « Récemment, j'ai commandé une étude sur le maquillage et la plupart des femmes ont répondu qu'elles se maquillaient pour leur bien-être. Mais qu'est-ce qu'elles entendent par là ? Est-ce simplement l'absence de désagrément ? Le désagrément d'être vues comme elles sont ? Le maquillage n'est-il finalement qu'une burka que nous nous auto-infligeons ?

— Mais le maquillage ne sert-il pas autant à souligner qu'à cacher ? ai-je glissé.

— Souligner une chose, c'est en dissimuler une autre. Tout remaniement est – en même temps qu'une clarification – une opération de camouflage. La personne qui se maquille souhaite que les fards dirigent l'attention sur ses beaux yeux et la détournent de son nez trop grand.

— Mais est-ce une burka ? Tout le monde ne veut-il pas être vu ?

— Pas tout le monde. Et personne ne veut être vu tel qu'il est. Saviez-vous du reste qu'au cours de leur vie les femmes passent le même temps à se maquiller que les hommes à s'acquitter de leur service militaire dans des pays comme Israël et la Corée du Sud ?

— Non, mais ça ressemble à un agrégat d'informations prises au hasard.

— Précisément. Mais elles n'ont pas été agrégées au hasard, en revanche.

— Ah bon ?

— C'est moi qui ai choisi ce rapprochement, ce qui bien sûr est une déclaration en soi. Les *fake news* ne présentent pas nécessairement des données fausses, c'est parfois leur mise en forme qui est manipulatrice. Que suggère ce parallèle sur ma vision de la politique des genres ? Dis-je que les hommes doivent servir leur pays et risquer leur vie, pendant que les femmes choisissent de se pomponner ? Peut-être. Mais il suffit d'un infime changement rédactionnel pour que cette comparaison affirme en fait que les femmes éprouvent la même peur d'être vues telles qu'elles sont que les nations d'être conquises par des puissances étrangères.

— Vous êtes journaliste ?

— Je suis rédactrice en chef d'un magazine qui ne vaut même pas le papier sur lequel il est imprimé.

— Un magazine féminin ?

— Oui, et dans la pire acception du mot. Votre bagage n'est pas trop lourd à porter, si ? »

J'ai hésité.

« Je veux dire, à Londres, on pourra aller directement prendre un taxi ?

— J'ai seulement un bagage à main. Vous ne m'avez pas expliqué pourquoi vous vous étiez maquillée. »

Tu as levé la main et passé l'index sur ma joue, juste au-dessous de mon œil, comme si moi aussi j'avais pleuré.

« Voici un autre amalgame de données hétéroclites. Chaque année, davantage de gens meurent par suicide que dans l'ensemble des guerres, actes terroristes, assassinats liés à la drogue, crimes passionnels et autres meurtres réunis. Votre meurtrier le plus probable, et de loin, c'est vous-même. C'est pour ça que je me suis maquillée. Je me suis regardée dans la glace et je n'avais pas la force de voir le visage nu de mon assassine. Pas maintenant que je suis amoureuse. »

Nous nous sommes regardés. Tu m'as pris la main alors que je la levais pour prendre la tienne. Nos doigts se sont entrelacés.

« N'y a-t-il rien que nous puissions faire ? ai-je chuchoté, le souffle soudain court, comme si j'étais déjà en fuite. Ne pourrait-on pas payer pour vous libérer de ce contrat ? »

Tu as légèrement incliné la tête, pour m'observer sous un autre angle. « Si tel était le cas, nous ne serions pas forcément tombés amoureux. L'impossibilité de notre histoire contribue largement à notre attirance, vous ne pensez pas ? Elle est morte, elle aussi ?

— Comment ?

— L'autre. Celle dont vous n'avez pas voulu parler quand je vous ai demandé si vous aviez une femme et des enfants. La perte qui fait que vous avez peur de tomber amoureux de quelqu'un que vous allez perdre. Ce qui vous a fait hésiter quand je vous ai demandé si vous ne portiez pas un bagage trop lourd. Vous voulez en parler ? »

Je t'ai regardée. Le voulais-je ?

« Vous êtes sûre que vous avez envie de…

— Oui, j'aimerais entendre cette histoire, as-tu dit.

— Combien de temps avez-vous devant vous ?

— Ha ha ha ! »

Nous avons commandé une autre tournée et j'ai raconté. Parfois tu posais une question, mais globalement tu te contentais d'écouter.

Quand j'ai terminé mon récit, le jour se levait déjà derrière le hublot, puisque nous volions vers le soleil. Et, de nouveau, tu as pleuré.

« Ce que c'est triste, as-tu remarqué en posant la tête sur mon épaule.

— Oui.

— Ça vous fait encore mal ?

— Pas tout le temps. Je me dis que, comme elle ne voulait pas vivre, sa solution était sans doute la meilleure.

— Vous croyez ?

— C'est ce que vous devez penser vous aussi, non ?

— Peut-être. Mais on ne sait pas. Je suis comme

Hamlet, je doute. Le royaume des morts est peut-être encore pire que la vallée des lamentations.

— Parlez-moi de vous.

— Que voulez-vous savoir ?

— Tout. Commencez et je vous poserai des questions là où je veux en savoir plus.

— D'accord. »

Tu as raconté. Et l'image qui m'est apparue était encore plus nette que la fille que je voyais à mes côtés, appuyée contre moi, la main sous mon bras. À un moment, une légère turbulence a secoué l'avion, c'était comme glisser sur des vaguelettes effilées et ça a donné à ta voix un vibrato comique qui nous a fait rire tous les deux.

« On pourrait s'enfuir », ai-je suggéré ensuite.

Tu m'as regardé. « Comment ça ?

— Vous prenez une chambre simple au Langdon. Ce soir, vous laissez un message à la réception pour le directeur de l'hôtel quand il arrivera demain. Dans ce message, vous indiquez que vous partez vous noyer dans la Tamise. Ce soir, vous y allez, quelque part où personne ne peut vous voir, vous enlevez vos chaussures et vous les posez sur la berge. Je viens vous chercher en voiture de location. On part en France et, à Paris, on prend un avion pour Le Cap.

— Passeport, t'es-tu contentée de répondre.

— Je m'en occupe.

— Vraiment ? » Tu continuais de me dévisager. « Quel genre de psychologue êtes-vous, au juste ?

— Je ne suis pas psychologue.

— Ah non ?

— Non.

— Qu'est-ce que vous êtes, alors ?

— À votre avis ?

— Vous êtes celui qui va me tuer.

— Oui, ai-je dit.

— Vous avez réservé le siège à côté du mien avant même que je vienne à New York pour signer.

— Oui.

— Mais vous êtes vraiment tombé amoureux de moi ?

— Oui.

— Comment était-ce censé se produire ?

— Dans la file des passeports. Une injection. En une heure, les principes actifs disparaîtraient complètement du sang ou ne seraient plus décelables. L'autopsie n'indiquerait qu'un infarctus ordinaire. C'est la cause de décès la plus répandue dans votre famille et les prélèvements que nous avons effectués indiquent que, vous aussi, vous y êtes prédisposée. »

Tu as hoché la tête. « Si on s'enfuit, ils vous poursuivront aussi ?

— Oui. Il y a beaucoup d'argent en jeu pour toutes les parties, y compris pour ceux qui exécutent les missions.

Par conséquent, ils exigent que, nous aussi, on signe un contrat, mais sans la clause des trois semaines.

— Un contrat de suicide ?

— Ça leur donne la possibilité de nous tuer n'importe quand, sans risque juridique. Il est sous-entendu qu'ils exécuteront le contrat si jamais on a un comportement déloyal.

— Ils ne vont pas nous retrouver, au Cap ?

— Ils suivront notre trace, ce sont des experts en la matière, et ça les conduira là-bas, mais nous n'y serons plus.

— Où serons-nous ?

— Ça ne vous embête pas que j'attende pour vous le dire ? Je vous promets que c'est un endroit bien. Soleil et pluie, pas trop froid, pas trop chaud. Et la plupart des gens comprennent l'anglais.

— Pourquoi voulez-vous faire ça ?

— Même raison que vous.

— Mais vous n'êtes pas un candidat au suicide, vous gagnez probablement une fortune en faisant ce que vous faites. Et maintenant vous êtes prêt à risquer votre propre vie. »

J'ai essayé de sourire. « Quelle vie ? »

Tu as regardé autour de toi et tu t'es avancée pour déposer un baiser léger sur mes lèvres. « Et si vous n'aimez pas l'amour que nous ferons ?

— Je vous jetterai dans la Tamise. »

Tu as ri et tu m'as embrassé encore. Un peu plus longuement, les lèvres à peine plus ouvertes.

« Vous allez aimer, m'as-tu chuchoté à l'oreille.

— J'en ai bien peur. »

Tu t'es endormie la tête sur mon épaule. J'ai incliné ton dossier, déployé une couverture sur toi. Puis j'ai incliné mon propre dossier, j'ai éteint la lumière et j'ai essayé de dormir.

Quand nous avons atterri à Londres, j'avais redressé ton siège et bouclé ta ceinture. Tu avais l'air d'une enfant endormie le 24 décembre, tu avais ce petit sourire aux lèvres. L'hôtesse de l'air est venue ramasser les verres à eau qui étaient sur l'accoudoir entre nous depuis JFK, quand tu regardais par le hublot en pleurant et que nous étions des étrangers.

Je me trouvais au guichet 6 de contrôle des passeports quand j'ai vu le personnel en gilet fluo avec la croix rouge courir vers les portes d'embarquement en poussant une civière. J'ai consulté ma montre. La poudre que j'avais vidée dans ton verre avant le décollage agissait lentement, mais elle était fiable. Ça faisait maintenant bientôt deux heures que tu étais morte, et l'autopsie indiquerait un infarctus, pas grand-chose d'autre. J'ai eu envie de pleurer, c'était le cas presque chaque fois. En même temps, j'étais heureux. Ce travail avait du sens. Je ne t'oublierais jamais, tu avais été spéciale.

« Merci de regarder l'objectif », m'a dit l'agent de contrôle des passeports.

J'ai dû chasser quelques larmes.

« Bienvenue à Londres. »

PHTONOS

J'ai regardé l'hélice sur l'aile de l'ATR 72 de quarante places. En contrebas, baignée de mer et de soleil, se détachait une île couleur de désert. Pas de végétation apparente, rien que de la roche calcaire jaunâtre. Kalymnos.

Le capitaine nous a signalé que nous risquions des turbulences à l'atterrissage. J'ai fermé les yeux, me suis renfoncé dans mon siège. Depuis ma plus tendre enfance, je sais que je vais mourir en tombant. Plus exactement, en tombant du ciel dans la mer avant de me noyer. Je me souviens même du jour où je l'ai su.

Mon père était l'un des sous-directeurs de l'entreprise familiale dont le directeur général était son frère aîné, Hector. Nous adorions oncle Hector, nous, les enfants, parce qu'il nous apportait toujours des cadeaux et nous emmenait dans sa voiture, le seul cabriolet Rolls-Royce de tout Athènes. Le plus souvent, mon père rentrait du travail après l'heure du coucher, mais ce soir-là il était revenu tôt. Il avait l'air las et, après le dîner, il avait longuement parlé au téléphone avec mon grand-père, dans son étude. J'entendais qu'il était en colère. Lorsque je m'étais couché, il s'était assis au bord du lit et je lui avais demandé de me raconter une histoire ; il avait réfléchi un instant, puis il m'avait raconté celle d'Icare et son père. Ils vivaient à Athènes mais séjournaient en Crète quand le père, un artisan riche et renommé, s'était confectionné une paire d'ailes à l'aide de plumes et de cire et avait volé dans le ciel. Cette performance avait suscité l'enthousiasme des foules, et partout il jouissait, ainsi que sa famille, d'un grand respect. Lorsqu'il avait donné ses ailes à son fils Icare, il lui avait enjoint de faire exactement comme lui, et de suivre le même itinéraire de vol : ainsi, tout irait bien. Mais Icare voulait voler ailleurs, et encore plus haut que son père. Le vent sous les ailes et la légère ivresse d'être si haut au-dessus du sol et des autres gens aidant, il avait oublié qu'il s'y trouvait grâce non pas à une aptitude surnaturelle au vol, mais aux ailes que son père lui avait remises. Plein d'assurance, il avait volé plus haut que ce dernier et s'était approché trop près du soleil, qui avait fait fondre la cire qui fixait les ailes. Aussi était-il tombé dans la mer, où il s'était noyé.

Dans mes jeunes années, j'ai toujours pris cette version un tant soit peu remaniée du mythe d'Icare pour une mise en garde précoce à mon intention. Hector n'ayant pas d'enfants, mon grand frère et moi étions pressentis pour la direction de l'entreprise le jour où mon père se retirerait. J'étais déjà adulte quand j'ai appris que la société avait frôlé la faillite à cette époque – à cause du boursicotage écervelé d'Hector, lequel s'était fait licencier par mon grand-père mais avait pu conserver son titre et son bureau pour sauver les apparences, lorsque mon père avait pris les rênes. Je n'ai donc jamais pu déterminer à qui, de moi ou d'oncle Hector, était destinée son histoire du soir, mais elle a dû me marquer, car je fais depuis le cauchemar dans lequel je tombe et me noie. Parfois aussi, ce rêve prend la forme chaude et agréable d'un sommeil où tout ce qui est douloureux cesse. Qui dit qu'on ne peut pas rêver qu'on meurt ?

L'avion a tressauté et j'ai entendu les autres passagers retenir leur souffle à deux reprises, quand nous sommes tombés dans ce qu'on appelle des trous d'air. Pendant une seconde ou deux, j'ai eu une sensation d'apesanteur, le sentiment que mon heure était venue, mais ce n'était pas le cas, bien sûr.

Quand nous avons débarqué, le drapeau grec flottait à l'horizontale sur le mât près du petit terminal. Devant le tapis roulant à bagages, un homme en uniforme de police bleu nous observait, les bras croisés. Je me suis dirigé vers lui, il m'a lancé un regard interrogateur, j'ai confirmé d'un signe de tête.

« George Kostopoulos », s'est-il présenté en me tendant une grande main couverte de longs poils noirs. Sa poignée était ferme, mais sans l'exagération qu'on voit parfois chez des collègues de province qui pensent devoir mesurer leurs forces à celles de la capitale.

« Merci d'être venu si rapidement, monsieur Balli.

— Appelez-moi Nikos, ai-je répondu.

— Je suis navré de ne pas vous avoir reconnu, mais on ne trouve pas tellement de photos de vous, et je pensais que vous seriez… euh… plus âgé. »

Apparemment, j'étais doté du genre de physique qui ne se dégrade pas beaucoup au fil des ans – cela me venait paraît-il de ma mère. Ma chevelure désormais grise avait perdu ses boucles, mais elle demeurait aussi fournie, et j'avais conservé mon poids idéal de soixante-quinze kilos, avec certes une réduction de ma masse musculaire.

« Vous ne trouvez pas que cinquante-neuf ans, ça suffit ?

— Oh si, et comment ! »

Je le soupçonnais de parler d'une voix à peine plus grave que sa tessiture naturelle, et il affichait un sourire en coin, sous une moustache d'un style que les Athéniens avaient abandonné vingt ans plus tôt, mais son regard était doux. Je n'allais pas avoir de problèmes avec George Kostopoulos.

« C'est sans doute que j'entendais déjà parler de vous lorsque j'étais sur les bancs de l'Académie de police, ce qui ne me paraît pas dater d'hier. C'est tout ce que vous avez comme bagage ? »

Il regardait le sac que je tenais à la main. Pourtant, je

me suis figuré un instant qu'il ne faisait pas seulement allusion à ce que je portais physiquement. J'aurais été bien en peine de lui répondre. Je porte sans doute de plus lourdes charges que la plupart des gens, mais mon fardeau est du genre qu'il faut assumer seul.

« Juste un bagage à main.

— Nous avons Franz Schmid, le frère jumeau du disparu, au commissariat de Pothia », a précisé George alors que nous sortions de l'aéroport et nous dirigions vers une petite Fiat crasseuse au pare-brise maculé.

Il s'était probablement garé sous les pins parasols pour se protéger du soleil, mais avait en contrepartie écopé de leur sève collante qu'on finit par être obligé de racler au couteau. C'est comme ça. Quand on lève sa garde pour se protéger le visage, on expose son cœur. Et inversement.

J'ai balancé mon sac sur la banquette arrière. « J'ai lu le rapport dans l'avion. Il a dit autre chose depuis ?

— Non, il maintient son histoire. Son frère Julian a quitté leur chambre à six heures du matin et n'est pas revenu.

— Il était écrit que Julian était sorti nager.

— C'est ce que prétend Franz.

— Mais vous ne le croyez pas ?

— Non.

— Les noyades accidentelles ne doivent pas être si inhabituelles sur une île touristique comme Kalymnos ?

— Non. Et j'aurais cru Franz si des témoins ne les avaient pas vus se battre la veille.

— J'ai lu ça, oui. »

Nous avons pris une étoite voie sinueuse et cahoteuse qui descendait dans la vallée d'oliviers nus, où de petites maisons blanches s'élevaient de part et d'autre de ce qui devait être la route principale.

« Ils viennent de fermer l'aéroport, ai-je observé. Je suppose que c'est à cause du vent.

— C'est très fréquent. Voilà l'inconvénient de construire un aéroport sur le point culminant d'une île. »

J'ai compris ce qu'il voulait dire : dès que nous sommes arrivés entre les coteaux, les drapeaux pendaient mollement contre leurs mâts.

« Heureusement, mon avion de ce soir part de Kos », ai-je ajouté.

Notre secrétaire à la Brigade criminelle avait vérifié l'itinéraire avant que mon chef me donne l'autorisation de partir. Bien que nous traitions en priorité les rarissimes affaires impliquant des touristes étrangers, il ne m'avait accordé son feu vert qu'à la seule condition que je n'y consacre pas plus d'une journée de travail. On me laissait habituellement champ libre, mais même le légendaire inspecteur Balli devait tenir compte des restrictions budgétaires. Et, selon la formule de mon chef, c'était une affaire sans cadavre ni médiatisation. On n'avait même pas de raisons plausibles de soupçonner un meurtre.

Kalymnos ne proposait aucun départ le soir, mais il y en avait à l'aéroport international de Kos, à quarante minutes de ferry. Mon chef avait donc acquiescé d'un grognement, non sans me rappeler que le plafond des indemnités de mission avait baissé et que, à moins de vouloir régler l'addition à mes frais, il me faudrait faire l'impasse sur les restaurants pour touristes hors de prix.

« J'ai bien peur que les bateaux pour Kos ne circulent pas non plus, par ce temps, a répondu George.

— Ce temps ? Mais le soleil brille et le vent souffle à peine, à part en haut.

— Je sais que ça paraît inoffensif vu d'ici, mais on passe par le large pour rejoindre Kos, et plus d'un naufrage a eu lieu sous un soleil comme celui-ci. Nous allons vous réserver une chambre d'hôtel. Ça se calmera peut-être demain. »

J'ai déduit de ce « ça se calmera peut-être », au lieu d'un trop optimiste « ça va sûrement se calmer », que les prévisions météo ne jouaient pas en ma faveur, ou plutôt en celle de mon chef. J'ai songé avec découragement au contenu insuffisant de mon sac et, avec moins de découragement, à mon chef. Peut-être pourrais-je prendre ici un peu de ce repos dont j'avais cruellement besoin ? Je ne prends jamais de congés – excepté quand mon chef m'y force – même lorsque j'en ressens la nécessité. C'est sans doute parce que, n'ayant ni femme ni enfants, les vacances me paraissent être du temps perdu, ne faisant que souligner cette solitude, certes choisie.

« Qu'est-ce que c'est ? » ai-je demandé en pointant du doigt le coteau d'en face. Au milieu de pentes escarpées se déployait ce qui ressemblait à un village, mais sans aucun signe de vie, on aurait dit une maquette taillée dans la pierre grise, un agrégat de petites maisons en Lego ceint de remparts, le tout du même gris monotone.

« C'est Paleochora. XIIe siècle, les Byzantins. Quand les habitants de Kalymnos voyaient un navire ennemi approcher, ils fuyaient là-haut et s'y retranchaient. Certains s'y sont cachés à l'arrivée des Italiens en 1912 et lors du bombardement des Alliés pendant la Seconde Guerre mondiale, quand Kalymnos était une base allemande.

— Ça m'a tout l'air d'un site à ne pas manquer, ai-je répondu, m'abstenant de faire remarquer que ni les maisons ni les remparts n'avaient l'air particulièrement byzantins.

— Voui. Enfin non. C'est mieux de loin. Les derniers travaux de rénovation ont été effectués par les chevaliers-hospitaliers de l'ordre de Malte, au XVIe siècle. Le village est envahi de broussailles, de déchets, de chèvres, même les chapelles sont utilisées comme latrines. Vous pouvez y monter si vous avez le courage de gravir les marches de pierre, mais un éboulement a rendu la tâche encore plus laborieuse. Si cela vous intéresse vraiment, je peux toujours vous trouver un guide. Vous serez sûr d'avoir les lieux pour vous tout seul. »

Naturellement, j'étais tenté, mais j'ai secoué la tête. Je suis toujours attiré par ce qui me rejette, m'exclut. Les récits auxquels on ne peut pas se fier. Les femmes. Les problèmes de logique. Le comportement humain. Les affaires de meurtre. Tout ce que je ne comprends pas. Je suis un homme à l'intellect limité mais à la curiosité infinie, combinaison souvent frustrante, hélas.

Pothia s'est révélée être un dédale vivant, plein de maisonnettes, de rues à sens unique et de passages étroits. Novembre approchait et la saison touristique était terminée depuis longtemps, mais il y avait du monde dans les rues.

Nous nous sommes garés devant une maison à un étage, sur le port, où se côtoyaient bateaux de pêche et yachts d'un luxe pas trop extravagant. Au quai étaient amarrés un petit ferry et un navire à grande vitesse, avec des places assises sur le toit et à l'intérieur de la cabine des passagers. Plus loin, un groupe, manifestement des vacanciers étrangers, discutait avec un homme vêtu d'une espèce d'uniforme d'officier de marine. Certains d'entre eux portaient des sacs à dos d'où dépassaient des cordes lovées, de part et d'autre du rabat, ce que j'avais aussi noté chez certains passagers de mon vol. Des grimpeurs. D'île de soleil et de baignade, Kalymnos était devenue ces quinze dernières années une destination pour grimpeurs de toute l'Europe, mais j'avais alors déjà raccroché mes chaussons d'escalade. L'homme en uniforme bleu a écarté les bras pour signifier son impuissance avant de désigner la mer. Elle moutonnait un peu çà et là mais, pour autant que je puisse en juger, les vagues n'étaient pas d'une hauteur effrayante.

« Comme je le disais, le problème se situe plus loin, on ne voit rien d'ici, a précisé George, qui de toute évidence avait su interpréter l'expression de mon visage.

— Comme souvent », ai-je répondu dans un soupir résigné. Jusqu'à nouvel ordre, j'étais prisonnier de cette île qui, pour une raison mystérieuse, me semblait encore plus petite maintenant que vue du ciel.

George m'a précédé dans le commissariat et j'ai salué à droite à gauche alors que nous traversions un open space bondé, où les meubles étaient aussi datés que les ordinateurs massifs, le distributeur de café et la photocopieuse surdimensionnée.

« George ! a lancé une femme derrière une cloison. Une journaliste de *Kathimerini* a téléphoné. Elle voudrait savoir si c'est vrai que nous avons arrêté le frère du disparu. Je lui ai dit que je te demanderais de les rappeler.

— Tu n'as qu'à les rappeler toi-même, Christine. Dis-leur qu'il n'y a pas eu d'arrestation dans le cadre de l'affaire et que nous n'avons aucun commentaire à faire par ailleurs. »

Je comprenais bien sûr que George désire travailler en

paix et essaie de tenir les journalistes hystériques et autres éléments perturbateurs à distance. Ou alors il voulait me montrer, à moi, le gars de la capitale, qu'ils étaient professionnels aussi, en province. Pour un bon climat de coopération, mieux valait sans doute le laisser faire. Je n'ai donc pas voulu abuser de ma position pour lui expliquer que, d'une manière générale, la subtilité n'était pas la meilleure stratégie face à la presse. Bien sûr, techniquement, dans la mesure où il s'était mis à la disposition de la police de son plein gré pour l'interrogatoire, Franz Schmid n'était pas en état d'arrestation, ni même interpellé, d'ailleurs. Mais quand il apparaîtrait – et c'était bien quand, pas *si* – que la police avait gardé Franz derrière les portes du commissariat pendant des heures et n'avait pas communiqué cette information, comme si elle cherchait à la dissimuler, la presse y trouverait matière à ces extrapolations dont elle s'était fait un gagne-pain. Mieux valait une réponse aux angles plus arrondis, un peu plus accommodante. Par exemple, dire que, naturellement, la police s'entretenait avec toutes les personnes susceptibles de donner une image plus précise de ce qui avait pu se passer, et cela incluait le frère du disparu.

« Un café et de quoi grignoter ? a proposé George.

— Merci, mais j'aimerais autant m'y coller tout de suite. »

Il s'est arrêté devant une porte en chuchotant : « Franz Schmid est dans cette pièce.

— D'accord, ai-je répondu en baissant la voix, mais sans chuchoter. Le mot *avocat* a-t-il été prononcé ?

— Non. Nous lui avons demandé s'il voulait appeler l'ambassade ou le consul allemand de Kos, mais, pour reprendre sa formulation : Que peuvent-ils faire pour retrouver mon frère ?

— Vous voulez dire que vous ne lui avez pas fait part de vos soupçons ?

— Je l'ai questionné sur la bagarre, je n'ai fait aucun commentaire mais il doit bien se douter que nous ne lui avons pas demandé d'attendre votre arrivée sans raison.

— Comment m'avez-vous présenté ?

— Comme un spécialiste d'Athènes.

— Spécialiste de quoi ? Retrouver les personnes disparues ? Ou trouver les assassins ?

— Je ne l'ai pas précisé et il ne m'a pas posé la question. »

J'ai hoché la tête et George s'est attardé quelques secondes avant de comprendre que, tant qu'il serait là, je n'entrerais pas dans la pièce.

Elle mesurait environ trois mètres sur trois, avec pour seule source de lumière deux étroites ouvertures en hauteur. Un homme était assis à une petite table carrée assez haute sur laquelle étaient placés un verre et un pichet d'eau. Il avait posé les avant-bras sur la table bleue et ses coudes formaient un angle à quatre-vingt-dix degrés. Combien pouvait-il mesurer ? Un mètre quatre-vingt-dix ?

Il était mince, son visage, plus marqué que ne le laissaient imaginer ses vingt-huit ans, donnait l'impression immédiate d'une nature sensible. À moins que ce n'ait été son allure calme, son air de se suffire à lui-même, assis là sur sa chaise, comme s'il avait la tête saturée d'impressions et de pensées et n'avait besoin d'aucun stimulus extérieur. Il était coiffé d'un bonnet à rayures horizontales aux couleurs rastafari et à la bordure ornée d'une discrète tête de mort. Des boucles sombres, semblables à celles que j'avais eues naguère, s'en échappaient. L'homme avait les yeux tellement enfoncés que je n'arrivais pas à les lire. Soudainement, j'ai été frappé par une impression de familiarité. Il m'a fallu une seconde pour l'arracher des tréfonds de ma mémoire. La pochette d'un album que Monique avait dans sa chambre à Oxford. Townes Van Zandt. Il est assis à une table similaire, presque dans la même position, lui aussi a un visage inexpressif qui paraît néanmoins si sensible, si nu, si vulnérable.

« *Kalimera*, ai-je dit.

— *Kalimera*, a-t-il répondu.

— Pas mal, monsieur… » J'ai consulté le dossier que j'avais sorti de mon sac et placé devant moi. « Franz Schmid. Dois-je en déduire que vous parlez le grec ? » J'avais posé la question dans mon anglais fort britannique et il m'a répondu, comme je m'y attendais : « Hélas, non. »

Avec cette question, j'espérais avoir établi que j'étais

une page blanche, que je ne savais rien de lui, que je n'avais aucune raison d'avoir quelque préjugé que ce soit, et qu'il pouvait, s'il le souhaitait, modifier son histoire.

« Je m'appelle Nikos Balli, je suis inspecteur principal à la Brigade criminelle d'Athènes. Je suis ici pour, je l'espère, écarter tout soupçon d'acte criminel envers la personne de votre frère.

— Vous pensez que c'est le cas ? »

La tonalité de la question était neutre, Franz Schmid me faisait l'effet d'un type pragmatique, cherchant simplement à connaître les faits. Ou du moins qui souhaitait donner cette impression.

« Je ne sais pas ce que pense la police locale, je peux uniquement parler en mon nom et, pour l'instant, je ne pense rien du tout. Ce que je sais, c'est que les meurtres sont rares ; mais ils nuisent suffisamment à la destination touristique qu'est la Grèce pour qu'on nous impose d'être consciencieux et de bien faire comprendre au monde extérieur que nous ne prenons pas ces choses-là à la légère. C'est comme pour les accidents d'avion, il faut trouver la cause, résoudre le mystère ; des compagnies aériennes ont fait faillite suite à un unique accident non élucidé. Je vous explique tout cela afin que vous compreniez pourquoi je vous interrogerai sur des détails qui pourront paraître désespérément à côté de la plaque, surtout à quelqu'un qui vient potentiellement de perdre son frère. Et il se pourrait que j'aie l'air convaincu que vous, ou quelqu'un d'autre, l'avez tué, mais sachez que, en tant qu'enquêteur, j'ai pour mission de vérifier l'hypothèse qu'un meurtre a été commis et que ma mission sera également accomplie si elle se solde par une infirmation. En tout cas, quel que soit le résultat, nous serions peut-être plus près de retrouver votre frère. D'accord ? »

Franz Schmid a eu un petit sourire, qui n'a pas atteint son regard. « On croirait entendre mon grand-père.

— Pardon ?

— Méthode scientifique. Programmation du sujet. C'était l'un des chercheurs allemands qui ont fui Hitler et aidé les États-Unis à développer la bombe. Nous… » Il s'est arrêté pour se passer la main sur le visage. « Je suis désolé, je vous fais perdre votre temps, inspecteur principal. Allez-y. »

Son regard a croisé le mien. Il avait l'air fatigué, mais en même temps alerte. Je n'aurais su dire dans quelle mesure il me perçait à jour, mais c'était un regard éveillé qui, pour autant que je puisse en juger, dénotait l'intelligence. Quand il parlait de *programmation du sujet*, il faisait allusion au fait que je formulais ce qui pourrait le motiver à m'aider : contribuer potentiellement à ce que nous retrouvions son frère. Il s'agissait de manipulation standard, le genre de choses auxquelles on pouvait s'attendre. Mais je suspectais que Franz Schmid comprenait aussi les manipulations plus insidieuses qui font partie de l'arsenal de l'interrogateur pour amener celui qu'il interroge à baisser sa garde. Il savait pourquoi je m'excusais presque de l'agressivité de l'interrogatoire qui allait suivre en imputant la faute au cynisme économique des autorités grecques. Je me faisais passer pour le gentil flic franc du collier. Quelqu'un à qui se confier sans crainte.

« Commençons par hier matin, quand votre frère a disparu. »

J'observais le langage corporel de Franz Schmid alors qu'il racontait son histoire. Il avait une attitude patiente. Contrairement aux gens qui, inconsciemment, pensent que leur déposition est la clef pour démontrer leur innocence ou pour résoudre une affaire qu'ils souhaitent voir élucidée, il ne parlait pas vite et fort en penchant le buste en avant. Pour autant, il ne marchait pas sur la pointe des pieds, en terrain miné, il n'hésitait pas, son débit était calme et régulier. Peut-être son explication s'était-elle rodée lors de ses échanges précédents, avec d'autres personnes. Quoi qu'il en soit, il n'y avait là rien de très probant ; les coupables s'expriment souvent de façon plus précise et convaincante que les innocents. La raison peut en être que le coupable est préparé, il a mis son histoire au point, tandis que l'innocent vous sert un récit brut, raconte les choses comme elles lui viennent. Alors, certes, j'observais et j'interprétais, mais le langage corporel restait pour moi secondaire. Mon domaine, ma spécialité, ce sont les récits.

Ce qui bien sûr n'empêchait pas mon cerveau de tirer quelques conclusions fondées sur d'autres éléments. Ainsi, Franz Schmid, même s'il ne portait pas de barbe, semblait être un certain type de hipster, de ceux qui se baladent avec un bonnet sur la tête et une grosse chemise en flanelle même quand il fait chaud. D'après la taille, ce devait être sa veste, sur la patère derrière lui. Ses manches de chemise retroussées révélaient des avant-bras musclés, disproportionnés par rapport au reste de son corps. Tout en parlant, il examinait parfois le bout de ses doigts et appuyait délicatement sur ses articulations, plus épaisses que la normale. La montre à son poignet gauche était une Tissot T-Touch, que je savais dotée d'un altimètre et d'un baromètre. En d'autres termes, Franz Schmid était un grimpeur.

Il ressortait du dossier que Franz et Julian Schmid étaient tous deux citoyens américains, domiciliés à San Francisco, célibataires ; Franz travaillait comme programmeur dans une société d'informatique et Julian, au service marketing d'un célèbre fabricant de matériel d'escalade. Tout en l'écoutant, je pensais à la façon dont son anglais américain avait conquis la planète. À ma nièce de quatorze ans qu'on aurait crue tout droit sortie d'un film d'ados américain quand elle parlait avec ses copines étrangères de l'école internationale d'Athènes.

Franz Schmid expliquait qu'il s'était réveillé à six heures du matin, dans la chambre qu'il louait avec son frère tout près de la plage, à Massouri, une bourgade située à un quart d'heure de voiture de Pothia. Déjà debout, Julian s'apprêtait à sortir de la maison, c'est ce qui l'avait réveillé. Comme tous les matins, Julian allait parcourir à la nage, aller et retour, les huit cents mètres du détroit qui les séparait de Telendos, l'île voisine. Il sortait si tôt parce que cela leur laissait ensuite suffisamment de temps pour grimper avant que le soleil n'atteigne les meilleures falaises, à partir de midi. Mais aussi parce qu'il préférait nager nu et que le jour ne se levait que vers six heures trente. Et enfin parce qu'il pensait que les courants dangereux étaient plus faibles avant que le vent se mette à souffler, au lever du jour. D'ordinaire, il était de retour et prêt pour le petit déjeuner, qui était servi à sept heures, mais la veille, il n'était pas revenu.

Franz avait descendu l'escalier en contrebas de la maison, vers le quai en pierre croulant, au fond de la crique. Le grand drap de bain de son frère y était posé, retenu par une pierre. Franz l'avait touché. Sec. Il avait regardé la mer, interpellé les passagers d'un bateau de pêche qui toussotait non loin, mais personne n'avait semblé l'entendre. Puis il était remonté en courant chez leur logeur et lui avait demandé d'appeler la police de Pothia.

Les premiers arrivés avaient été les hommes du service de sauvetage en montagne, en tee-shirt orange. Avec un mélange de professionnalisme et de camaraderie enjouée, ils avaient sans tarder mis à l'eau deux embarcations et lancé l'opération de recherche. Ensuite étaient venus les plongeurs. Et finalement, la police, qui avait prié Franz de vérifier qu'aucun vêtement de Julian n'avait disparu, afin d'obtenir confirmation qu'il n'avait pas regagné leur chambre à son insu, pendant que son frère déjeunait à l'étage du dessous, avant de s'habiller et de s'en aller.

Franz et quelques copains d'escalade avaient écumé la plage du côté de Kalymnos, puis traversé le bras de mer jusqu'à Telendos dans un bateau de location. La police, également en bateau, cherchait au bord du littoral, où les vagues battaient le pied des falaises, tandis que Franz et ses amis s'enquéraient dans les maisons éparses à flanc de coteau si quelqu'un avait vu un nageur nu sortir de l'eau.

Ils étaient rentrés bredouilles et Franz avait passé le reste de la soirée au téléphone avec la famille et les amis pour leur expliquer la situation. Il avait aussi répondu à des appels de journalistes, allemands pour certains, et livré quelques brefs commentaires. On garderait espoir jusqu'au bout et ainsi de suite. La nuit, il avait à peine dormi et, au petit matin, il avait reçu un appel du commissariat, lui demandant s'il pouvait prêter assistance aux policiers. Il était venu, bien entendu, et se trouvait ici depuis maintenant – Franz Schmid a regardé sa montre – huit heures et demie.

« La bagarre, ai-je dit. Parlez-moi de la bagarre, la veille. »

Il a secoué la tête. « C'était juste une engueulade idiote. On jouait au billard au bar de l'Hémisphère. Tout le monde était un peu soûl. Alors Julian m'a balancé quelques vacheries et je lui en ai balancé quelques autres et, d'un seul coup, je lui ai jeté une boule de billard qui l'a touché à la tête. Il est tombé à la renverse et, quand il est revenu à lui, il avait la nausée et il a vomi. J'ai pensé traumatisme crânien, alors je l'ai emmené à la voiture pour le conduire à l'hôpital de Pothia.

— Vous vous battez souvent ?

— Quand on était petits, oui, mais plus maintenant. » Il s'est mis à caresser la repousse de barbe sur son menton. « Enfin, on ne supporte pas toujours très bien l'alcool.

— Je vois. En tout cas, c'était fraternel de votre part de l'emmener à l'hôpital. »

Franz a soufflé brièvement par le nez. « Pur égoïsme. Je voulais le faire examiner pour m'assurer qu'on pourrait se lancer sans problème dans la grande voie qu'on avait prévu de grimper le lendemain.

— Donc, vous êtes allés à l'hôpital ?

— Oui. Enfin, non.

— Non ?

— Après la sortie de Massouri, Julian a affirmé qu'il se sentait mieux, il voulait qu'on fasse demi-tour. Je lui ai répondu qu'un examen médical ne pouvait pas faire de mal, mais il a rétorqué que, vu mon allure, on risquait d'être arrêtés par la police qui me soupçonnerait de conduire en état d'ivresse, j'allais échouer dans une cellule et lui se retrouverait sans partenaire d'escalade. Je pouvais difficilement argumenter contre ça, alors on a fait demi-tour et on est rentrés.

— Quelqu'un vous a vus ? »

Il continuait de se frotter le menton. « Sûrement. Il était tard, mais on s'est garés dans la rue principale, où se trouvent tous les restaurants et où il y a toujours du monde.

— Bien. Pensez-vous avoir croisé quelqu'un qui pourrait nous aider à le confirmer ? »

Il a cessé de se frotter le menton. Je ne sais pas s'il s'était rendu compte que ce geste pouvait être perçu comme de la nervosité, ou si, tout simplement, son menton ne le démangeait plus. « On n'a croisé personne qu'on connaissait, je crois. Quand j'y repense, c'était assez désert. Il n'est pas impossible que le bar de l'Hémisphère ait été encore ouvert, mais les restaurants étaient sûrement tous fermés. En automne, il y a surtout des grimpeurs à Massouri, et ils se couchent tôt.

— Donc personne ne vous a vus ? »

Il s'est redressé sur sa chaise. « Je suis certain que vous savez ce que vous faites, inspecteur principal, mais pouvez-vous m'expliquer quel est le rapport avec la disparition de mon frère ? » Sa voix restait maîtrisée mais, pour la première fois, je décelais dans son expression quelque chose qui évoquait le stress.

« Oui, je le peux. Mais je suis relativement certain que vous êtes capable de le deviner vous-même. » J'ai désigné d'un signe de tête le dossier sur la table. « Il est écrit ici que votre logeur a été réveillé par des raclements de pieds de chaises et des éclats de voix d'une ou plusieurs personnes dans votre chambre. Vous vous disputiez toujours ? »

Son visage a tressailli légèrement. Était-ce parce que je lui rappelais que les dernières paroles qu'il avait échangées avec son frère étaient des mots durs ?

« Je vous le disais, nous n'étions pas entièrement sobres, a-t-il répondu doucement. Mais nous nous sommes couchés réconciliés.

— Quel était l'objet de cette dispute ?

— Oh, des âneries.

— Dites-moi. »

Attrapant le verre d'eau posé devant lui comme une bouée de sauvetage, il a bu. Un sursis lui donnant le temps de décider ce qu'il devait ou non raconter. J'ai croisé les bras, attendu. Je savais, bien sûr, quelles pensées le traversaient, mais il semblait suffisamment vif pour comprendre que, s'il ne me donnait pas l'information de lui-même, je l'obtiendrais auprès des témoins de l'altercation. Ce qu'il ignorait, en revanche, c'est que l'un de ces témoins avait déjà parlé. C'était la raison qui avait incité George Kostopoulos à contacter la Brigade criminelle d'Athènes, la raison pour laquelle le dossier avait atterri sur mon bureau. Le bureau de l'homme qui détectait la jalousie.

«*A dame*», a dit Franz.

J'ai essayé d'interpréter dans quel sens il employait ce terme. En anglais britannique, *dame* était un titre de noblesse. Mais en américain, *a dame* était de l'argot chandlérien, l'équivalent de nana, fille, poulette, une dénomination pas vraiment péjorative, mais pas cent pour cent respectueuse non plus. Cela désignait une femme qu'un homme pouvait mettre dans son lit, ou dont il devait se méfier dans certains cas. Mais Franz pensait peut-être en allemand, où *Dame* est une dénomination plutôt neutre si je me fie à mon interprétation du *Portrait de groupe avec dame* d'Heinrich Böll.

«La nana de qui?» ai-je demandé pour couper court et en venir au cœur de l'affaire.

De nouveau, ce vague sourire, un frémissement, et puis plus rien. «Eh bien, c'était justement ça, l'objet de la dispute.

— Je vois, Franz. Puis-je avoir les détails?»

Franz m'a regardé. Il a hésité. Je l'avais appelé par son prénom, procédé évident, mais d'une efficacité néanmoins stupéfiante, pour établir un climat de confiance. Je lui adressais à présent le regard et le langage corporel qui font que les suspects de meurtre ouvrent leur cœur à l'homme capable de détecter la jalousie. Phtonos*.

Les meurtres sont rares en Grèce. Si rares qu'on se demande souvent comment cela est possible, dans un pays frappé par la crise, avec un taux de chômage élevé, une corruption importante et de l'agitation sociale. D'aucuns répondent d'un trait d'humour : plutôt que tuer quelqu'un qu'ils détestent, les Grecs préfèrent le laisser continuer de vivre en Grèce. Toujours sur le ton de la plaisanterie, d'autres avancent que nous n'avons pas de crime organisé car nous sommes incapables de nous organiser. Mais, bien sûr, nous avons le sang vif. Nous connaissons le crime passionnel. Et je suis l'homme qu'on appelle quand on suspecte que le mobile du meurtre pourrait être la jalousie. On me dit capable de la flairer. C'est faux, évidemment. La jalousie n'a pas d'odeur, de couleur, de sonorités particulières. En revanche, elle a une histoire. Et c'est en écoutant cette histoire, ce qui est dit, ce qui ne l'est pas, que je parviens à déterminer si je me trouve face à un animal blessé, désespéré. J'écoute et je sais. Je sais, parce que c'est moi, Nikos Balli, que j'écoute. Je sais, parce que je suis moi-même l'un de ces animaux blessés.

Et Franz a raconté. Il a raconté, parce que raconter ceci – cette partie de la vérité – fait toujours du bien. Sortir, déballer au grand jour l'injuste revers et la haine qui en

* Divinité de la mythologie grecque représentant la jalousie. *(N.d.É.)*

découle forcément. Car il n'est évidemment pas pervers d'être prêt à supprimer ce qui fait obstacle à notre mission première de créatures biologiques : nous reproduire pour perpétuer nos gènes uniques. Ce qui l'est, en revanche, c'est de se laisser arrêter par une morale dont on nous enseigne qu'elle ne constitue un don de la nature ou de Dieu, mais qui en fin de compte ne constitue qu'un ensemble de règles pratiques dictées par les besoins de la communauté à un moment donné.

Un jour où il ne grimpait pas, Franz s'était aventuré sur son scooter de location vers le nord de Kalymnos et, dans le village d'Emporio, il avait rencontré Helena, qui était serveuse dans le restaurant de son père. La foudre avait frappé et il avait surmonté sa timidité naturelle pour lui demander son numéro de téléphone. Six jours et trois rendez-vous plus tard, Franz et Helena faisaient l'amour dans les ruines d'un monastère de Paleochora. Ayant l'interdiction formelle d'accueillir à la maison des invités en général et des touristes étrangers en particulier, Helena insistait pour que leurs rencontres se déroulent en tête à tête et dans le plus grand secret, car tous connaissaient son père dans le nord de l'île. Ils restaient donc discrets, mais Franz avait tout raconté à son frère, en détail, dès sa première rencontre avec Helena au restaurant : la moindre phrase prononcée, chaque regard, chaque effleurement, le premier baiser. Franz lui avait montré des photos d'elle, une vidéo où elle admirait le coucher de soleil, assise sur les remparts.

Ils avaient toujours agi ainsi depuis leur enfance, tout partagé, avec une grande précision, afin que ce que l'un vivait appartienne aussi à l'autre. Par exemple, Julian – dont Franz disait qu'il avait toujours été le plus extraverti des deux – lui avait montré quelques jours auparavant une *sex-tape* qu'il avait filmée dans un appartement de Pothia, à l'insu de la fille avec qui il couchait.

« Julian a proposé en blaguant que j'aille chez elle et que je me fasse passer pour lui pour voir si elle nous différencierait en tant qu'amants. Une idée fascinante, bien sûr, mais…

— Mais vous avez refusé.

— J'avais rencontré Helena, j'étais déjà tellement amoureux que je ne pensais à rien d'autre, je ne parlais de rien d'autre. Alors il n'est peut-être pas surprenant que Julian aussi se soit intéressé à elle, et soit ensuite tombé amoureux.

— Sans même l'avoir rencontrée ? »

Franz a lentement hoché la tête. « Du moins, je croyais qu'il ne l'avait pas rencontrée. J'avais mentionné que j'avais un frère, mais je n'avais pas précisé à Helena que nous étions jumeaux monozygotes. En général, nous ne le disons pas.

— Pourquoi ? »

Il a haussé les épaules. « Certaines personnes trouvent

assez dérangeant que nous existions en deux exemplaires. Alors nous attendons souvent quelque temps avant d'en parler, ou de présenter notre double.

— Je vois. Continuez.

— Il y a trois jours, mon téléphone a disparu. J'ai cherché comme un fou, c'était le seul endroit où j'avais noté le numéro d'Helena, et on n'arrêtait pas de s'envoyer des messages, elle devait croire que je l'avais quittée. J'avais décidé de me rendre à Emporio quand je l'ai retrouvé, le lendemain matin. Il vibrait dans la veste de Julian, qui était sorti nager. C'était un texto d'Helena qui remerciait pour la soirée de la veille et espérait que nous pourrions bientôt nous revoir. Et c'est là que j'ai compris ce qui s'était passé. »

Il a remarqué mon étonnement – sans doute mal joué.

« Julian avait pris mon téléphone, a-t-il expliqué, d'un ton presque impatient, comme je ne semblais toujours pas comprendre. Il l'avait appelée avec mon téléphone pour qu'elle croie que c'était moi. Ils s'étaient donné rendez-vous et, quand ils se sont vus, elle n'a pas compris que la personne qui se présentait à elle n'était pas moi, mais Julian.

— Ah !

— Quand il est rentré de sa séance de natation, je l'ai cuisiné et il a tout avoué. J'étais fou de rage, alors je suis parti grimper avec d'autres. Nous ne nous sommes pas revus avant le soir, au bar, et il a alors prétendu qu'il avait appelé Helena entre-temps, qu'il lui avait tout expliqué, qu'elle lui avait pardonné la supercherie et qu'ils étaient amoureux l'un de l'autre. J'étais furieux et… bref, on a recommencé à s'engueuler. »

J'ai hoché la tête. Les explications à cœur ouvert de Franz pouvaient s'interpréter de plusieurs façons. La jalousie exerçait peut-être sur lui une pression intérieure si forte que l'humiliante vérité devait sortir, même s'il savait pertinemment sous quel jour suspect cela le plaçait, dès lors que son frère avait disparu sans laisser de traces. Si tel était le cas – et s'il l'avait effectivement tué –, la pression de la culpabilité et le manque de maîtrise de soi produiraient bientôt le même effet : il avouerait.

Ou alors, justement, il supposait que je lirais sa franchise comme une incapacité à résister à la pression intérieure. Si, après ces révélations, il ne craquait pas en avouant le meurtre, je serais plus enclin à croire à son innocence.

Enfin, l'interprétation la plus évidente : il était innocent et n'avait pas à s'inquiéter des conséquences de sa confession.

Un riff de guitare. Je l'ai tout de suite reconnu. *Black Dog*, Led Zeppelin.

Sans se lever de sa chaise, Franz Schmid s'est tourné et a sorti un téléphone de la veste suspendue sur le mur derrière lui. Il a regardé l'écran alors que le riff partait dans sa variation après la troisième répétition, celle où

Bonham à la batterie et Jimmy Page à la guitare sont en décalage rythmique et qui est pourtant parfaite. Trevor, mon copain de la chambre voisine à Oxford, avait écrit une dissertation en mathématiques sur les figures rythmiques complexes de *Black Dog*, et sur le paradoxe John Bonham, connu pour sa capacité à boire et à détruire des chambres d'hôtel plus que pour son intellect ; il l'avait comparé au *Joueur d'échecs* de Stefan Zweig, ce génie en apparence stupide. Franz Schmid était-il un tel batteur, un tel joueur d'échecs ? Il a interrompu le riff en appuyant sur l'écran et a plaqué le téléphone contre son oreille.

« Oui ? » Il a écouté. « Un instant. » Il m'a tendu le téléphone. Je l'ai pris.

« Inspecteur principal Balli. Oui ?

— Arnold Schmid à l'appareil, je suis l'oncle de Franz et Julian, a dit une voix gutturale en anglais, avec ce lourd accent allemand si souvent parodié. Je suis avocat. Je me demandais sur quel fondement vous retenez Franz.

— Nous ne le retenons pas, monsieur Schmid, il s'est déclaré disposé à nous assister pour rechercher son frère et nous profiterons de son aide aussi longtemps qu'il le souhaitera lui-même.

— Repassez-le-moi. »

Franz a écouté quelques instants, puis il a effleuré l'écran avant de poser le téléphone entre nous, sur la table, en le protégeant de sa main. J'ai regardé l'appareil alors qu'il m'informait qu'il était fatigué et désirait rentrer chez lui, mais nous encourageait à l'appeler s'il y avait quelque chose.

Comme une question ? ai-je songé. Un corps ?

« Le téléphone, ai-je dit. Seriez-vous opposé à ce que nous y jetions un coup d'œil ?

— Je l'ai donné au policier à qui j'ai parlé. Avec le code PIN.

— Je ne parlais pas de celui de votre frère, mais du vôtre.

— Le mien ? » Sa main musclée s'est recourbée comme une serre autour de l'appareil noir sur la table. « Euh, ça prendra longtemps ?

— Pas le téléphone physique. Je comprends bien que vous en avez besoin dans la situation actuelle. Ce que je vous demande, c'est si vous accepteriez de nous donner officiellement accès à vos communications téléphoniques et aux messages de votre téléphone ces dix derniers jours. Il nous suffirait de votre signature sur un formulaire pour obtenir ces informations auprès de l'opérateur téléphonique. » Je me suis excusé d'un sourire. « Ça m'aiderait pour vous rayer de la liste des pistes à suivre. »

Il m'a observé. À la lumière des fenêtres en hauteur, j'ai vu ses pupilles se dilater. La dilatation des pupilles – le besoin de laisser entrer davantage de lumière – peut être due à plusieurs facteurs, la peur ou le désir charnel, par exemple. Dans le cas présent, je crois qu'il s'agissait simplement de concentration accrue. Comme aux échecs, quand quelqu'un fait un coup auquel on ne s'attendait pas.

Je sentais presque les pensées fuser dans son cerveau.

S'attendant à ce que nous souhaitions regarder son téléphone, il avait supprimé les appels et messages qu'il ne voulait pas que je voie. Mais il se pouvait que rien n'ait été effacé chez l'opérateur, se disait-il. Bien entendu, il pouvait toujours refuser, appeler son oncle, obtenir confirmation qu'il n'y avait pas de différence sur ce point entre les législations grecque, américaine et allemande : il n'avait pas besoin de donner quoi que ce soit à la police tant que la police n'était pas légalement habilitée à l'exiger. Mais que se passerait-il s'il faisait des difficultés ? Je ne le rayerais pas de la liste, se disait-il sans doute. J'ai vu un semblant de panique dans son regard.

« Pas de problème, a-t-il répondu. Où dois-je signer ? »

Ses pupilles se rétractaient déjà. Son cerveau avait scanné les messages. Rien de critique, probablement. Il ne m'avait pas montré ses cartes, mais dans un instant révélateur il s'était départi de son flegme.

Nous avons quitté la pièce ensemble et nous traversions l'open space pour aller parler à George quand un chien, un golden retriever qui semblait de bonne composition, a surgi entre deux cloisons mobiles et bondi sur Franz en aboyant joyeusement.

« Salut, toi ! » s'est exclamé spontanément le jeune homme avant de s'accroupir pour le caresser derrière l'oreille, de la main experte qui caractérise les gens qui aiment vraiment les animaux. Et que ces derniers semblent reconnaître instinctivement. C'est sans doute pour cela que ce robuste animal avait choisi Franz plutôt que moi. Sa queue tournait comme un rotor alors qu'il essayait de lui lécher la figure.

« Les animaux, c'est mieux que les humains, vous ne trouvez pas ? » a demandé Franz en levant les yeux vers moi. Le visage rayonnant, il avait soudain l'air d'un autre.

Une voix sévère a résonné entre les cloisons, cette même voix qui avait informé George de l'appel d'une journaliste : « Odin ! » La femme est sortie, a attrapé le chien par son collier.

« Je suis désolée, s'est-elle excusée en grec. Il sait pourtant qu'il n'est pas censé se comporter comme ça. »

Elle devait avoir la trentaine, était petite, ramassée et athlétique dans son uniforme muni de la ceinture blanche de la police touristique. Elle a levé les yeux. Ils étaient rouges et ses joues se sont parées de la même couleur quand elle nous a vus. Les griffes d'Odin ont raclé le sol quand elle l'a traîné, tout couinant, derrière les cloisons. J'ai entendu un reniflement.

« J'aurais besoin d'aide pour imprimer un formulaire d'assentiment à la perquisition du téléphone, ai-je dit en m'adressant à la cloison. C'est sur le site de… »

Sa voix m'a interrompu. « Vous n'avez qu'à aller à l'imprimante au bout du couloir, monsieur Balli. »

« Alors ? a fait George Kostopoulos quand j'ai passé la tête dans son box.

— Le suspect est reparti à Massouri sur son scooter. » Je lui ai tendu la feuille où figurait la signature de Franz Schmid. « Et j'ai bien peur qu'il se doute que nous sommes sur sa trace et qu'il puisse en venir à déguerpir.

— Aucun danger. Nous sommes sur une île et, d'après les prévisions, le vent ne va faire que forcir. Dois-je en déduire que vous… ?

— Oui, je crois qu'il a tué son frère. Vous me faites suivre par mail la liste des communications dès que l'opérateur téléphonique vous l'envoie ?

— Vous voulez que je demande aussi le relevé des appels et des messages de Julian Schmid ?

— Malheureusement, tant que sa mort n'est pas confirmée, cela requiert une décision de justice. Mais vous avez son téléphone ?

— Tout à fait. » George a ouvert un tiroir.

Prenant l'appareil qu'il me tendait, je me suis assis dans le fauteuil en face de lui. J'ai tapé le code inscrit sur un post-it et fait défiler les appels, les SMS.

Rien ne présentait d'intérêt manifeste pour l'affaire. Seulement un message annonçant une croix – ce qui, dans le jargon de l'escalade, signifie qu'on a fait l'ascension d'une voie –, déclenchant chez moi un réflexe de sudation des paumes. Des félicitations qui lui étaient adressées, d'autres qu'il adressait. Des rendez-vous pour dîner, le nom du restaurant dans lequel la « bande » se réunissait, les horaires. En revanche, il ne semblait y avoir ni conflit ni romance.

J'ai sursauté quand le téléphone s'est mis à vibrer et qu'a résonné une voix de fausset chargée de pathos qui sentait la pop mainstream des années 2000. J'hésitais. Si je décrochais, il me faudrait probablement expliquer à un ami, un collègue ou un cousin de Julian que ce dernier avait disparu lors de son séjour d'escalade en Grèce et qu'on craignait une noyade. J'ai respiré, appuyé sur l'icone verte.

« Julian ? a chuchoté une voix féminine avant que j'aie le temps de dire quoi que ce soit.

— Ici, la police », ai-je répondu en anglais. Je me suis ensuite tu. Je voulais laisser planer cette information. D'abord, faire comprendre qu'il s'était passé quelque chose.

« Je suis navrée, s'est excusée la femme d'un ton résigné. J'espérais que ce serait Julian, mais… Il y a du nouveau ?

— Qui êtes-vous ?

— Victoria Hässel. Une amie d'escalade. Je ne voulais pas embêter Franz et… enfin. Merci. »

Elle a raccroché, j'ai noté son numéro.

« Cette sonnerie. Qu'est-ce que c'était ?

— Aucune idée, a répondu George.

— Ed Sheeran, a précisé la voix de la propriétaire de chien de l'autre côté de la cloison. *Happier.*

— Merci, lui ai-je crié.

— Y a-t-il autre chose que nous puissions faire ? » a demandé George.

J'ai croisé les bras en réfléchissant. « Non. Enfin, si. Il a bu dans un verre tout à l'heure. Pourriez-vous relever les empreintes ? Et prélever l'ADN de la salive sur le bord. »

George a toussoté. Je savais ce qu'il allait dire. Il nous fallait l'assentiment de cette personne ou une décision de justice.

« Je suspecte que ce verre a pu se trouver sur une scène de crime, ai-je déclaré.

— Pardon ?

— Dans le rapport, si vous ne faites pas de lien entre les prélèvements d'ADN et un individu nommé, mais que vous inscrivez uniquement le verre, la date et le lieu, c'est bon. Ça n'est pas forcément utilisable dans un procès, mais ça pourrait nous servir, à vous et à moi. »

George a haussé l'un de ses sourcils broussailleux.

« C'est ce que nous faisons à Athènes », ai-je menti. À la vérité, il arrivait que ce soit ce que *moi* je faisais à Athènes.

« Christine ? a-t-il appelé.

— Oui ? » Un pied de chaise a raclé le sol, la fille de la police touristique a regardé par-dessus la cloison.

« Tu pourrais envoyer le verre de la salle d'interrogatoire pour une analyse ?

— Ah bon ? On a l'accord de…

— C'est une scène de crime.

— Une scène de crime ?

— Oui, a répondu George sans me quitter des yeux. Apparemment, c'est comme ça qu'on fait ici, maintenant. »

Il était dix-neuf heures, j'étais allongé sur le lit dans ma chambre d'hôtel, à Massouri. Les hôtels de Pothia étaient tous complets, sans doute à cause du temps. Tant mieux, ça me rapprochait du centre des événements. Au-dessus de moi, de l'autre côté de la route, s'élevaient des falaises de calcaire blanc cassé. D'une beauté enchanteresse et si invitantes au clair de lune. Il y avait eu un accident mortel pendant l'été, la presse en avait parlé. Je n'avais pas voulu lire ce qu'on en disait, mais je l'avais fait quand même.

De l'autre côté du petit hôtel, la falaise plongeait plus ou moins à pic dans la mer.

Les eaux étaient demeurées moins agitées dans le détroit entre Kalymnos et Telendos qu'au large et le deuxième jour de recherches était achevé. Mais vu le temps annoncé pour le lendemain, il n'y en aurait pas de troisième, m'avait-on appris. Le vent secouait les volets des fenêtres et j'entendais la mer hurler.

Ma mission – établir le diagnostic, déterminer si on était en présence d'une jalousie à caractère meurtrier – était accomplie. L'étape suivante, l'enquête judiciaire, n'était pas mon fort, mes collègues d'Athènes devaient s'en charger, mais la météo retardait la relève, ce qui exposait, exhibait même, mes insuffisances d'inspecteur criminel. Je n'avais pas d'aptitude à me représenter comment un assassin avait pu procéder pour commettre un meurtre et dissimuler ensuite ses traces. Mon chef pensait que mon surcroît d'intelligence émotionnelle se payait d'un défaut d'imagination pratique. C'est pour cette raison qu'il m'appelait l'enquêteur de la jalousie, c'est pour cette raison qu'on m'envoyait en éclaireur et qu'on me retirait sitôt mon feu vert ou rouge donné.

Dans les affaires de meurtre, il existe une règle dite des quatre-vingts pour cent. Dans quatre-vingts pour cent des cas, le coupable a des liens étroits avec la victime, qui, dans quatre-vingts pour cent des cas, sont ceux d'un mari ou d'un petit ami, dont le mobile est, dans quatre-vingts pour cent des cas, la jalousie. À la Brigade criminelle, quand nous décrochons le téléphone et que le mot « meurtre » est prononcé, nous savons donc que nous avons cinquante et un pour cent de chances que le mobile soit la jalousie. Ce qui fait de moi, en dépit de mes limites, un homme important.

Je suis en mesure de dater avec précision quand j'ai appris à lire la jalousie d'autrui. C'est au moment où j'ai compris que Monique en aimait un autre. De l'incrédulité à la rage en passant par la fureur, le mépris de soi et, pour finir, la dépression, je suis passé par toutes les affres de la jalousie. Sans doute parce que jamais de ma vie je n'avais traversé pareille torture psychologique, je me suis aperçu que la douleur, tout en étant dévorante, me plaçait dans une situation d'observateur extérieur. J'étais à la fois le patient non anesthésié sur la table d'opération et un spectateur regardant depuis la galerie, un jeune étudiant en médecine qui découvrait ce qui se passe quand on extrait le cœur de quelqu'un de sa poitrine. Il pourra sembler étrange que la jalousie, comble du subjectif, puisse aller de pair avec cette objectivité froide. La seule explication que je puisse offrir est que, jaloux, j'ai entrepris des choses qui me rendaient étranger à moi-même au point de me réduire à l'état de spectateur horrifié de ma propre personne. J'avais vécu suffisamment pour voir l'autodestruction chez les autres, mais jamais je n'avais songé que je pouvais receler ce poison. Je me trompais. Et le plus surprenant, c'est que la curiosité et la fascination étaient presque aussi vives que la douleur, la haine, le mépris de moi-même. Comme chez un lépreux qui voit son propre visage se décomposer, sa chair infectée, ses propres entrailles putrides apparaître dans toute leur horreur grotesque et jubilatoire. En ce qui me concerne, je suis ressorti vivant de cette lèpre. Avec des séquelles, c'est évident, mais une immunité, aussi. Je ne pourrai plus jamais être jaloux, pas de cette façon. Maintenant, je ne saurais dire si cela signifie également que je ne pourrai plus aimer, aimer ainsi ; d'autres facteurs dans ma vie pourraient expliquer que je n'ai jamais plus ressenti pour une autre ce que j'avais ressenti pour Monique. D'un autre côté, elle a fait de moi celui que je suis devenu professionnellement. L'enquêteur qui détecte la jalousie.

Depuis ma plus tendre enfance, j'ai une forte capacité à m'investir dans les récits. Famille et amis l'ont commenté en employant toutes sortes de qualificatifs, de remarquable et touchant à pathétique et efféminé. Pour moi, c'était un cadeau. Je n'assistais pas aux aventures de Huckleberry Finn, j'étais Huckleberry Finn. Et Tom Sawyer. Et quand je suis allé à l'école, où l'on devait apprendre à être grec, Ulysse, bien sûr. Mais nul besoin de grands récits de la littérature mondiale, je me contente amplement d'une histoire d'adultère toute simple, même mal racontée, réelle ou fictive, peu importe. Je suis dans l'histoire, j'en fais partie dès la première phrase, c'est comme appuyer sur un interrupteur. Il en résulte que je détecte instantanément les éventuelles fausses notes. Il ne s'agit pas ici de talents exceptionnels pour interpréter le langage corporel, le ton et les stratégies rhétoriques de défense que nous adoptons par réflexe. Non, c'est le récit. Même chez un personnage grossièrement ébauché, aux traits subjectifs et mensongers, je peux identifier les lignes directrices, les motivations probables, la place dans le récit et, partant, je sais ce qui fait ressortir quoi, inexorablement. Parce que je me suis moi-même trouvé là. Parce que notre jalousie gomme nos différences à vous et à moi, nos comportements se mettent à se ressembler, par-delà la classe sociale, le sexe, la religion, les études, le quotient intellectuel, la culture, l'éducation reçue ; c'est le cas aussi chez les toxicomanes. Nous sommes tous des morts-vivants titubant dans les rues, poussés par une seule motivation : combler ce grand trou noir en nous.

Encore une remarque. La capacité à s'investir dans une histoire n'est pas synonyme d'empathie. « C'est pas parce que je m'en fous que je comprends pas », comme dit Homer. L'Homer des *Simpson*, s'entend, pas l'Homère de *L'Odyssée*. Mais dans mon cas, malheureusement, les deux se confondent. Je souffre et souffre avec le jaloux. Et c'est pourquoi je déteste mon travail.

Le vent tirait sur le volet, voulait l'ouvrir, voulait se montrer.

Je me suis endormi, j'ai rêvé de chutes de grandes hauteurs. Et j'ai été réveillé une heure plus tard, par le choc sur le sol, pour ainsi dire.

Une notification d'e-mail avait sonné sur mon téléphone. Il contenait la liste des SMS effacés de Franz Schmid et la liste de ses appels. D'après laquelle il avait téléphoné à une certaine Victoria Hässel huit fois, sans obtenir de réponse, la nuit de la dispute avec son frère. J'ai vérifié le numéro et obtenu confirmation qu'il s'agissait bien de la Victoria avec qui j'avais échangé quelques mots sur le téléphone de Julian. Mais la sensation que quelqu'un heurte le sol depuis une grande hauteur, cette légère secousse, le bruit de la chair contre la pierre, qu'on n'oublie jamais, jamais, n'est venu que lorsque j'ai lu le SMS que Franz avait envoyé à un numéro grec appartenant à Helena Ambrosia.

« J'ai tué Julian. »

Emporio était un hameau à l'extrémité nord de Kalymnos, où la route principale s'arrêtait abruptement. La femme qui s'est approchée de ma table me rappelait Monique. Pendant un temps, quelques années, j'avais vu Monique partout, dans les traits, le regard, la chute de reins de chaque femme, je l'entendais dans chaque mot prononcé par une inconnue. Mais son fantôme avait fini par pâlir sous les rayons constants du temps qui passait. Et au bout de quelques années, j'avais pu me lever et sortir dans les rues d'Athènes en sachant qu'il me laisserait tranquille. Jusqu'à la tombée de la nuit.

Cette fille était belle, aussi, mais pas autant que Monique, évidemment. Enfin, si. Svelte, les jambes longues, des gestes gracieux. Des yeux marron doux. Mais elle avait la peau grasse et le menton fuyant. Qu'est-ce qui avait manqué à Monique ? Je ne m'en souvenais plus. De la décence, peut-être.

« *How can I be of service, Sir ?* »

Cette phrase d'une politesse un peu excessive – que j'avais si souvent entendu les serveurs anglais débiter avec une condescendance mâtinée d'ironie – était touchante de sincérité dans la bouche de cette toute jeune femme grecque. Il n'y avait qu'elle et moi ce matin-là, dans ce sympathique petit restaurant familial.

« Vous êtes Helena Ambrosia ? »

Elle a rougi en m'entendant parler en grec avant d'acquiescer d'un signe de tête. Je me suis présenté, lui ai expliqué que je venais dans le cadre de la disparition de Julian Schmid et j'ai vu l'épouvante la gagner quand je lui ai dit que j'avais connaissance de son lien avec Franz Schmid. À intervalles réguliers, elle regardait par-dessus son épaule pour s'assurer que personne n'était sorti de la cuisine et ne nous entendait.

« Oui, oui, mais quel rapport avec l'homme qui a disparu ? a-t-elle chuchoté rapidement, en colère, rouge de honte.

— Vous êtes sortie avec les deux.

— Quoi ? Non ! » Elle avait élevé la voix dans un instant d'oubli, mais a vite repris son chuchotement furieux : « Qui a dit ça ?

— Franz. Vous avez vu son frère jumeau Julian dans la ville de pierre, il s'était fait passer pour lui.

— Son frère jumeau ?

— Monozygote. »

J'ai lu la perplexité sur son visage. « Mais... » Je la

voyais repasser les événements dans sa tête. La perplexité s'est muée en incrédulité, puis en effroi.

« Je suis… sortie avec deux frères ? a-t-elle bredouillé.

— Vous ne le saviez pas ?

— Comment aurais-je pu le savoir ? S'ils sont vraiment deux, ils sont tout à fait identiques. » Elle a pressé ses mains contre ses tempes comme pour les empêcher d'exploser.

« Alors Julian a menti à son frère en disant qu'il vous avait appelée le lendemain après-midi de votre rencontre dans la ville de pierre, qu'il vous avait tout expliqué et que vous lui aviez pardonné ?

— Je n'ai parlé avec aucun d'eux après ça !

— Et le texto que vous avez reçu de Franz ? "J'ai tué Julian." »

Elle ne cessait de cligner des yeux. « Je n'ai pas compris. Franz m'avait dit qu'il avait un frère, mais pas qu'ils étaient jumeaux ni qu'il s'appelait Julian. En lisant le message, je me suis dit que Julian pouvait être le nom d'une voie qu'il avait grimpée ou d'un cafard dans sa chambre, quelque chose comme ça, j'étais sûre qu'une explication suivrait plus tard. Mais nous venions de fermer et j'étais très occupée à ranger, alors je lui ai répondu par un smiley.

— J'ai regardé les messages que vous avez envoyés à Franz. Ce sont toujours des réponses plutôt courtes à de longs messages. Le texto que vous avez envoyé le lendemain de votre rencontre avec Julian est le seul dont vous avez pris l'initiative, le seul où je note une certaine… affection ? »

Elle s'est mordu la lèvre inférieure, a hoché la tête, les larmes aux yeux.

« Julian ne vous a jamais expliqué qu'il n'était pas Franz. En revanche, vous êtes bel et bien tombée amoureuse après l'avoir rencontré ?

— Je… » Elle a semblé se vider de toute force, et s'est affalée plus qu'assise sur la chaise en face de moi. « Quand je l'ai rencontré… celui qui s'appelle Franz… j'ai été très séduite. Et je suppose que j'étais flattée. On se retrouvait à Paleochora, où il n'y a presque jamais personne, en tout cas personne qui connaisse ma famille. C'était très innocent, mais la dernière fois je l'ai laissé m'embrasser en partant. Même si je n'étais pas amoureuse, pas vraiment.

« Alors quand il… enfin, ça devait être Julian… quand il m'a envoyé un message demandant à me voir, j'ai refusé. J'avais décidé d'arrêter à temps. Mais il a insisté comme… comme il ne l'avait pas fait auparavant. Il était drôle, plein d'autodérision. J'ai accepté un dernier rendez-vous. Quand on s'est retrouvés à Paleochora, on aurait dit que tout avait changé. Lui, moi, notre façon de parler, sa façon de me tenir dans ses bras. Il était tellement plus décontracté, plus joueur. C'était communicatif. On riait beaucoup plus. Je me suis dit que c'était parce qu'on se connaissait mieux, on se détendait.

— Avez-vous eu des relations sexuelles avec Julian ?

— Nous… » Son visage s'est crispé, elle a rougi. « Je suis obligée de répondre ?

— Vous n'êtes obligée de rien du tout, Helena, mais plus j'en saurai, plus il me sera facile de résoudre l'affaire.

— Et de retrouver Julian ?

— Oui. »

Elle a fermé les yeux, elle semblait se concentrer. « Oui. Oui, nous avons eu des relations sexuelles. Et c'était… très bien. Quand je suis rentrée à la maison ce soir-là, je savais que je m'étais trompée, que j'étais véritablement amoureuse et qu'il fallait que je le revoie. Et maintenant, il a… »

Helena a enfoui son visage dans ses mains. J'ai entendu un sanglot derrière ses doigts, longs et fins, comme ceux de Monique, qui les levait toujours en disant qu'ils ressemblaient à des pattes d'araignée.

Je lui ai posé un certain nombre de questions, auxquelles elle a répondu spontanément et honnêtement.

Elle n'avait vu ni Franz ni quiconque se faisant passer pour lui après le dernier rendez-vous aux remparts. Elle a confirmé avoir envoyé un message au numéro de Franz le lendemain matin, lui disant qu'elle espérait qu'ils se reverraient bientôt. Elle n'avait pas reçu de réponse. Jusqu'à ce texto énigmatique, ce « J'ai tué Julian », auquel elle avait répondu par un smiley. Il allait de soi que, étant celle qui avait envoyé le dernier message, elle n'avait pas cherché à reprendre contact.

J'ai acquiescé d'un signe de tête, légèrement surpris de constater que les règles du jeu de ma jeunesse restaient valables aujourd'hui, et j'ai conclu de sa façon de me répondre qu'elle n'avait rien à cacher. Ou plus exactement : elle ne cachait rien. Elle avait l'absence de honte d'une personne amoureuse, qui pense que l'amour est au-dessus de tout. En vérité, tomber amoureux est la plus douce des psychoses mais, dans son cas, c'était aussi devenu la pire des tortures. On lui avait fait miroiter l'amour pour le lui arracher aussitôt.

Je lui ai laissé mon numéro en lui faisant promettre de m'appeler si elle pensait à autre chose, ou si l'un des frères prenait contact avec elle. J'ai vu son visage s'éclairer quand je lui ai donné cet espoir que Julian puisse être encore en vie, mais à mon départ elle s'est remise à pleurer.

« Victoria, j'écoute. » Elle semblait essoufflée. Comme si elle venait de redescendre d'une voie et s'était dépêchée pour répondre au téléphone qui sonnait dans son sac.

« Nikos Balli, inspecteur de police », ai-je dit en déportant légèrement ma voiture de location sur la route pour éviter un troupeau de chèvres couchées sur l'asphalte à la sortie d'Emporio. « Nous nous sommes très brièvement parlé hier au téléphone, vous appeliez Julian Schmid et c'est moi qui ai décroché. J'aurais bien voulu vous poser quelques questions.

— Malheureusement, je suis sur un secteur, là. Ça peut attendre jusqu'à ce que…

— Lequel ?

— Ça s'appelle Odyssey.

— Je vais vous rejoindre, si ça ne vous ennuie pas. »

Elle m'a expliqué comment m'y rendre. Entre Arginonta et Massouri, une sortie à gauche, juste avant un virage en épingle à cheveux. Se garer au bout du chemin, à l'endroit où les grimpeurs laissent leurs scooters. Suivre le sentier – ou d'autres grimpeurs – qui remonte la colline, huit ou dix minutes de marche jusqu'au bas de la falaise, et là je la verrais sur une large corniche à cinq ou six mètres de hauteur. Des marches naturelles me permettraient d'y monter.

Vingt minutes plus tard, j'étais sur le sentier d'une colline aride, avec pour toute végétation du thym en touffes éparses. Épongeant la sueur de mon front, j'ai levé les yeux sur une falaise de calcaire large de plusieurs centaines de mètres et haute de trente ou quarante mètres, qui barrait le coteau d'une muraille oblique. À son pied, je voyais pendre des cordes, une vingtaine sûrement, réparties sur la hauteur de la falaise et reliant les assureurs, au sol, aux grimpeurs, sur la paroi. Il s'agissait là d'escalade sportive, ce qui, pour simplifier, se déroule de la façon suivante : avant de commencer, celui qui va grimper attache une extrémité de la corde à son baudrier, où il a aussi accroché le nombre de mousquetons dont il a besoin pour sa voie, souvent autour d'une douzaine. Des points d'ancrage métalliques sont fixés dans la paroi. Quand le grimpeur atteint l'un d'entre eux, il y fixe son mousqueton, puis passe sa corde dans le mousqueton. Son binôme, au sol, l'assureur, a sur son propre baudrier un frein d'assurage, à travers lequel passe la corde, à peu près comme une ceinture de sécurité dans l'enrouleur. À mesure que le grimpeur monte, il distribue la corde en tirant doucement, comme on le fait avec sa ceinture en voiture. En cas de chute, la corde est tirée à travers le frein d'assurage à une vitesse telle que le mécanisme se bloque, à moins que l'assureur l'ait entièrement ouvert. Si le grimpeur tombe, il ne tombe donc que légèrement au-dessous du dernier mousqueton auquel il a fixé la corde et est arrêté par le frein et le poids de l'assureur. Autrement dit, l'escalade sportive, la plus répandue, est relativement sans danger comparée à l'escalade en solo intégral, par exemple, qui se fait sans corde ni quelconque forme d'assurage, et où l'espérance de vie est plus courte que chez les héroïnomanes, ce qui du reste n'est pas une mauvaise comparaison. Pourtant, j'ai frissonné. Car rien n'est totalement sûr, et tout ce qui peut mal tourner tournera mal tôt ou tard. On croit parfois que c'est une plaisanterie, formulée comme la loi de Murphy, mais non, c'est une pure affaire de maths et de logique. Absolument tout ce qui est autorisé par les lois de la physique peut se produire et va se produire, c'est une simple question de temps.

J'ai avancé jusqu'à la falaise, trouvé la corniche où une femme tenait une corde qui remontait vers un grimpeur sur la paroi, dix mètres au-dessus d'elle. J'ai crapahuté jusqu'à elle en m'aidant de mes mains et de mes pieds.

« Victoria Hässel ? lui ai-je demandé, le souffle court.

— Bienvenue, a-t-elle répondu sans quitter son grimpeur des yeux.

— Merci de me laisser vous déranger. »

Me retenant à une fissure profonde dans la paroi, je me suis écarté avec prudence pour regarder en bas. Six mètres seulement et, pourtant, je sentais l'appel du vide.

« Vous avez le vertige ? » m'a demandé Victoria Hässel. Je n'avais pas remarqué qu'elle me regardait.

« Ne l'avons-nous pas tous ?

— Certains plus que d'autres. »

J'ai levé les yeux vers le grimpeur. Un garçon qui avait l'air passablement plus jeune qu'elle. Et, à en juger par son jeu de pieds défaillant alors qu'elle avait la main sûre autour du frein et de la corde, il avait plus à apprendre d'elle sur l'escalade que l'inverse. Je n'aurais su dire quel âge avait Victoria Hässel, tout était possible entre trente-cinq et quarante-cinq ans. Elle avait en tout cas l'air athlétique. Presque maigre, les membres longs, mais un dos musclé sous son haut de sport ajusté. Des avant-bras secs, de la magnésie sur les mains et sur son pantalon d'escalade. Elle a considéré non sans une certaine désapprobation mon costume et mes chaussures en cuir marron. Je savais que le vent soufflait mes cheveux dans tous les sens. Les siens étaient retenus par un bonnet en laine.

« Il y a du monde, ai-je observé avec un geste de la tête vers la paroi.

— D'habitude, il y en a encore plus. » Elle a reporté son regard sur le grimpeur. « Mais il y a trop de vent aujourd'hui, ils sont nombreux à être restés au café. » Elle a désigné du menton la mer écumante.

On avait vue sur presque tout. La route principale, les voitures, le centre de Massouri, les gens, petites fourmis noires tout en bas, des grimpeurs au-dessous de nous, qui approchaient du sentier.

« Vous ne le croirez peut-être pas, a dit Victoria, mais par un vent pareil, les cordes peuvent s'envoler et se coincer sur la paroi.

— Si vous le dites, je vous crois.

— Oui, croyez-moi. De quoi s'agit-il, monsieur Balli ?

— Oh, ça peut attendre que votre grimpeur soit redescendu.

— C'est une voie facile, vous n'avez qu'à m'expliquer.

— Il me semblait avoir entendu parler d'une règle qui veut qu'on se concentre sur le grimpeur quand on assure.

— Merci du tuyau, a-t-elle dit avec un petit sourire, mais laissez-moi donc évaluer la situation moi-même, si vous voulez bien.

— D'accord. Peut-on se permettre de remarquer que votre grimpeur vient de mousquetonner à l'envers ? »

Après un regard sévère à mon intention, Victoria a jeté un œil sur le mousqueton concerné et constaté que j'avais raison : la corde passait dans le mauvais sens. Si le grimpeur tombait et manquait de chance, elle risquait de sortir du mousqueton, sans arrêter sa chute.

« J'ai vu, a-t-elle menti, mais il va bientôt atteindre le prochain mousqueton et il sera en sécurité. »

Je me suis éclairci la voix. « On dirait bien qu'il va arriver au crux et, si vous voulez mon avis, il a l'air de quelqu'un qui pourrait avoir du mal. S'il tombe et que ce mousqueton-ci n'arrête pas sa chute, le suivant est tellement plus bas qu'il ne l'arrêtera pas avant le sol. Vous êtes d'accord ?

— Alex ! a-t-elle crié.

— Oui ?

— Tu as clippé dans le mauvais sens. Ne monte pas plus haut, essaie de désescalader pour clipper à l'endroit !

— Je crois plutôt que je vais aller au prochain ancrage, où et je mousquetonnerai comme il faut !

— Non, Alex, ne… »

Alex s'était déjà éloigné des bonnes réglettes pour aller vers de grands plats, qui lui paraissaient sûrement bien, mais qu'un œil plus exercé révélait couverts de magnésie par les grimpeurs qui, avant lui, avaient essayé d'attraper partout sans trouver de prise. De l'endroit où il était accroché maintenant, il n'avait aucune possibilité de battre en retraite. Les jambes de son pantalon faseyaient autour de ses jambes, non pas à cause du vent, mais de cette réaction de stress que les grimpeurs appellent la machine à coudre et qui, tôt ou tard, les touchera tous. J'ai vu Victoria ravaler tout le mou qu'elle pouvait afin d'écourter la chute autant que possible, mais ce n'était pas assez, il allait percuter notre corniche.

« Alex, tu as une prise pour ton pied sur la droite, en haut ! »

Victoria avait, elle aussi, compris ce qui allait se passer, mais il était trop tard, Alex commençait à avoir des ailes de poulet, les coudes qui remontaient, signe imparable que ses forces l'abandonnaient.

« S'il tombe, vous allez devoir sauter, ai-je murmuré.

— Alex ! a-t-elle crié sans prêter attention à ce que je lui disais. Monte ton pied et tu pourras y arriver ! »

J'ai empoigné son baudrier à deux mains.

« Qu'est-ce que vous… », a-t-elle sifflé en se tournant à demi vers moi.

Je gardais les yeux braqués sur Alex. Il a crié. Et il est tombé. J'ai tiré Victoria en arrière, l'ai propulsée hors de la corniche. Son bref cri tranchant a assourdi celui d'Alex, plus étiré. Ma logique était simple : il fallait que je la fasse descendre plus bas aussi vite que possible pour obtenir un contrepoids et interrompre la chute d'Alex avant qu'il heurte la corniche.

La partie montante et la partie descendante de la corde se sont toutes deux tendues et, soudain, le silence s'est fait. Les cris, les interpellations entre grimpeurs se sont tus, même le vent semblait retenir son souffle.

J'ai levé les yeux.

Alex pendait à la corde un peu plus haut sur la paroi. Le mousqueton mal clippé l'avait retenu malgré tout. Bon, voilà, je n'avais sauvé la vie de personne aujourd'hui. J'ai avancé au bord de la corniche. Deux mètres sous moi, Victoria Hässel se balançait à la corde et regardait dans ma direction, les pupilles dilatées par le choc.

« Je suis navré », me suis-je excusé.

« Merci. »

Victoria me tendait l'un des gobelets en plastique dans lesquels elle avait versé le café d'une thermos.

Nous étions tous deux assis sur la corniche. Elle avait envoyé Alex auprès d'une autre cordée, un peu plus loin.

« C'est moi qui devrais vous remercier, a-t-elle répondu.

— Et de quoi ? La corde est restée dans le mousqueton, donc ça se serait bien passé de toute façon, et vous, vous êtes fait mal au genou.

— Mais vous avez fait ce qu'il fallait faire. »

J'ai haussé les épaules. « C'est ainsi que nous nous consolons, n'est-ce pas ? »

Elle a ébauché un sourire en soufflant sur son café. « Ainsi vous êtes grimpeur ?

— J'étais. Je n'ai pas touché de roche depuis près de quarante ans.

— Quarante ans, ça fait beaucoup. Qu'est-ce qui s'est passé ?

— Oui, bonne question, qu'est-ce qui s'est passé ? Et ici, au fait, j'ai lu qu'il y avait eu un accident mortel ? »

Aussi désagréable soit-il, Victoria Hässel s'est encore une fois jetée sur la possibilité de parler d'un sujet qu'elle savait ne pas être celui pour lequel j'étais venu.

« L'erreur classique. Ils avaient oublié de vérifier si la corde était assez longue pour la voie, et ils n'avaient pas non plus fait de nœud au bout de la corde. Pendant la descente, l'assureur s'est aperçu trop tard qu'il n'avait plus de corde. Il n'y avait pas de nœud au bout, la corde est sortie du frein et le grimpeur s'est retrouvé en chute libre.

— « Erreur humaine, ai-je dit.

— Ne le sont-elles pas toutes ? À quand remonte la dernière fois que vous avez entendu parler d'une corde qui avait cassé ou de pitons qui s'étaient détachés de la paroi ?

— Vous n'avez pas tort.

— C'est affreux. » Elle a secoué la tête. « Et pourtant… J'ai lu quelque part qu'on voit souvent une nette augmentation de la fréquentation des secteurs où ont eu lieu des accidents mortels.

— Ah bon ?

— On n'en parle pas souvent à voix haute, mais sans l'existence d'un certain risque, l'escalade attirerait moins de monde.

— Des accros de l'adrénaline ?

— Oui et non. Je ne pense pas que ce soit à la peur qu'on devient accro, mais plutôt au contrôle. Le sentiment de maîtriser les dangers et notre propre destin, d'avoir un contrôle que nous n'avons pas sur le reste de notre vie. Nous sommes plus ou moins des héros parce que nous ne commettons pas d'erreurs dans les situations critiques.

— Jusqu'au jour où nous perdons le contrôle et où nous commettons cette erreur, justement. » J'ai bu une gorgée de café. Il était bon. « Enfin, si c'est bien une erreur.

— Oui, a-t-elle dit doucement.

— Franz vous a téléphoné huit fois l'autre nuit, après sa dispute avec son frère, qui, le lendemain, avait disparu. Que voulait-il ?

— Je ne sais pas. Convenir d'un rendez-vous pour grimper, sans doute ? Il avait peut-être besoin d'une partenaire de cordée puisqu'il s'était disputé avec Julian.

— D'après la liste de ses communications, vous ne l'avez jamais rappelé. Vous avez téléphoné à Julian, en revanche, vous avez composé son numéro. Pourquoi ? »

Elle a enfilé un pull en polaire et s'est réchauffé les mains autour de son gobelet. Elle a acquiescé lentement.

« Ils sont pareils, Franz et Julian. Et pourtant ils sont différents. C'est plus facile de parler avec Julian. Mais j'appelais simplement pour être certaine qu'on n'oubliait pas le plus évident, à savoir que Julian pouvait être quelque part et avoir son téléphone sur lui.

— Certes, ai-je dit. Pareils et différents, en effet. Ils ne semblent pas avoir les mêmes goûts musicaux. Led Zeppelin et… » J'avais déjà oublié comment s'appelait le chanteur sirupeux. « Mais c'est la même fille qui leur plaît.

— Apparemment. »

Je l'ai observée. Mon radar à jalousie ne captait aucun signal. Il ne s'agissait pas de relations sentimentales, elle n'était pas amoureuse de Julian, n'avait pas de liaison avec lui. Franz n'avait pas cherché à la joindre pour mettre des bâtons dans les roues à son frère et Helena. Alors qu'était-ce ?

« Que s'est-il passé, à votre avis ? a-t-elle demandé. Julian est parti à la nage et il a fait un malaise ? À cause de son traumatisme crânien après la bagarre dans le bar ? »

Elle me testait. Ma réponse serait déterminante pour son prochain mouvement.

« Je ne crois pas. Je crois que Franz l'a tué. »

Je l'ai regardée. Comme je m'y attendais plus ou moins, elle n'avait pas l'air aussi choquée qu'elle l'aurait été si elle n'avait rien su. Elle a bu une bonne gorgée de café pour masquer son besoin de déglutir.

« Alors ? »

Elle a balayé les alentours du regard. L'autre cordée de quatre était hors de portée, dans le vent. « J'ai vu Franz rentrer l'autre soir. »

Voilà, ça venait.

« Je n'arrivais pas à dormir, j'étais sur le balcon de ma chambre, au-dessus de la route. Je l'ai vu se garer et sortir seul de la voiture. Julian n'était pas avec lui. Il portait quelque chose, on aurait dit des vêtements. Quand il a ouvert sa porte, il a jeté un coup d'œil autour de lui et je crois qu'il m'a aperçue. Je pense qu'il a vu que je le voyais.

— Vous ne vouliez pas entendre ses explications.

— Je ne voulais pas être mêlée à tout ça, pas avant que nous en sachions plus, pas avant que Julian soit retrouvé.

— Pourquoi n'en avez-vous pas parlé plus tôt ? »

Elle a poussé un soupir. « Je me suis dit que si on ne retrouvait pas Julian ou qu'on le retrouvait mort, j'irais à la police pour tout raconter, mais qu'avant ça ne ferait que compliquer les choses. J'aurais l'air d'accuser Franz d'un acte criminel. On est une bande d'amis d'escalade, on a confiance les uns dans les autres, tous les jours on remet nos vies entre les mains les uns des autres. En agissant dans la précipitation, je risquais de mettre tout ça en péril pour des prunes, vous comprenez ?

— Je comprends.

— Merde… »

J'ai suivi son regard vers le bas de la colline. Quelqu'un s'était engagé sur le sentier qui remontait de la route.

« C'est Franz. » Elle s'est dressée et lui a fait signe.

J'ai plissé les yeux. « Sûre ?

— Ça se voit à son bonnet aux couleurs des droits LGBTQ. »

J'ai encore plissé les yeux. Les droits LGBTQ. Le drapeau arc-en-ciel, pas les couleurs rastafaries.

« Je le croyais hétéro, ai-je dit.

— Vous savez qu'on peut défendre d'autres droits que les siens propres, non ?

— C'est ce que fait Franz Schmid ?

— Je ne sais pas, mais en tout cas, il est pour St. Pauli dans la Bundesliga.

— Pardon ?

— Le foot. Ses grands-parents étaient originaires de ma ville, Hambourg, où il y a deux clubs rivaux. Vous avez le HSV, qui est le grand club joyeux, conservateur, riche, que Julian et moi soutenons. Et puis vous avez St. Pauli, le petit club punk, en colère, gauchiste, dont l'emblème est la tête de mort des pirates, et dont les supporters sont des partisans déclarés des droits des homosexuels et de tout ce qui peut agacer la bourgeoisie d'Hambourg. Ça semble attirer Franz. »

L'homme en bas s'est arrêté, a levé les yeux vers nous. Je me suis mis debout pour montrer qu'il n'y avait pas d'embuscade. Il est resté sans bouger, l'air de nous observer. Il avait dû identifier que la personne qui agitait la main était sa copine d'escalade Victoria et se demander qui était l'autre. Il avait peut-être reconnu mon costume. Avec le SMS où il disait clairement qu'il avait tué Julian, il devait bien s'attendre à me voir reparaître. Il avait eu le temps de préparer une explication. Je m'attendais à un truc du style « C'était un message pour piquer la curiosité d'Helena », après quoi il allait lui dire qu'il avait un peu exagéré, qu'il n'avait fait que lancer une boule de billard dans la tête de son frère. Mais maintenant, me voyant avec Victoria, il comprenait sans doute que ça n'allait pas suffire.

Il s'est remis en mouvement. Vers le bas.

« Il doit trouver que ça souffle trop, a suggéré Victoria.

— Oui. »

Je l'ai vu remonter dans sa voiture de location, qui a disparu dans des tourbillons de poussière. Je me suis rassis en contemplant la mer. L'écume blanche ressemblait aux roses de givre sur les fenêtres d'Oxford. Même ici, en hauteur, on sentait le goût du sel dans les rafales. Il pouvait toujours courir, il n'arriverait nulle part.

J'étais encore au commissariat de police quand Franz Schmid m'a téléphoné, juste avant minuit.

« Où êtes-vous ? ai-je demandé en m'avançant vers la cloison pour faire signe à George que je l'avais au bout du fil. Vous n'avez pas répondu à mes appels.

— Le réseau est mauvais, a répondu Franz.

— Il paraît, oui. »

J'avais appelé le procureur à Athènes pour demander un mandat d'arrêt, mais nous n'avions trouvé Franz ni dans sa chambre ni à la plage ou dans l'un des restaurants. Personne ne savait où il était. George ne disposait que de deux voitures de patrouille et de quatre agents et, en attendant que le temps s'améliore et que la police de Kos vienne en renfort, j'avais proposé d'examiner le bornage du téléphone de Franz, mais George m'avait expliqué que les stations de base étaient si peu nombreuses sur Kalymnos que la zone de recherche ne s'en trouverait pas véritablement circonscrite.

« Je suis passé au restaurant d'Helena, a poursuivi Franz, mais je suis tombé sur son père, qui m'a dit que je ne pourrais pas la voir. Vous y êtes pour quelque chose ?

— Oui. J'ai prié Helena et sa famille de vous éviter jusqu'à la fin de cette affaire.

— J'ai informé son père que mes intentions étaient honnêtes et que je voulais épouser Helena.

— Nous sommes au courant. Il nous a appelés après votre passage.

— Il vous a dit qu'il m'avait donné une lettre de la part d'Helena ?

— Il l'a évoqué, oui.

— Vous voulez savoir ce qu'elle écrit ? » Franz a lu sans attendre de réponse. « "Cher Franz. Il se pourrait que nous ayons chacun une seule personne faite pour nous, et que nous la rencontrions au moins une fois dans notre vie. Toi et moi, Franz, nous n'avons jamais été faits l'un pour l'autre, mais je prie Dieu que tu n'aies pas tué Julian. Maintenant que je sais que c'est lui qui m'était destiné, je t'implore à genoux : si c'est en ton pouvoir, sauve-le. Helena." Manifestement, vous lui avez fait croire que je suis à l'origine de sa disparition, Balli. Qu'il n'est pas exclu que je l'aie tué. Vous êtes conscient que vous êtes en train de détruire ma vie, là ? J'aime Helena plus que j'ai jamais aimé quiconque, plus que moi-même. Je ne peux pas concevoir une vie sans elle. »

J'ai tendu l'oreille. Le vent brouillait le son, mais j'entendais des vagues. Naturellement, ça pouvait être n'importe où sur l'île.

« Le mieux serait que vous vous présentiez chez nous, à Pothia, Franz. Si vous êtes innocent, vous avez tout à y gagner.

— Et si je suis coupable ?

— Alors vous avez aussi tout intérêt à vous rendre. De toute façon, vous ne pourrez pas nous échapper, vous êtes sur une île. »

Dans le silence qui a suivi, j'ai continué d'écouter les vagues. Elles ne faisaient pas le même bruit que le ressac en contrebas de ma chambre d'hôtel, mais quelle était la différence ?

« Julian n'est pas innocent, lui non plus », a déclaré Franz.

J'ai échangé un regard avec George, nous l'avions tous deux noté. Est, pas était. Mais ces choses-là ne sont pas fiables ; plus d'une fois j'ai entendu des tueurs parler de leurs victimes comme si elles étaient toujours en vie, et sans doute l'étaient-elles à leurs yeux. Plus exactement : je sais d'expérience qu'un mort peut être un compagnon durable pour son tueur.

« Il a menti. Il prétendait avoir contacté Helena en début de soirée depuis son propre téléphone, il disait qu'il lui avait tout raconté et qu'ils s'aimaient. Il voulait que je renonce à elle sans me battre. Je sais bien que Julian est un menteur et un séducteur, qu'il vous poignarde dans le dos pour obtenir ce qu'il veut, mais cette fois, ça m'a rendu furieux. Tellement. Vous ne savez pas l'effet que ça fait… »

Je n'ai pas répondu.

« Julian m'a pris ce que j'ai eu de plus beau. Je n'ai pas eu grand-chose, monsieur Balli. C'était toujours lui qui avait toutes les filles. Ne me demandez pas pourquoi, nous sommes nés parfaitement identiques, et pourtant il avait quelque chose que je n'ai pas. Quelque chose qu'il a obtenu en cours de route. À un carrefour, il a eu la lumière et moi l'obscurité. Nos chemins se sont séparés. Et il a fallu qu'il la prenne, elle aussi… »

Les vagues ne frappaient pas avec la même brutalité

que contre les falaises au-dessous de mon hôtel, le bruit était plus étiré, c'était ça, la différence. Les vagues roulaient. Franz Schmid se trouvait sur une plage.

« Alors je l'ai condamné. Étant californien, je ne l'ai pas condamné à mort, mais à la prison à perpétuité. N'est-ce pas une peine raisonnable pour la destruction d'une vie ? N'est-ce pas la sentence que vous auriez prononcée, vous aussi, monsieur Balli ? Oui ? Non ? Ou vous n'avez rien contre la peine de mort ? »

Je n'ai pas répondu. Je sentais que George m'observait.

« Je laisse Julian pourrir dans sa propre geôle de l'amour, a déclaré Franz. Et j'ai jeté la clef. Quoique, à perpétuité... une vie comme celle qu'il a maintenant ne durera pas longtemps.

— Où est-il ?

— Ce que vous dites sur le fait que je ne peux pas vous échapper...

— Où est-il, Franz ?

— ... ce n'est pas tout à fait exact. Je vais bientôt décoller d'ici par le vol 919, alors adieu, Nikos Balli.

— Franz, dites-nous où... Franz ? Franz !

— Il a raccroché ? » George s'était levé.

J'ai secoué la tête. J'écoutais. Il n'y avait que du vent et des vagues à présent.

« L'aéroport est toujours fermé ? ai-je demandé.

— Bien sûr.

— Le vol 919, ça vous dit quelque chose ? »

George Kostopoulos a secoué la tête.

« Il est seul sur une plage, ai-je indiqué.

— Kalymnos regorge de plages. Et quand il fait nuit et que la tempête souffle, il n'y a de monde sur aucune d'elles.

— Une plage à pente douce et longue. On dirait que les vagues se cassent loin et roulent longtemps.

— Je vais appeler Christine pour avoir son avis, elle surfe. »

La voiture louée au nom de Franz Schmid a été retrouvée le lendemain matin.

Elle était dans un cul-de-sac, au bord d'une plage de sable, pile entre Pothia et Massouri. Du côté conducteur, quelques empreintes de pas à demi soufflées par les tourbillons de sable menaient droit à la mer. Debout face aux rafales, George et moi observions les plongeurs qui bataillaient contre les rouleaux. Au bout de la plage, à l'extrémité sud, les vagues lessivaient des rochers polis qui remontaient en pente douce avant de se dresser plus à l'intérieur en paroi verticale. Une falaise ocre, au sommet de laquelle se trouvait l'aéroport. Plus loin des terres, Christine marchait avec son golden retriever, qui flairait le sable à la recherche de traces. Il était né avec un œil aveugle, m'avait-elle expliqué à l'occasion d'une pause-café au commissariat, et elle l'avait baptisé Odin. Quand je lui avais demandé pourquoi elle avait choisi Odin plutôt qu'un cyclope de notre propre mythologie, Polyphème, par exemple, elle m'avait regardé avant de répondre : « Odin, c'est plus court. »

D'après George, Odin était un bon chien de chasse. Christine l'avait emmené dans la chambre de Franz et de Julian pour qu'il sache quelle odeur suivre et, quand nous étions arrivés à la plage, il s'était élancé droit vers la voiture et n'avait pas cessé d'aboyer jusqu'à ce que George force la portière. Dans l'habitacle, nous avions trouvé les vêtements de Franz Schmid : chaussures, pantalon, sous-vêtements, son bonnet arc-en-ciel du St. Pauli, sa veste, son portefeuille et son téléphone.

« Il avait donc raison, a remarqué George. Il a réussi à nous échapper.

— Oui. »

Mon regard a glissé vers les déferlantes ourlées d'écume. George avait réussi à mettre la main sur deux plongeurs du club local, et l'un d'eux faisait maintenant signe à l'autre, en essayant de lui crier quelque chose, mais le rugissement des vagues assourdissait sa voix.

« Vous croyez qu'il a largué le corps de Julian ici ? m'a demandé George.

— Peut-être. S'il l'a tué.

— Vous pensez à son histoire d'emprisonnement à perpétuité ?

— Ça se peut. Enfin, peut-être pas. Il a pu placer

Julian dans une situation où il savait qu'il allait non seulement mourir, mais en plus souffrir.

— Par exemple ?

— Je ne sais pas. Tout comme le sentiment amoureux, la rage jalouse est une folie qui fait faire aux gens des choses dont ils n'auraient jamais rêvé autrement. »

J'ai regardé vers les rochers. Franz Schmid avait dû se faire la même réflexion que moi : s'il marchait dans l'eau jusque là-bas, la pente était assez douce pour lui permettre de remonter à terre sans laisser d'empreintes et de s'en sortir ainsi. Sur le vol 919 ? Qu'est-ce que cela signifiait ? Pour monter à l'aéroport, il aurait dû soit passer par la route, soit grimper la falaise. Sans corde.

En solo intégral.

Je n'ai pas réussi à bloquer l'image, j'ai fermé les yeux : Trevor tombait.

Je les ai vite rouverts pour ne pas le voir heurter le sol.

Je me suis concentré. Franz Schmid s'était peut-être tenu là, lui aussi, à voir et penser la même chose que moi. L'aéroport était fermé. Il n'y avait pas d'issues. À part celle-ci. La finale. Mais nager au large pour se noyer n'est pas si facile, c'est long, il faut beaucoup de volonté pour ne pas céder à son instinct de survie et faire demi-tour.

« On a trouvé ça sur le sable, dans l'eau. »

Nous nous sommes retournés. C'était l'un des plongeurs. Il tenait un pistolet.

George l'a pris et examiné sous toutes les coutures, il a gratté le dessous du canon, au niveau du chargeur.

« Il a l'air vieux.

— Luger, Seconde Guerre mondiale », ai-je affirmé en lui prenant l'arme.

Elle n'était pas rouillée, et la façon dont l'eau perlait dessus indiquait qu'elle était encore bien graissée et n'était donc pas restée longtemps dans la mer. J'ai appuyé sur le poussoir à côté du pontet et recueilli le chargeur dans ma main avant de le tendre à George. « Il y en a huit quand il est plein. »

George a sorti les balles. « Sept. »

J'ai répondu d'un signe de tête. Je me sentais gagné par une infinie tristesse. Le vent était censé s'apaiser le lendemain soir et le soleil allait continuer de briller, mais chez moi, ça se couvrait. En règle générale, je sentais si c'était transitoire ou si une nouvelle période pesante s'annonçait, mais à cet instant précis, je ne savais pas.

« Le vol 919, ai-je dit.

— Eh bien ?

— C'est le calibre des balles que vous avez dans votre paume. »

Quand j'ai appelé le chef de la Brigade criminelle et fait mon rapport, il m'a indiqué que la presse d'Athènes était sur le coup, que plusieurs journalistes et photographes étaient sur zone, à Kos, et attendaient seulement que ça se calme pour pouvoir traverser en ferry.

J'ai regagné mon hôtel de Massouri et commandé une bouteille d'ouzo dans ma chambre. À part l'Ouzo 12, devenu hélas trop commercial et dilué, je bois toutes les marques, mais j'ai tout de même été content d'apprendre qu'ils avaient ma préférée.

En buvant mon Pitsiladi, je songeais à la singularité de toute cette histoire. Une affaire de meurtre avec deux morts, mais aucun corps. Pas de journalistes nous harcelant, pas de hiérarchie aux abois ni d'enquêteurs stressés. Pas de techniciens d'identification criminelle et de pathologistes imprécis, pas de famille hystérique. Rien que la tempête et le calme. J'espérais que cette perturbation durerait à jamais.

Après avoir bu près de la moitié de la bouteille, je suis descendu au bar de l'hôtel pour m'abstenir de boire le reste. J'ai vu Victoria Hässel à une table, en compagnie de certains grimpeurs de la veille. Je me suis installé au comptoir et j'ai commandé une bière.

« Excusez-moi. »

Accent britannique. Je me suis tourné à demi. Un homme souriant, chemise à carreaux, cheveux blancs, mais athlétique pour son âge, autour de soixante ans. J'en avais vu d'autres de son espèce ici, des grimpeurs anglais de la vieille école. Ils avaient grandi avec l'escalade dite traditionnelle, à savoir des voies sans points d'ancrage fixés dans la paroi, où il fallait planter ses propres pitons dans des trous et des fissures. Dans le grès du Lake District, où la cotation des voies était fonction de leur difficulté, mais aussi du danger mortel qu'il y avait à les grimper. Dans la pluie, le froid ou des chaleurs telles qu'elles provoquaient l'éclosion de moustiques particulièrement sanguinaires qui nous dévoraient tout crus. Les Anglais adoraient.

« Tu te souviens de moi ? a demandé l'homme. On était dans la même cordée aux abords de Sheffield. Ça devait être en 85 ou 86. »

J'ai secoué la tête.

« Allons. » Il a ri. « Je ne me souviens plus de ton nom là, tout de suite, mais tu grimpais avec Trevor Biggs, le gars du coin. Et cette fille française qui filait comme l'éclair sur les voies où nous on galérait. » Son visage s'est assombri, comme si un souvenir lui revenait à l'esprit. « Bon sang, quelle tristesse, d'ailleurs, Trevor.

— J'ai bien peur que vous me confondiez avec quelqu'un d'autre, sir. »

Un instant, l'Anglais est resté bouche bée, l'air un peu stupéfait. Je voyais son cerveau s'activer fébrilement pour chercher l'erreur. Puis, comme s'il avait trouvé, il a hoché la tête lentement. « Je vous prie de m'excuser. »

Je me suis tourné de nouveau vers le bar et, dans le miroir, je l'ai vu se rasseoir avec ses camarades d'escalade et leurs épouses grimpeuses. Il a dit quelque chose en me désignant du front. Leur conversation a repris, ils ont fait tourner le guide des voies d'escalade locales. Ça avait l'air d'une bonne vie.

Mon regard a dérivé vers une autre table, où il a croisé celui de Victoria Hässel.

Elle portait la tenue de soirée des grimpeurs : des vêtements d'escalade propres. Elle avait ôté son bonnet, libérant ses cheveux qui étaient longs et blonds. Elle était tournée dans ma direction, temporairement sortie de la conversation à sa table. Elle a soutenu mon regard. Je ne sais pas si elle attendait quelque chose. Un signal. De l'information sur l'affaire Schmid. Ou simplement un signe de connivence.

J'ai vu qu'elle allait se lever, mais j'avais déjà posé un euro sur le comptoir, je suis descendu de mon tabouret, ressorti du bar. Une fois dans ma chambre, j'ai verrouillé la porte.

Au milieu de la nuit, j'ai été réveillé par une détonation, comme un coup de feu. Je me suis assis sur le lit, mon cœur battait la chamade. C'était le volet qui claquait, une rafale avait dû le libérer enfin. Je suis resté réveillé, à penser à Monique. Monique et Trevor. Je me suis rendormi avant le lever du jour.

« La météo prévoit moins de vent. » George m'a servi du café. « Vous allez probablement pouvoir traverser vers Kos demain. »

J'ai acquiescé, regardé par la fenêtre du commissariat. Sur le port, les gens ne semblaient pas affectés par ce troisième jour d'isolement de l'île. Mais c'est ainsi, en effet, la vie continue, même – et peut-être surtout – quand on pense qu'elle est invivable.

Christine est entrée avec un agent de police, ils nous ont rejoints.

« Tu avais raison, George, a-t-elle dit. Schmid a acheté le Luger chez Marinetti. Il l'a reconnu sur la photo. Franz est passé dans son magasin la veille de la déclaration de la disparition de Julian, dans l'après-midi. Marinetti a eu l'impression que Franz était un collectionneur, il a en tout cas acheté le Luger et une paire de menottes italiennes, datant de la guerre, elles aussi. Marinetti jure bien sûr qu'il était persuadé que le Luger était plombé. »

George a répondu d'un signe de tête, il n'avait pas l'air agacé, mais content. Quand je me demandais comment et surtout pourquoi Franz avait pu embarquer une arme de poing à bord de l'avion qui l'avait transporté de Californie en Europe, George avait suggéré de vérifier auprès de Marinetti, qui possédait un magasin d'antiquités à Pothia. D'après lui, cette cave était bourrée d'objets de la guerre, vestiges de la longue occupation italienne puis allemande de Kalymnos, et il savait à peine ce qui s'y trouvait.

« Pouvons-nous considérer que l'affaire est élucidée ? » a demandé Christine.

George s'est tourné vers moi, comme pour faire suivre la question.

« Terminée, ai-je dit, mais pas élucidée.

— Non ? »

J'ai haussé les épaules. « Nous n'avons par exemple aucun corps pour confirmer la version des faits que nous avons imaginée. Si ça se trouve, les deux frères sont dans un avion pour les États-Unis et se paient notre tête après la farce du siècle.

— Vous n'y croyez pas, a répondu George en rigolant.

— Absolument pas. Mais tant que cette possibilité et d'autres existeront, le doute subsistera. Le physicien Richard Feynman disait que nous ne savons strictement rien avec certitude, il n'y a que des degrés variables de probabilité.

— Mais s'il y a un doute, que faisons-nous ? » Christine avait l'air indignée.

« Rien, ai-je dit. Nous nous contentons d'un degré raisonnable de vraisemblance et nous passons à l'affaire suivante.

— Ça ne vous rend pas… » Elle s'est ravisée, l'air de penser qu'elle allait trop loin.

« Frustré ?

— Oui ! »

Je n'ai pu réprimer un sourire. « N'oubliez pas que je suis Phtonos. En règle générale, je ne participe à l'enquête que le premier ou le deuxième jour. Je suis celui qui vient avec son bâton de sourcier, pointe sur le sol là où il pourrait y avoir de l'eau et laisse à d'autres le soin de creuser. Je suis exercé à laisser derrière moi des affaires sans avoir obtenu de réponse. »

Elle m'a observé d'un œil scrutateur. Je voyais qu'elle ne me croyait pas.

« Et moi, est-ce que je suis jalouse ? » Elle a plaqué ses mains sur ses hanches, avec une mine de défi.

« Je ne sais pas. Il faudrait que vous me racontiez quelque chose.

— Comme quoi ?

— Ce qui, selon vous, aurait pu vous rendre jalouse, par exemple.

— Et si je ne veux pas, si c'est trop douloureux ?

— Alors je ne pourrai pas savoir, ai-je conclu avant de taper dans mes mains. Bon, dites, on va manger quelque chose ?

— Oui ! » s'est exclamé George, mais Christine continuait de me dévisager. Elle avait dû comprendre que j'avais compris. Le récit des yeux rouges. Elle était jalouse.

Pendant le reste de la journée, je me suis promené sur des petits sentiers au sud de la plage où nous avions trouvé la voiture et le pistolet de Franz Schmid. Les hauts surplombs de calcaire inapprochables m'évoquaient les voûtes de la cathédrale Christ Church à Oxford, si différente, dans sa sombre gravité anglaise, de celle de l'Annonciation à Athènes, lumineuse et colorée. C'était peut-être pour cette raison que, bien qu'athée, je me sentais chez moi à l'intérieur de Christ Church. J'ai eu mon chef au téléphone. Si le vent s'apaisait comme prévu, il allait envoyer un enquêteur et deux techniciens d'identification criminelle le lendemain, et il voulait que je rentre ; une femme avait été tuée dans le quartier de Tzitzifies, son mari n'avait pas d'alibi. Je l'ai prié de mettre quelqu'un d'autre sur l'affaire.

« La famille de la victime vous veut, vous, a précisé mon chef.

— Ça, c'est nous qui décidons, non ? »

Il m'a indiqué le nom de la famille. L'une des dynasties d'armateurs. J'ai raccroché en soupirant. J'adore mon pays, mais certaines choses ne changent jamais.

Mon regard a capté un surplomb particulièrement saillant. Ou plus exactement : le surplomb a capté mon regard. J'ai vu une ligne d'escalade évidente et exquise, qui partait d'un bon relais sur la paroi. Ici et là, le métal d'un piton réfléchissait le soleil. Le surplomb m'empêchait de voir le point d'assurage du sommet et, comme la falaise plongeait droit dans la mer juste à côté du sentier et du relais, je ne pouvais pas avancer davantage, mais ce devait être une voie longue, au moins quarante mètres.

J'ai fait un pas vers le bord en m'écartant du sentier : cinquante ou soixante mètres en contrebas, la houle se brisait sur les rochers. Quand on descendait en rappel, il fallait adopter un léger mouvement de balancier pour atteindre le relais, sans quoi on partait droit dans la mer. Mais quelle superbe voie ! Alors que mon regard remontait, mon cerveau s'est mis par réflexe à analyser, visualiser les mouvements qu'exigeraient les prises et les contours de la paroi. C'était comme glisser une clef dans le contact d'un engin qu'on venait d'exhumer après des années dans des ruines. Fonctionnait-il encore ? J'ai tourné la clef, appuyé sur l'accélérateur. Le moteur d'escalade s'est plaint, a toussé, protesté, et puis il a démarré. Au lieu de se rebiffer, les muscles se souvenaient et se réjouissaient alors que le cerveau mimait l'ascension. Ne voyant aucune autre ligne à proximité, je me suis dit que la plupart des grimpeurs devaient trouver le trajet jusqu'ici un peu long pour venir faire une seule voie, même si elle était spectaculaire. Mais moi, je l'aurais fait, quand bien même c'eût été la dernière voie de ma vie. Surtout si c'était la dernière voie de ma vie.

Le soir, j'avais toujours cette ascension imaginaire dans le corps. J'avais fait monter une nouvelle bouteille de Pitsiladi dans ma chambre. Le vent avait quelque peu faibli, le ressac battait moins vigoureusement la roche calcaire et, dans de soudaines poches de silence parfait, j'entendais la musique du bar. Je supposais que Victoria Hässel y était. Je suis resté dans ma chambre. À vingt-deux heures, j'étais suffisamment ivre pour pouvoir me coucher.

À mon réveil le lendemain, je n'entendais plus le vent et sa flûte dissonante dans les tuiles, les fentes, les conduites. Je m'y étais tant habitué.

J'ai ouvert les volets. La mer était bleue, aucune trace de blanc, elle n'enrageait plus, mais gémissait. Projetait de lourdes ondes paresseuses sur le corps terrestre, comme un amant après l'orgasme. La mer était fatiguée. Moi aussi.

Je me suis recouché et ai appelé la réception.

Le ferry circulait de nouveau, le prochain départ avait lieu dans une heure et j'aurais sans problème l'avion d'Athènes qui décollait à trois heures. Désirais-je commander un taxi ?

J'ai fermé les yeux.

« Je voudrais commander…, ai-je commencé.

— À quelle heure ?

— Pas un taxi. Deux bouteilles de Pitsiladi. »

Un bref silence a suivi.

« J'ai bien peur que nous ayons épuisé notre stock de Pitsiladi, mais nous avons de l'Ouzo 12.

— Non, merci », ai-je répondu avant de raccrocher.

Je suis resté au lit quelque temps, à écouter la mer, avant de rappeler le réceptionniste.

« Montez-les-moi. »

Je buvais lentement, mais régulièrement. Mon regard suivait les ombres de Telendos, qui bougeaient, raccourcissaient, et puis – quand l'après-midi est venu – se sont étirées à nouveau, comme dans un geste de victoire. C'était vrai ce qu'on disait, que des aveux étaient un récit qui attendait de trouver un public.

Quand le soir est tombé, je suis descendu au bar. Conformément à mes attentes, Victoria Hässel y était.

J'ai rencontré Monique à Oxford. Comme moi, elle faisait des études de lettres et d'histoire, mais elle avait commencé un an plus tôt et nous ne suivions donc pas les mêmes cours. Néanmoins, dans ce genre d'endroits, les étrangers s'attirent, migrent les uns vers les autres, et bientôt nous nous étions croisés assez souvent pour que j'ose l'inviter à boire une bière avec moi.

Elle a grimacé. « Une Guinness, alors.

— Tu aimes la Guinness ?

— Probablement pas, je déteste la bière. Mais quitte à boire une bière, autant que ce soit une Guinness. Il paraît que c'est la pire. Enfin, je te promets que j'ai une approche plus positive qu'on ne pourrait le croire à m'entendre. »

La logique de Monique était qu'il fallait tout essayer,

et avec ouverture d'esprit, pour pouvoir le rejeter ensuite en ayant bonne conscience et en connaissance de cause. Ce précepte valait pour tout : la pensée, la littérature, la musique, la nourriture, la boisson. Et moi, me suis-je dit après coup. Car nous étions aussi différents qu'on peut le concevoir. Monique était la fille la plus adorable, la plus séduisante, que j'aie jamais rencontrée. Elle était pétillante et tellement gentille avec tous qu'il ne restait plus qu'à accepter le rôle de *bad cop*. Elle était tellement indifférente à ses origines privilégiées, son intelligence supérieure et la perfection presque agaçante de sa beauté, qu'il ne restait plus qu'à l'aimer en dépit de tout cela. Et quand elle vous *regardait*, là aussi, bien sûr, il ne restait plus qu'à abandonner. Abandonner toute résistance et tomber fou amoureux. Elle éconduisait ses nombreux admirateurs, tout en tact et en douceur, ce qui suggérait que sous ses apparences d'ouverture d'esprit se cachait autre chose, qui relevait de la nature profonde. Monique se réservait pour l'âme sœur. Elle n'était pas vierge par principe, mais par inclination.

Moi, c'était le contraire. Je méprisais mes penchants cavaleurs, mais je n'arrivais pas à résister. Bien que timide, d'aucuns disaient sombre, et ayant un style quelque peu maniéré, guindé, qui pouvait paraître plus anglais que grec, j'étais doté d'un physique exerçant à l'évidence de l'attrait sur le deuxième sexe. Les filles anglaises, en particulier, craquaient pour ce qu'elles appelaient mes airs de Cat Stevens, à savoir des boucles foncées et des yeux bruns. En plus – et je crois que c'était la clef qui m'ouvrait la porte de leur cœur et de leur chambre – j'avais la capacité d'écouter. Plus exactement, cela m'intéressait d'écouter. Pour moi qui vivais pour toutes les histoires sauf la mienne, ce n'était pas un sacrifice d'écouter les longs monologues de jeunes femmes sur leur enfance dans le confort, leur relation difficile avec leur mère, leurs doutes quant à leur orientation sexuelle, leur dernier chagrin d'amour, le pied-à-terre londonien dont elles ne pouvaient plus profiter maintenant que leur père y avait installé sa tout aussi jeune maîtresse, leurs dilemmes esthétiques et l'infâme traîtrise de leurs copines parties à Saint-Tropez sans leur en toucher un mot. Voire, si j'avais un peu plus de chance, leurs tendances suicidaires, leurs ruminations mentales sur les questions existentielles et leurs ambitions secrètes d'écriture. Après quoi, elles étaient nombreuses à souhaiter avoir avec moi des relations sexuelles, a fortiori quand je n'avais presque pas ouvert la bouche. On aurait dit que le silence jouait systématiquement en ma faveur, qu'il était interprété de la meilleure façon possible. Mais ces interludes érotiques n'amélioraient pas ma confiance en moi, au contraire, ils renforçaient le mépris que je pouvais avoir de moi-même. Ces filles couchaient avec moi parce que mon silence leur permettait de m'imaginer selon leurs désirs. J'avais tout à perdre à montrer qui j'étais : un coureur de jupons timide, sans assurance, sans substance, sans droiture, qui n'était qu'une paire d'yeux marron et deux grandes oreilles. D'ailleurs, il ne leur fallait pas longtemps pour s'apercevoir que ma morosité, ma noirceur naturelle absorbaient toute la lumière de la pièce, et qu'il leur fallait sortir de là. Je ne pouvais pas le leur reprocher.

Avec Monique, tout cela a changé. J'ai changé. Par exemple, je parlais. Dès le moment où nous nous étions mutuellement aidés à boire cette première Guinness infecte, nous avions conversé. *Con*-versé, du préfixe latin *cum*, qui signifie ensemble, et qu'on ne trouvait pas dans les monologues que j'étais habitué à écouter. Les sujets n'étaient pas les mêmes non plus. Nous parlions d'autre chose que de nous-mêmes, des mécanismes d'autoconservation de la pauvreté, par exemple, ou de cette conviction de l'être humain que la morale – plus exactement sa morale – est une valeur permanente. Nous parlions de notre façon plus ou moins consciente d'éviter les savoirs qui pourraient ébranler nos convictions politiques ou religieuses. Nous parlions de livres que nous avions lus, pas lus, devrions lire parce qu'ils étaient bons ou surfaits ou d'une médiocrité instructive.

Si nous en venions à parler de nous-mêmes et de nos propres vies, c'était toujours en lien avec le général, avec une idée ou une représentation de *la condition humaine*, comme disait Monique, faisant alors référence non pas à mon auteur français préféré, André Malraux, mais à la philosophe politique Hannah Arendt. Nous nous balancions ces auteurs, et d'autres, à la figure, dans ce qui n'était pas une compétition, mais la possibilité de tester nos pensées originales sur quelqu'un en qui on avait suffisamment confiance pour prendre le risque de se tromper et de devoir l'admettre. Nous étions parfois en désaccord profond, les étincelles jaillissaient, et c'est à l'occasion de l'une de ces bruyantes divergences d'opinions, en fin de soirée, après quelques verres de vin dans sa chambre, qu'elle m'a giflé, puis enlacé, et que nous nous sommes embrassés pour la première fois.

Le lendemain, elle me posait un ultimatum. Devenir son petit ami ou cesser de la voir. Ce n'était pas en désespoir de cause ou parce qu'elle m'aimait, m'a-t-elle expliqué, mais parce qu'un tel arrangement impliquait l'exclusivité sexuelle réciproque, ce qui pour elle était un impératif, puisqu'elle était accablée d'une peur pathologique des maladies sexuellement transmissibles, une hantise telle qu'il y avait même de bonnes chances pour que cette peur amoindrisse et raccourcisse sa vie davantage que n'importe quelle affection vénérienne. J'ai ri, elle a ri, et j'ai accepté son ultimatum.

Monique m'a fait découvrir l'escalade. Dès son enfance, son père l'avait emmenée dans les secteurs classiques de l'escalade sportive moderne dans le Verdon et la montagne de Céüse.

À vrai dire, il n'y a pas beaucoup de rochers à escalader en Angleterre, et encore moins à Oxford et dans les environs, mais Trevor Biggs, mon co-fan de Led Zeppelin de la chambre voisine, un rouquin débonnaire et un peu rond, fils d'un ouvrier de Sheffield, m'avait parlé d'amis qui grimpaient dans le Peak District, juste à côté de sa ville natale. Trevor était pour moi une sorte de *wingman*, un compagnon, un ailier, qui de par sa nature sociable et son humour tranquille attirait les gens. Filles et garçons venaient s'asseoir là où nous nous trouvions, et c'étaient souvent ces filles, justement, qui après quelque temps portaient leur attention sur moi. Trevor disposait en outre d'une camionnette Toyota Hi-Ace, fatiguée mais parfaitement opérationnelle, dont l'atout principal était ses sièges chauffants. Quand je lui ai proposé de combiner escalade et visite à ses parents tout en partageant les frais d'essence avec deux autres personnes, il s'est vite laissé convaincre.

Ainsi ont débuté trois années de week-ends d'escalade. Nous n'étions qu'à deux heures trente des falaises, mais pour passer le plus de temps possible sur les parois nous dormions sur place, sous la tente, dans la camionnette, voire – quand le temps était particulièrement mauvais – chez les parents de Trevor.

La première année, j'ai vite dépassé Trevor en escalade, sans doute parce que j'y mettais plus de zèle et aussi parce que je cherchais à impressionner Monique – ou du moins à ne pas la décevoir. Elle restait et demeurait bien meilleure que nous. Elle n'était pas nécessairement plus puissante, mais son petit corps léger volait vers le haut grâce à la technique, le pied et l'équilibre d'une danseuse classique et une intelligence de l'escalade dont Trevor et moi ne pouvions que rêver. C'est seulement quand nous avons rencontré des grottes avec des toits et des surplombs requérant davantage de force brute que j'ai commencé à être à mon avantage – et, par la suite, Trevor aussi. Mais ce qui nous faisait progresser, c'étaient les conseils de Monique, ses encouragements et sa capacité à prendre part à nos joies et à nos modestes triomphes. Et quand les trilles de son rire joyeux résonnaient dans la grotte parce que Trevor ou moi pendions à notre corde après une énième chute, en poussant des jurons découragés, nous demandions à redescendre. Non pas pour arrêter les frais, mais pour reprendre de zéro l'ascension de la voie.

Parfois – sans doute considérait-elle qu'il en avait plus besoin que moi – on aurait pu avoir l'impression que Monique avait le compliment encore plus facile avec Trevor. Mais ça aussi, ça m'allait, c'était précisément cette attitude qui faisait que je l'aimais tant.

La troisième année, j'ai compris que Trevor commençait à prendre l'escalade au sérieux. J'avais accroché au-dessus de notre porte ce qu'on appelle une poutre d'escalade, pour développer la force des doigts. Il n'y avait tout d'abord pas accordé un regard. Mais je le voyais désormais s'y suspendre sans cesse. Parfois, j'avais même le sentiment de le prendre en flagrant délit, qu'il aurait préféré que je ne sache pas qu'il s'entraînait tant. Mais son corps le trahissait. Quand le soleil brillait et qu'il faisait assez chaud sur les parois du Peak District pour que Trevor et moi enlevions nos tee-shirts, je voyais que, s'il restait d'un blanc aveuglant, son torse jadis un tantinet enveloppé était désormais sec, dégraissé. Des muscles bien définis sinuaient comme des câbles d'acier sous sa peau quand il se hissait dans son style légèrement mécanique au sommet de voies en surplomb où Monique elle-même devait parfois jeter l'éponge. J'avais toujours de l'avance sur lui pour les voies verticales, parce que j'avais pris soin d'imiter la technique de Monique, mais il ne faisait pas l'ombre d'un doute que la concurrence entre Trevor et moi était désormais plus égale. Car il s'agissait maintenant de cela : de la concurrence.

C'est à cette époque aussi que je me suis mis à faire un peu trop la fête. Ce qui revient à dire que je sombrais dans l'alcoolisme mondain. Mon père était un alcoolique repenti, je le savais depuis toujours, et il m'avait mis en garde. Mais il m'avait alerté contre la boisson quand on est triste, pas quand on est heureux, comme je l'étais. Quoi qu'il en soit, la combinaison escalade à foison, Monique à foison et fête à foison se ressentait dans mes études. Monique fut la première à le souligner, posant les jalons de notre première dispute. Que j'ai gagnée. Monique est en tout cas partie en larmes après mes dernières paroles blessantes.

Le lendemain, je lui ai demandé pardon, mettant sur le compte des normes sociales grecques mon recours à des paroles dures et lui promettant même de faire moins la fête et de réviser davantage.

Pendant un certain temps, j'ai tenu cette promesse. J'ai même fait l'impasse sur un week-end dans le Peak District pour travailler mes cours. Ç'a été difficile, mais il le fallait, l'examen était imminent et je savais que mon père attendait de moi des résultats au moins à la hauteur de ceux de mon grand frère, qu'il avait fait entrer à Yale et qui siégeait maintenant au conseil d'administration de l'entreprise familiale. Et pourtant, ce bachotage contraint et forcé en venait presque à me faire détester ce que j'adorais, surtout la littérature. J'ai intensément envié Monique et Trevor, qui partageaient ces deux jours de liberté, et j'ai presque éprouvé du soulagement de les voir rentrer dès le samedi soir à cause de la pluie, m'expliquant qu'ils avaient à peine pu grimper un mètre.

J'ai continué de donner la priorité à mes études, au point de voir si peu Monique qu'elle a fini par s'en plaindre. Je m'en réjouissais, mais il s'agissait d'une joie singulière, qui a donné lieu à une manifestation plus étrange encore. Depuis le début, je sentais que Monique avait plus de pouvoir sur moi que moi sur elle. Je l'acceptais ; je l'attribuais au fait qu'elle était une meilleure affaire pour moi que moi pour elle, j'étais donc en positif, gagnant là encore. Toutefois, chose intéressante, moins je lui accordais de temps, plus notre rapport de forces semblait s'équilibrer. Alors je me suis claquemuré et j'ai donné un gros coup de collier. Le grand jour, je suis sorti de la salle d'examen au bout de cinq heures en sachant que la copie que j'avais rendue ferait la fierté non seulement de mon prof et de mon père, mais aussi de Monique. J'ai acheté une bouteille de champagne bon marché et couru à sa chambre, au premier étage d'une sympathique résidence du campus. Quand j'ai frappé à la porte, le *Whole Lotta Love* de Led Zeppelin passait si fort qu'elle ne m'a pas entendu. Ivre de joie – c'était moi qui lui avais offert ce disque, et s'il était une chose que je ressentais maintenant, c'était *a whole lotta love*! – je me suis élancé dans la cour. Même avec une bouteille de champagne à la main, j'ai grimpé sans peine dans l'arbre devant sa fenêtre. Une fois assez haut pour voir à l'intérieur, j'ai agité la bouteille et je m'apprêtais à hurler son nom et à lui dire que je l'aimais, quand les mots se sont figés dans ma gorge.

Monique était toujours délicieusement bruyante quand nous faisions l'amour, et les cloisons entre les chambres d'étudiants, si minces, que nous avions coutume de mettre de la musique en camouflage sonore.

J'ai vu Monique, mais elle ne m'a pas vu. Elle avait les paupières closes.

Trevor non plus ne m'a pas vu, parce qu'il me tournait

le dos. Ce dos blanc, désormais musclé. Ses reins allaient et venaient, à peu près au rythme de *Whole Lotta Love.*

Un fracas m'a tiré de ma transe ; j'ai baissé les yeux, la bouteille de champagne était tombée sur les pavés de la cour. Des bris de verre émergeaient d'une flaque effervescente blanche. Je ne sais pas pourquoi l'idée qu'on puisse me découvrir m'a fait paniquer, mais j'ai glissé au bas de l'arbre plus que je n'en suis redescendu. Sitôt que mes pieds ont touché le sol, j'ai détalé.

Je me suis précipité à l'épicerie où j'avais pris le champagne, j'ai acheté deux bouteilles de Johnnie Walker avec les dernières livres que ma mère m'avait envoyées et j'ai regagné en toute hâte ma propre résidence universitaire. Je me suis enfermé dans ma chambre et j'ai bu.

Il faisait nuit quand Monique a frappé à ma porte. Je n'ai pas ouvert, mais crié que j'étais au lit, demandé si nous ne pouvions pas plutôt remettre cela au lendemain. Elle a répondu qu'elle voulait me parler de quelque chose, mais j'ai dit que j'étais malade et que je ne voulais pas la contaminer. Terrifiée par la contagion, elle m'a laissé, non sans m'avoir demandé de l'autre côté de la porte comment s'était passé mon examen.

Trevor aussi a tapé à ma porte. Quand j'ai crié que j'étais malade et qu'il s'est enquis si j'avais besoin de quelque chose, j'ai murmuré « un ami », je me suis retourné dans mon lit et j'ai répondu « Non, merci.

— J'espère que tu seras en forme pour notre virée d'escalade de vendredi », a-t-il conclu.

Vendredi. Ça me laissait trois jours. Trois jours pour plonger dans une obscurité que j'ignorais totalement avoir en moi. Trois jours aux mains de la jalousie. Qui se resserrait un tout petit peu plus chaque fois que je respirais, rendant plus difficile d'inspirer de l'air frais. Car la jalousie est un boa constricteur. Quand j'étais petit, mon père m'avait emmené au cinéma voir la version de Disney du *Livre de la jungle* et j'avais été profondément déconcerté : dans le roman de Rudyard Kipling, que ma mère m'avait lu et relu, le serpent Kaa était pourtant gentil ! Mon père m'avait expliqué que toute créature avait deux visages, simplement nous n'arrivions pas toujours à voir le second, pas même quand il s'agit de nous. À présent, je commençais à discerner le mien. Car, au cours de ces trois jours, alors que le manque d'oxygène détruisait peu à peu mon cerveau, je me suis mis à avoir des pensées dont je ne soupçonnais pas l'existence, mais qui devaient bien être en dormance dans les bas-fonds de ma personnalité. Et j'ai vu l'autre visage de Kaa. La jalousie qui attirait, manipulait, hypnotisait, avec de formidables fantasmes de vengeance, provoquant d'exquis frissons dans le corps. Elle n'avait besoin que d'être abreuvée d'une gorgée de whisky de plus.

Quand le vendredi s'est levé, je me suis dégagé de mon humeur sombre, déclaré guéri et relevé d'entre les morts, je n'étais plus le Nikos Balli que j'avais été. Nul n'aurait pu le voir sur moi, pas même Trevor et Monique, quand je les ai salués à l'heure du déjeuner comme si de rien n'était, en commentant les prévisions météo qui semblaient excellentes et en prédisant un week-end fabuleux. Pendant le repas, je n'écoutais pas Trevor et Monique, qui se parlaient selon un code qu'ils s'imaginaient incompréhensible, mais les deux copines de l'autre côté de la grande table qui dissertaient sur un garçon qui sortait avec l'une de leurs amies. Je m'intéressais aux mots qu'elles employaient, les adjectifs un peu trop forts, la réponse de l'une un peu trop réjouie quand l'autre rabaissait leur copine, la fureur qui rendait les phrases plus courtes, plus tranchantes, dépourvues de la fluidité d'une pensée sereine. Elles étaient jalouses. C'était aussi simple que ça. Et je ne fondais pas cette perception nouvelle sur la psychanalyse, mais sur de la pure analyse de discours. Non, je n'étais plus le même. J'étais allé quelque part, et j'avais vu. Vu et appris. J'étais devenu le détecteur de jalousie.

« Une bien triste histoire », a conclu Victoria Hässel alors qu'elle enfilait sa culotte en cherchant ses autres vêtements du regard. « Ils se sont mis en couple ?

— Non. » Je me suis tourné dans le lit, vers la table de chevet, ai soulevé d'abord une bouteille vide, puis une autre, presque vide, et ai versé l'Ouzo 12 dans le petit verre à alcool. « Monique était en dernière année et elle se présentait à son dernier examen quelques jours plus tard. Apparemment, ça ne s'est pas très bien passé. Ensuite, elle est rentrée en France et ni Trevor ni moi ne l'avons jamais revue. Elle a épousé un Français, eu des enfants. À ma connaissance, ils habitent quelque part en Bretagne.

— Et toi, qui avais fait des études de lettres et d'histoire, tu es devenu policier ? »

J'ai haussé les épaules. « Il me restait un an à Oxford. Quand j'y suis retourné à la rentrée, la fête a de nouveau pris le dessus.

— Chagrin d'amour ?

— Peut-être. La présence des souvenirs est sans doute devenue trop forte. Quoi qu'il en soit, je ne pensais plus qu'à boire pour échapper à mes pensées. Pendant un temps, j'ai envisagé le vol 919 moi aussi.

— Pardon ?

— Quand j'étais au fond du gouffre, je serrais une pierre que j'avais ramassée par terre quelque part dans le Peak District. » J'ai levé mon poing serré pour lui montrer. « Je me concentrais pour transférer ma douleur à la pierre, pour qu'elle l'aspire hors de moi.

— Ça marchait ?

— Eh bien, en tout cas, je n'ai pas pris le vol 919. » J'ai vidé mon verre. « À la place, j'ai arrêté mes études au milieu du semestre d'automne et j'ai repris un vol pour Athènes. J'ai travaillé quelque temps dans la société de mon père avant de m'inscrire à l'Académie de police. Mon père et d'autres membres de la famille y voyaient une crise d'adolescence à retardement, mais moi je savais que ce que j'avais reçu, ce don ou cette malédiction, pouvait peut-être être employé à de bonnes fins. En plus, le sport et la discipline de l'Académie m'aidaient à me tenir à l'écart de... » J'ai désigné la bouteille d'ouzo d'un signe de tête. « Mais assez parlé de moi. Parle-moi de toi. »

Victoria Hässel s'est redressée au bout du lit et a boutonné son pantalon d'escalade propre en me dévisageant d'un air incrédule. « D'abord, je pars grimper, là. Ensuite, tu m'as fait parler de moi et de moi seulement pendant plus de quatre heures hier au bar. Tu as vraiment oublié ? »

J'ai secoué la tête en souriant alors que j'essayais en vain de me souvenir. « Je voulais juste en savoir plus, ai-je menti, et j'ai vu qu'elle s'en rendait compte.

— C'est mignon. » Contournant le lit, elle est venue m'embrasser sur le front. « Plus tard, peut-être. Tu sens mon parfum, juste pour te prévenir.

— J'ai un odorat lamentable.

— Le mien est excellent. Mais ne crains rien, je pars facilement au lavage. On se voit plus tard dans la journée, d'accord ? *Adio.* »

J'ai envisagé de lui dire que, deux jours après la reprise des vols et des traversées du ferry de Kalymnos, j'avais enfin réservé un siège dans l'avion pour Athènes. Mais ça n'aurait fait qu'entraîner davantage de comédie obligatoire, sans rien changer.

« *Adio*, Victoria. »

Comme convenu, George est passé me prendre une heure avant le décollage. Il y avait dix ou douze minutes de route et je n'avais qu'un bagage à main.

« Vous avez récupéré ? » m'a-t-il demandé quand je suis monté dans sa voiture.

J'avais appelé Athènes pour prévenir que j'étais malade, qu'ils n'avaient qu'à mettre quelqu'un d'autre sur l'affaire de Tzitzifies. Je me suis frotté le visage.

« Oui. »

C'était vrai, je ne me sentais pas mal du tout. L'Ouzo 12 est peut-être infect mais, à son crédit, il donne moins la gueule de bois que le Pitsiladi. J'avais bu et chassé ce que j'avais à chasser. Les nuages étaient dissipés pour un certain temps.

Je lui ai demandé de rouler doucement. Je voulais savourer une dernière fois la vue de Kalymnos. C'était franchement beau ici.

« Vous devriez venir au printemps, pendant la floraison, quand il y a plus de vie et de couleurs sur les coteaux.

— Ça me plaît comme ça. »

Quand nous sommes arrivés à l'aéroport, George a conclu à un retard de l'avion d'Athènes, car il n'y avait pas d'appareil sur le tarmac. Il s'est garé et a proposé que nous restions dans la voiture jusqu'à ce que nous voyions mon avion atterrir.

Nous avons attendu en silence en regardant Paleochora, la ville de pierre.

« Vous saviez que des gens y avaient habité jusqu'en 1812 ? a-t-il demandé.

— Et pourquoi ? Aucune puissance étrangère ne menaçait Kalymnos à cette époque.

— Les pirates. Les habitants se réfugiaient là-haut. Les sièges pouvaient durer des semaines et des mois. La nuit, ils devaient se faufiler dehors et descendre jusqu'à des puits camouflés pour chercher de l'eau. On dit que des enfants ont été conçus et sont nés là-haut. Mais ça n'en restait pas moins une prison. »

Un sifflement dans les airs au-dessus de nous. Un sifflement dans ma tête.

L'appareil ATR 72 et l'idée sont arrivés simultanément.

« La geôle de l'amour…, ai-je dit.

— Quoi ?

— Franz et Julian ont tous les deux eu des rendez-vous avec Helena dans un bâtiment de Paleochora. Franz a dit qu'il avait condamné son frère à perpétuité dans sa propre geôle de l'amour. Ça pourrait signifier… »

Mes paroles ont été assourdies par la brève inversion de poussée de l'avion, derrière nous, mais j'ai vu à l'expression de George qu'il avait déjà compris où je voulais en venir.

« J'imagine que ça signifie que vous n'allez pas prendre cet avion pour Athènes, en fin de compte ?

— Appelez Christine et demandez-lui de venir avec Odin. »

De loin, Paleochora avait l'air d'une ville fantôme. Noirâtre, inanimée, pétrifiée, comme figée par le regard de la Gorgone. Mais de près – de même que dans les affaires de meurtre – apparaissaient les détails, les nuances, les couleurs. Et l'odeur.

George et moi nous sommes hâtés dans les ruines vers l'un des bâtiments encore à peu près entiers. Sur le seuil, Christine retenait Odin, qui aboyait furieusement et voulait entrer. Elle et deux hommes des services de sauvetage en montagne étaient arrivés les premiers sur place et avaient communiqué avec nous par radio. Nous avions allongé le pas quand elle avait annoncé la découverte, mais il nous restait environ cent mètres de dénivelé. C'était dans ce qui constituait sans doute la seule cave de Paleochora ; j'allais apprendre par la suite qu'elle avait été creusée afin d'abriter les corps pendant les sièges, puisqu'on manquait de terre dans l'enceinte des remparts pour ensevelir les morts.

Avant que mes pupilles aient le temps de s'adapter à l'obscurité, la première chose qui m'a frappée quand George et moi avons baissé la tête pour entrer était la puanteur.

Mes vieux yeux ont peut-être besoin de plus de temps qu'avant pour accommoder, c'est peut-être pour cela que j'ai réussi à contenir mon émotion face au spectacle de Julian Schmid qui se dessinait peu à peu. Son corps nu était partiellement recouvert d'une couverture en laine sale. L'un des sauveteurs s'est accroupi à côté de lui, mais il ne pouvait pas faire grand-chose. Les bras raides de Julian étaient levés au-dessus de sa tête, ses mains jointes comme en prière alors qu'elles étaient attachées par des menottes à un barreau en fer forgé scellé dans le mur en pierre.

« Nous attendons Teodore, a chuchoté George, comme si nous assistions à une autopsie ou à une messe. Il va apporter ce qu'il faut pour sectionner les menottes. »

J'ai regardé par terre. Une flaque d'excréments, de vomi et d'urine. L'origine de la puanteur.

L'homme au sol a toussé. « De l'eau », a-t-il murmuré.

Manifestement, le sauveteur lui avait déjà donné ce qu'il avait, je me suis donc avancé et ai appuyé ma bouteille contre ses lèvres sèches. Je voyais un reflet parfait de Franz. C'est-à-dire que Julian Schmid paraissait plus mince que son frère, avait un gros bleu au front, sans doute la boule de billard, et sa voix n'avait pas le même timbre. Était-ce parce que son frère était une copie de lui-même que Franz n'avait pas réussi à le tuer ? Avait-ce même été plus facile pour lui de se tuer lui-même ? J'avais mes raisons de le croire.

« Franz ? a chuchoté Julian.

— Il n'est plus là, ai-je dit.

— Plus là ?

— Disparu.

— Helena ?

— Elle est en sécurité.

— Quelqu'un… quelqu'un parmi vous pourrait-il la prévenir ? Que je vais bien ? »

George et moi avons échangé un regard. J'ai fait un signe de tête à Julian.

« Merci. » Il a bu encore. Comme si l'eau traversait son crâne, des larmes se sont mises à perler de ses yeux. « Il ne le pensait pas.

— Quoi donc ?

— Franz. Il… il est devenu fou, c'est tout. Je le sais. Ça lui arrive.

— Peut-être », ai-je répondu.

Le talkie-walkie de George a grésillé, il est sorti.

Aussitôt après, il a repassé la tête à l'intérieur. « L'ambulance est arrivée, elle est en bas, sur la route. »

Il a disparu de nouveau. L'odeur était intense.

« En son for intérieur, je crois que Franz voulait qu'on vous retrouve, ai-je dit à mi-voix.

— Vous croyez ? » a demandé Julian.

Je savais qu'il savait que Franz était mort. Et cette prière qu'il paraissait faire, avec ses mains menottées, était la suivante : que je lui dise ce qu'il avait besoin d'entendre, pour pouvoir redevenir entier. Alors je l'ai fait.

« Il regrettait, ai-je expliqué. En fait, il m'a carrément dit que vous étiez ici. Il voulait que je vous sauve. Il ne pouvait pas deviner que j'étais si long à la détente.

— Ça me fait tellement mal.

— Je sais.

— Qu'est-ce qu'il faut faire ? »

J'ai regardé autour de moi, ramassé un caillou par terre et l'ai pressé dans sa main. « Il faut le serrer, en se disant qu'il va aspirer toute la douleur qu'on a en soi. »

L'homme qui apportait le coupe-boulon est arrivé, on a emmené Julian.

J'ai appelé Helena pour lui annoncer qu'on l'avait retrouvé et qu'il était en vie. Pendant que je parlais, je me suis rendu compte que, dans le cadre de mes fonctions d'enquêteur de police, je n'avais jamais annoncé à personne qu'un être cher avait été retrouvé vivant. Toutefois, Helena n'a pas réagi très différemment des gens à qui je faisais part d'un décès : quelques secondes de silence pendant que le cerveau cherchait la cause du malentendu, la raison pour laquelle la nouvelle ne pouvait en aucun cas être vraie. Et puis – le cerveau ne trouvant rien – les larmes, quand ils commençaient à intégrer l'information. Même la personne qui se révélerait plus tard être le coupable jaloux se mettait à pleurer, souvent plus violemment que l'innocent, sous le choc. Mais les larmes d'Helena étaient autres. C'étaient des larmes de joie. De la pluie sous le soleil. Cela a réveillé quelque chose en moi, un vague souvenir, et j'en ai eu la gorge nouée. Quand elle a sangloté ses remerciements, j'ai dû toussoter pour parvenir à répondre d'une voix ferme.

L'après-midi, à mon arrivée à l'hôpital de Pothia, Helena était au chevet de Julian, déjà en meilleure forme, et lui tenait la main. De toute évidence, elle considérait que c'était mon intelligence lumineuse qui l'avait sauvé et j'ai passé sous silence que c'était plutôt mon imagination lacunaire qui avait failli le tuer.

J'ai demandé à m'entretenir brièvement seul à seul avec Julian et Helena m'a embrassé la main avant de nous laisser.

Il m'a offert une description des événements qui correspondait bien à ce que je m'étais représenté.

Sur le chemin de l'hôpital après leur bagarre dans le bar, la dispute avec Franz avait repris.

« J'ai menti. J'ai prétendu que j'avais parlé avec Helena, que je lui avais tout raconté et qu'elle m'avait pardonné et dit qu'elle m'aimait. Qu'il devrait laisser tomber et l'oublier aussi vite que possible. Oui, c'était un mensonge, mais j'avais l'intention d'appeler Helena ensuite. Je pensais que, de toute façon, les choses finiraient comme ça. Mais Franz a hurlé que c'étaient des mensonges, il s'est garé sur le bas-côté, il a ouvert la boîte à gants et il a sorti le pistolet qu'il avait acheté à Pothia.

— Vous l'aviez déjà vu dans cet état ?

— Je l'ai vu furieux, et nous nous sommes battus, mais je ne l'avais jamais vu ainsi, aussi… fou. » Julian avait les yeux brillants. « Mais je ne le lui reproche pas. Je suis tombé amoureux de cette fille parce qu'il m'avait parlé d'elle, montré des photos, il l'avait encensée, idéalisée. Et puis je l'ai volée. Il n'y a pas d'autre façon de le formuler. Je l'ai trahi, lui, et je l'ai trahie, elle. J'aurais fait comme Franz. Non, moi j'aurais tiré, j'aurais tué. Au lieu de quoi il m'a forcé à rouler jusqu'à Chora, d'où il m'a emmené à Paleochora, le pistolet dans le dos. Il avait manifestement visité les lieux et découvert la cave. Il m'a attaché avec les menottes qu'il avait achetées à Pothia aussi.

— Et puis il vous a abandonné à votre mort ?

— Il a dit que j'allais rester ici jusqu'à la putréfaction de mes chairs et il est parti. J'étais bien sûr épouvanté mais, à ce moment-là, j'avais plus peur pour Helena que pour moi-même. Parce que Franz revenait toujours.

— Comment cela ?

— Quand on était petits et qu'on se battait, il était toujours un tout petit peu plus fort que moi. Il lui arrivait alors de m'enfermer. Dans une chambre, dans un placard. Une fois, dans un coffre, où il avait décrété que j'allais mourir. Mais il revenait toujours, terriblement embêté, même si, bien sûr, il ne le montrait pas. J'étais certain que ça allait être pareil cette fois. Jusqu'à il y a deux ou trois jours. Là, je me suis réveillé en sursaut et... » Il m'a regardé. « Je ne suis pas quelqu'un qui croit au spiritisme, mais après ce que Franz et moi avons vécu, je serais curieux de savoir où en sera la recherche sur la télépathie gémellaire dans cent ans. Quoi qu'il en soit, j'ai su qu'il lui était arrivé quelque chose. Quand les heures et les jours ont continué de passer sans qu'il revienne, j'ai vraiment commencé à croire que j'allais mourir là-bas. Vous m'avez sauvé, inspecteur. Je vous en serai éternellement redevable. »

Julian a sorti une main de sous la couverture pour serrer la mienne. J'ai senti la pierre que je lui avais donnée contre ma paume. « Pour le cas où, vous aussi, vous connaîtriez la douleur », a-t-il expliqué.

Dans le couloir, Helena m'a arrêté pour me demander si elle pouvait m'inviter à dîner dans leur restaurant. Je l'ai remerciée en lui expliquant que j'allais prendre le dernier avion du soir à Kos.

Disposant de deux heures avant le départ du ferry, j'ai accompagné Christine qui allait chercher des vêtements pour Julian dans la chambre de Massouri.

Je suis resté à côté de la voiture de police dans la rue, à contempler le superbe coucher de soleil derrière Telendos, pendant que Christine se rendait dans la maison. Une vieille dame en robe à fleurs portant des sacs de provisions est arrivée d'un pas claudicant et s'est arrêtée.

« Il paraît que vous avez retrouvé l'un des jumeaux ? Le gentil ?

— Le gentil ?

— Je fais les chambres tous les matins à neuf heures. » Elle a fait un signe de tête vers la maison. « À cette heure-là, la plupart des clients sont sortis grimper, mais ces deux-là, il m'arrivait de les réveiller. Il y en avait un qui se mettait toujours en colère, alors que l'autre souriait et rigolait et disait que je n'aurais qu'à m'occuper de la chambre le lendemain. Le gentil s'est présenté comme Julian. L'autre, je n'ai jamais su comment il s'appelait.

— Franz.

— Franz. » Elle s'est arrêtée une seconde sur ce nom.

« C'est allemand, ai-je précisé.

— Eh bien, à part ce Julian, je n'aime pas les Allemands. Ils nous ont baisés pendant la guerre et ils nous baisent aujourd'hui. À nous traiter en locataires douteux qui n'ont pas payé le loyer depuis un certain temps dans leur Europe.

— Ce n'est pas une mauvaise image, ai-je commenté, songeant autant à mon pays qu'à l'Allemagne.

— Ils font semblant d'avoir changé. » Elle a soufflé par le nez. « Une femme à leur tête et tout ça. Mais ils restent et demeurent des nazis. » Elle a secoué la tête. « Un matin, j'ai vu des menottes sur la table de chevet. Je ne sais pas ce que Franz en faisait, mais c'était quelque chose de fasciste, j'en suis sûre. Il est mort ?

— Peut-être. Probablement. C'est relativement sûr.

— Relativement ? » Elle m'a considéré avec un peu de son mépris des Allemands. « Ce n'est pas le travail de la police de savoir ?

— Si. Et nous ne savons rien. »

Elle est repartie en balançant d'un pied sur l'autre et j'ai entendu un petit rire en hauteur.

Je me suis retourné et, là, sur un balcon en contrebas des cyprès, était assise Victoria, les pieds sur la balustrade, une cigarette au coin de la bouche.

Je suis allé me poster au-dessous.

« Tu en as pris pour ton grade ? a-t-elle demandé en riant, tout en soufflant la fumée dans le crépuscule sans vent.

— Tu comprends le grec ?

— Non, mais je comprends le langage corporel. » Elle a tapoté sa cendre d'un geste traînant, lent. « Tu n'es pas de cet avis ? »

J'ai repensé à la nuit précédente. J'avais dessoûlé pendant ces heures. Ça avait été bien. Nous avions été gentils l'un envers l'autre. Un peu méchants, mais surtout gentils. « Si, je suis de cet avis.

— On se voit plus tard, au bar ?

— Je repars à Athènes ce soir.

— Tu veux de la visite ? »

J'ai compris à l'expression de son visage que la question

lui avait échappé. Et elle a compris – ou mal compris – mon hésitation à répondre.

« Oublie ! » Elle a ri en tirant fort sur sa cigarette. « À Athènes, tu es marié, tu as des enfants et un chien. Tu ne veux pas de problèmes et tu n'en auras pas. »

Je me suis rendu compte qu'elle ne m'avait posé aucune question sur ma vie actuelle et que j'avais parlé exclusivement de la seule chose qui comptait : le passé.

« Ce n'est pas tant que j'aie peur des problèmes, mais je suis vieux. Et toi, tu as la vie devant toi. »

Elle a éclaté de rire. « Ouaip, je suis une meilleure affaire pour toi que tu ne l'aurais été pour moi.

— Ma balance aurait été excédentaire, ai-je dit en souriant.

— *Adio* encore, Nikos.

— *Adio* encore, Monique. »

Ce n'est qu'en remontant dans la voiture que je me suis aperçu de mon lapsus.

Il était minuit passé quand j'ai ouvert la porte de mon appartement.

« Je suis rentré », ai-je lancé dans l'obscurité. J'ai posé mon sac par terre, dans le vestibule, me suis dirigé vers la partie cuisine de la grande pièce ouverte aux cloisons en verre, avec vue sur Kolonaki, l'un des quartiers chics du centre d'Athènes. J'ai sorti de ma poche la pierre qui se trouvait dans une boîte sans fioritures, tel un bijou dans un écrin de bijoutier.

J'ai pris un verre, ouvert le réfrigérateur. La lumière a éclairé le parquet, les étagères de livres, le bureau massif, en teck, avec le grand écran Apple.

De l'argent hérité.

J'ai rempli mon verre du jus que presse mon aide ménagère, je me suis avancé jusqu'à mon ordinateur, j'ai effleuré le clavier. Une grande photo de trois jeunes devant une falaise du Peak District s'est affichée.

J'ai cliqué sur les icônes des plus grands journaux. Ils couvraient largement l'affaire de meurtre de Kalymnos. Je n'étais mentionné nulle part. Tant mieux.

J'ai déposé un baiser sur mon index, que j'ai appuyé sur la joue de la fille entre les deux garçons sur l'écran et j'ai annoncé tout haut que j'allais me coucher.

Dans ma chambre, j'ai rangé la boîte renfermant le caillou sur l'étagère au-dessus du lit, à côté de l'autre pierre. Le lit était si grand, si vide, les draps si froids, qu'en me couchant j'ai eu le sentiment de partir à la nage dans la mer.

Deux semaines plus tard, j'ai reçu un coup de fil de George Kostopoulos.

« On a trouvé un corps dans la mer, pas loin de la plage où Franz a disparu. Enfin, à terre, le corps était embroché sur les falaises où les vagues se brisent. C'est exposé à tous les vents et il y a rarement du monde, mais il paraît qu'une voie d'escalade part d'un sentier cinquante ou soixante mètres au-dessus. C'est un grimpeur qui nous a appelés.

— Je crois que je sais où c'est. Le corps est-il identifié ?

— Pas encore. Il est haché tellement menu que je suis impressionné que le grimpeur ait pu comprendre qu'il s'agissait d'un cadavre humain. Personnellement, j'ai cru voir un dauphin. La peau, le visage, les oreilles, les organes sexuels, tout a disparu, mais il y a un trou dans le crâne qui peut difficilement être autre chose qu'un impact de balle.

— Ce pourrait être encore un réfugié tombé d'un bateau.

— Oui, oui, nous en avons qui ont dérivé jusqu'ici l'an dernier, mais j'en doute. J'ai envoyé des prélèvements d'ADN en analyse, j'aurai les résultats dans quelques jours. Je me demandais simplement…

— Oui ?

— Si l'ADN correspond au profil de la salive sur le verre d'eau de Franz Schmid, qu'est-ce qu'on dit ?

— Qu'on a une identification positive.

— Mais nous avons obtenu cet ADN de façon… euh… irrégulière.

— Ah bon ? Si je me souviens bien, nous l'avions demandé à Franz Schmid et il nous l'avait donné de son plein gré, non ? »

Il y a eu un blanc au bout du fil.

« C'est comme ça…

— Oui, ai-je coupé. C'est comme ça qu'on fait à Athènes. »

Trois jours plus tard, la nouvelle est tombée.

Le profil ADN du corps brisé sur les rochers correspondait à celui que, d'après le rapport de police, Franz Schmid nous avait donné de son plein gré lors de sa déposition à Pothia. Mon nom n'était pas mentionné.

Je lisais cette information en tenant mon téléphone sous la nappe afin de ne pas distraire la femme qui m'expliquait qu'elle pensait que son mari avait fait une overdose en confondant ses médicaments pour le cœur avec les autres, sans doute parce qu'il était perturbé par cette jeune stagiaire pour laquelle il s'était mis en tête d'abandonner sa famille.

J'ai réprimé un bâillement et laissé mes pensées s'envoler vers la voie, là-bas, au sud de la plage. Je m'étais procuré le topo d'escalade de Kalymnos et j'avais découvert qu'elle s'appelait Where Eagles Dare et était cotée 7b. Même en photo, ça avait l'air fantastique. Si je voulais me remettre en forme pour la grimpe, cela nécessiterait que je m'entraîne et que je perde quelques kilos. Et si je voulais du temps pour cela, il fallait que les gens fassent une pause et arrêtent de se tuer les uns les autres. Ou alors c'était moi qui devais faire une pause. Une longue pause.

Cinq ans plus tard

J'ai regardé par le hublot de l'avion. En bas, l'île était inchangée. Un bloc de calcaire jaune, que Poséidon avait jeté dans la mer pour faire trembler la terre.

Mais le ciel était couvert.

Le temps était plus instable au printemps, m'a expliqué le chauffeur de taxi sur la route d'Emporio, mieux valait venir en automne. J'ai souri en contemplant les lauriers roses en pleine floraison et en respirant les effluves de thym.

Quand je suis sorti du taxi, Helena et Julian m'attendaient sur le perron du restaurant, avec le petit Ferdinand. Julian a affiché un grand sourire quand Helena m'a enlacé en refusant presque de me lâcher. Nous avions correspondu régulièrement par e-mails. Enfin, c'était surtout elle qui me donnait des nouvelles, et moi qui lisais. Je lisais comme j'écoutais et j'écrivais des réponses brèves, essentiellement des questions au sujet de ce qu'elle me racontait, comme je le faisais dans les conversations.

Au début, les choses n'avaient pas été si faciles, avait-elle écrit. Julian avait sans doute été davantage marqué par les événements qu'on n'aurait pu le croire. Une fois retombée l'euphorie d'avoir été sauvé et de l'avoir retrouvée, il s'était assombri, renfermé, son humeur s'était altérée, c'était, selon elle, une autre personne que celle dont elle était tombée amoureuse. Et il parlait tant de son frère, lui cherchait des excuses, semblait tenir beaucoup à ce qu'elle et ses parents comprennent que Franz n'avait pas été maléfique, mais simplement très, très amoureux.

C'en était arrivé au point où elle avait envisagé de le quitter, mais un événement avait tout changé : elle était tombée enceinte.

Et, dès lors, on aurait dit que Julian s'était réveillé pour redevenir le Julian qu'elle se rappelait à peine, le Julian de cette seule nuit partagée avant sa disparition. Joyeux, bon, gentil, chaleureux, aimant. Peut-être pas tout à fait aussi sémillant et fantaisiste que dans ses souvenirs, et alors ? Elle ne devait pas être la seule femme à trouver son mari un peu moins extraordinaire qu'au début de leur relation. Et peut-on exiger davantage d'un homme que d'être fidèle, aimant et de travailler dur pour sa famille ? Même le père d'Helena devait admettre qu'elle s'était trouvé un mari qui savait payer de sa personne et sur qui on pouvait compter, quelqu'un à qui il pourrait en toute sécurité confier la responsabilité du restaurant le moment venu.

D'après Helena, Julian avait pleuré comme un enfant à la naissance de Ferdinand. Il s'était révélé être un père irradiant un réel amour. « Un authentique radiateur, avait-elle écrit. Et quoi de mieux quand les tempêtes d'hiver arriveront à Kalymnos. »

J'ai pris mes quartiers dans ma chambre. « Eh bien, vous pensez être prêt pour Where Eagles Dare ? » s'est enquis Julian en souriant alors que nous déjeunions au restaurant. Du poulpe grillé, leur spécialité, un mets succulent. J'ai noté qu'il ne mangeait pas et j'ai songé que ça pouvait avoir un lien avec le mythe de la pieuvre qui se nourrit de cadavres. Ce qui n'était pas un mythe, bien sûr, tous les animaux marins se nourrissent des noyés quand ils en ont l'occasion.

« Je ne sais pas, mais en tout cas j'ai grimpé un peu sur les voies autour d'Athènes.

— Alors on va démarrer tôt demain matin.

— C'est une voie particulièrement longue, ai-je souligné. Quarante mètres.

— Ça ira, j'ai une corde de quatre-vingts mètres.

— Parfait. »

La sonnerie de son téléphone a retenti. Il allait répondre, mais il a suspendu son geste, m'a regardé.

« Vous êtes tout pâle, Nikos. Ça va ?

— Oui, oui », ai-je menti, parvenant de justesse à sourire. J'avais le cœur au bord des lèvres et je sentais la sueur perler sur mon corps entier. « Répondez donc. »

Il m'a observé d'un œil scrutateur. Peut-être attribuait-il ma réaction à la perspective de grimper cette voie si haute.

Il a décroché et la musique s'est enfin arrêtée. *Whole Lotta Love.*

Comme d'habitude, cette chanson me renvoyait quarante ans en arrière, à un arbre dans une arrière-cour d'Oxford, et me rendait physiquement mal.

Julian avait dû comprendre que ce n'était pas l'escalade. « Vous n'aimez pas cette chanson ? m'a-t-il demandé après sa conversation téléphonique.

— C'est une longue histoire, ai-je répondu en riant après m'être ressaisi. Mais je croyais que vous n'aimiez pas Led Zeppelin. Il me semblait me souvenir que vous aviez quelque chose de plus soft sur votre téléphone.

— Ah bon ?

— Oui, Ed quelque chose. Ed Cheap. Ed Sheep…

— Ed Sheeran ! s'est exclamée Helena.

— Voilà ! » J'ai regardé Julian.

« J'adore Sheeran ! a fait Helena en riant.

— Et vous, Julian ? »

Julian Schmid a levé son verre d'eau. « On doit bien pouvoir aimer à la fois Led Zep et Sheeran, non ? » Il a bu longuement sans me quitter des yeux.

« Je viens de penser à un truc, a-t-il déclaré en reposant enfin son verre. D'après les prévisions, il pourrait y avoir de la pluie demain. Dans le coin, impossible de savoir à coup sûr si les averses vont toucher l'île ou passer à côté. La voie a beau être en surplomb, le vent pousse tellement de pluie sur l'intérieur que la paroi se mouille, alors que diriez-vous d'y aller maintenant ? Comme ça, on sera sûr que vous aurez pu essayer avant de repartir après-demain.

— Oui, ce serait bête que vous soyez venus jusqu'ici uniquement pour nous voir, Ferdinand et moi », a renchéri Helena en riant.

J'ai souri.

Nous avons terminé notre repas et je suis monté me préparer dans ma chambre. Pendant que je remplissais mon sac d'escalade, j'ai vu par la fenêtre que Julian jouait avec Ferdinand. Le garçon courait en riant autour de son père et, chaque fois que celui-ci l'attrapait et le faisait tourner à lui en faire perdre son petit bonnet bleu et blanc, il poussait des cris de joie. C'était une danse. Une danse que je n'avais jamais dansée avec mon propre père. L'avais-je fait ? Si tel était le cas, je l'avais oublié.

« Vous avez hâte ? » m'a demandé Julian au terme d'un trajet silencieux, quand nous nous sommes garés à l'endroit où nous avions retrouvé la voiture de Franz.

J'ai répondu d'un signe de tête en observant la plage. Si différente aujourd'hui. Pas de soleil. Des vagues qui chuchotaient paisiblement, roulaient vers la plage sans se briser.

Après vingt minutes de marche rapide, nous étions sur la pointe, les yeux levés sur Where Eagles Dare. La voie paraissait plus intimidante sous ces nuages anthracite. Nous avons enfilé nos harnais et Julian m'a tendu deux packs de dégaines.

« J'imagine que vous voulez la tenter à vue ?

— Merci, vous me surestimez, mais je vais essayer d'aller aussi loin que je peux. »

J'ai accroché les dégaines sur mon baudrier, me suis encordé, ai chaussé mes vieux chaussons confortables que j'avais utilisés dans le Peak District, et ai plongé les mains dans le sac à magnésie attaché à une cordelette autour de ma taille. Au lieu de faire les deux pas qui me séparaient de la paroi, je suis allé au bord du sentier et j'ai regardé en bas.

« C'est là qu'ils l'ont trouvé », ai-je dit en désignant les brisants d'un geste du menton. Eux aussi étaient domptés aujourd'hui. Leur bruit nous parvenait avec un temps de retard. « Mais vous deviez le savoir.

— Oui, je le savais, a répondu la voix derrière moi. Depuis combien de temps êtes-vous au courant ?

— Depuis combien de temps je suis au courant de quoi ? »

Je me suis tourné vers lui. Il avait le teint blafard. Sans doute était-ce la lumière, mais cette lividité a instantanément évoqué en moi le souvenir de Trevor. Étant entendu que, c'est clair, je pense très souvent à Trevor.

« Rien », a-t-il répondu, le visage inexpressif, la voix éteinte. Il a passé la corde dans le système d'assurage manuel ATC et l'a attachée à son baudrier. Puis il a fait la vérification d'usage : « Votre harnais est bien mis, votre mousqueton bien verrouillé, votre corde assez longue et votre nœud a l'air bien. »

J'ai acquiescé.

Un pied sur le surplomb, j'ai saisi la première prise évidente, gainé mon corps et hissé mon autre pied.

Les dix premiers mètres d'escalade se sont bien déroulés. Je me déplaçais avec légèreté, mes kilos perdus et mes muscles regagnés donnaient des résultats. Le mental de grimpe était bon ; plusieurs fois au cours de l'année écoulée, j'avais fait des chutes sur des voies très chichement équipées, et quand la corde arrêtait le vol au bout de huit ou dix mètres, je n'avais même pas ressenti de soulagement, simplement une légère déception de n'être pas parvenu à réaliser la voie sans tomber. Mais, ici, les points d'ancrage se succédaient étroitement et une éventuelle chute serait courte. En l'occurrence, après avoir mousquetonné un certain nombre de fois, j'ai commencé à me demander si j'avais pris assez de dégaines.

J'ai entendu un cri de mouette à l'instant même où le mince bout de calcaire auquel je me tenais se cassait. Je suis tombé. Cet état qu'on décrit si souvent, et à tort, comme l'apesanteur n'a duré qu'un instant. Puis la corde et le harnais ont tiré d'un coup sec autour de ma taille et de mes cuisses. Une chute courte et brutale. J'ai baissé les yeux sur Julian au sol, la corde tendue dans le système de freinage sur son baudrier.

« Désolé ! a-t-il crié. Vous êtes arrivé si vite que je n'ai pas eu le temps d'amortir la chute.

— Aucun problème, tout va très bien ! »

Ne parvenant pas à me coller au surplomb, j'ai entrepris de me hisser sur la corde à la pure force de mes bras. Bien qu'il n'y ait eu que trois mètres à couvrir et que Julian ait utilisé le poids de son corps pour réduire le mou, la corde était si lisse et fine que j'étais drôlement fatigué quand je suis enfin arrivé au point d'assurage où elle était clippée. J'ai regardé mes mains. Déjà beaucoup de peau râpée.

Après un temps de repos, je suis reparti. J'ai dû me rattraper à une dégaine du crux, le point le plus difficile de la voie, mais sinon je sentais que **ça** venait, que je n'avais pas besoin de réfléchir, mes pieds et mes mains semblaient résoudre d'eux-mêmes le flux d'équations à une ou deux inconnues. Quand j'ai atteint le sommet et mousquetonné, quinze mètres plus haut, c'est avec une satisfaction intérieure muette mais profonde. Je n'avais pas réalisé la voie sans tomber, certes, mais quelle magie ! Je me suis tourné pour admirer la vue. D'après George, on pouvait voir la côte turque depuis Kalymnos par temps dégagé, mais aujourd'hui je ne voyais que ceci : la mer, moi-même, la paroi. Et la corde qui descendait à l'homme que j'avais sauvé et qui devait me sauver.

« Je suis prêt à descendre ! »

J'ai coulé à travers l'air statique et lourd de l'après-midi. Le jour déclinait déjà. Une fois que Julian aurait tenté la voie, il nous faudrait probablement rentrer si nous voulions éviter de reprendre le sentier caillouteux dans le noir. Mais j'ai compris que Julian ne ferait pas de tentative quand, au bout de seulement quelques mètres, j'ai vu passer une marque sombre, sur la corde jaune, qui remontait vers le point d'assurage.

La marque du milieu.

« La corde est trop courte ! » ai-je crié.

Il n'y avait pas de vent, certes, mais il était possible qu'à cause des vagues, des cris des mouettes ou d'une simple absence il ne m'ait pas entendu. Il a en tout cas continué de me descendre.

« Julian ! »

Il continuait de donner du mou, encore plus vite.

J'ai baissé les yeux sur la mer, vu le sentier, où le dernier reste de corde lovée se dressait comme un cobra qui danse au son de la flûte. Et je me suis rendu compte qu'il n'y avait pas de nœud au bout.

« Julian ! » ai-je répété. J'étais si près de lui que je voyais son expression éteinte.

Il allait me tuer, ce n'était qu'une question de secondes avant que l'extrémité de la corde glisse librement à travers le frein d'assurage et que je tombe.

« Franz ! »

La corde élastique s'est tendue en s'étirant vers l'abîme. Mon harnais s'est enfoncé dans mes lombaires. La descente était interrompue, je faisais du yo-yo dans les airs. Je n'étais qu'à deux ou trois mètres de Julian mais, étant suspendu à la verticale de l'ancrage du sommet, je me trouvais au-delà du sentier. Si la corde ressortait du frein, je chuterais sur cinquante ou soixante mètres jusqu'au pied des falaises, où les vagues avaient l'effervescence d'une bouteille de champagne brisée.

« Il semblerait que la corde ne fasse pas quatre-vingts mètres finalement, a-t-il constaté. Je suis désolé, l'erreur est humaine. » Son visage n'exprimait aucune excuse.

J'étais bel et bien sur la corde raide. Et son extrémité se trouvait vingt centimètres sous la main de Julian, seule chose qui me retenait. L'angle du frein et la friction lui permettaient de me maintenir sans difficulté, mais il ne pourrait pas le faire éternellement. Et quand il lâcherait, ça aurait l'air non pas d'un meurtre, mais d'un accident d'escalade si banal : une corde trop courte.

J'ai hoché la tête. « Vous avez raison, Franz… »

Il n'a pas répondu.

« … l'erreur est humaine. »

Nous nous sommes observés. Lui à moitié debout sur

le sentier, à moitié assis dans son baudrier, moi en suspens juste au-dessus de lui, au-dessus de l'abîme.

« Paradoxe, a-t-il fini par dire. C'est un mot grec, non ? Comme à l'heure du coucher, quand Ferdinand a peur du noir et veut que je lui raconte une histoire pour s'endormir, mais insiste pour avoir une des histoires qui font peur. N'est-ce pas un paradoxe ?

— Peut-être. Peut-être pas.

— Quoi qu'il en soit, vous le voyez, l'obscurité tombe, alors vous devriez peut-être me raconter une de ces histoires qui font peur, Nikos. On serait peut-être un peu moins effrayés, tous les deux.

— Vous ne voulez pas qu'on résolve ce problème d'abord ? »

Il a relâché sa prise, a laissé la corde remonter de quelques centimètres vers le frein.

« Je crois que la solution sera dans l'histoire que vous allez raconter. »

J'ai dégluti, baissé les yeux. Soixante mètres de chute, ce n'est pas long. Trois secondes et demie, pour être exact. Mais on a le temps de penser à pas mal de choses. Et aussi, malheureusement, d'atteindre une vitesse de cent vingt trois virgule cinq kilomètres heure. Allais-je heurter l'eau, peut-être survivre de justesse à la chute avant de me noyer ? Ou allais-je me fracasser sur les rochers et mourir instantanément, sans douleur ? J'avais vu cela de près. Le plus frappant avait été le silence et le calme qui avaient régné pendant quelques secondes après son impact au sol, avant que tout le monde accoure en criant. Il faisait froid, et pourtant je sentais la sueur couler comme de la cire fondue. Je n'avais pas prévu de démasquer le faux Julian dans de telles circonstances, alors que ma vie était littéralement entre ses mains. D'un autre côté, c'était logique. Oui, dans un sens, ça facilitait tout. L'ultimatum serait plus clair.

« D'accord, ai-je dit. Vous êtes prêt ?

— Je suis prêt.

— Il était une fois... » J'ai inspiré profondément. « Il était une fois un homme qui s'appelait Franz et qui était si jaloux de son frère jumeau, Julian, qu'il le tua pour avoir la belle Helena pour lui tout seul. Il emmena son frère sur une plage, lui tira une balle dans la tête et jeta son corps à la mer. Mais lorsque Franz comprit qu'Helena aimait Julian, et Julian seulement, qu'elle ne voulait pas du tout de lui, il s'arrangea pour qu'on pense que c'était lui et non son frère qui avait échoué dans la mer avec une balle dans la tête. Ensuite, il s'attacha dans une cave, et lorsqu'on le retrouva il se fit passer pour Julian, prétendant être là depuis que ce dernier avait été porté disparu. Tout le monde le crut, il était Julian, et il se trouva donc que Franz obtint malgré tout son Helena et vécut heureux jusqu'à la fin de ses jours. Content ? »

Il a secoué la tête. Mais sa main tenait toujours la corde.

« Manifestement, vous n'avez rien d'un conteur, Nikos.

— C'est vrai.

— Par exemple, vous n'avez pas de preuve.

— Qu'est-ce qui vous fait croire cela ?

— Si vous en aviez, vous ne seriez pas venu seul, j'aurais été arrêté depuis longtemps. Il se trouve que je sais que vous avez cessé de travailler dans la police. En ce moment, vous passez votre temps à lire à la Bibliothèque nationale, n'est-ce pas ?

— Non, à la bibliothèque Gennadeion.

— Alors quel est l'objet de cette visite ? Est-ce le vieil homme qui vient à la pêche aux preuves au sujet d'une ancienne affaire qui ne le laissera pas en paix tant qu'il n'aura pas trouvé la vérité ?

— Je ne trouve pas la paix, c'est vrai, mais c'est sans rapport avec cette affaire. Et je ne suis pas ici à la pêche aux preuves, car je les ai déjà.

— Vous mentez. » Ses doigts ont blanchi autour de la corde.

« Non. Comme le profil ADN du cadavre dans la mer correspondait à celui que nous avions obtenu de Franz après l'interrogatoire, tout le monde s'est dit que nous avions désormais une réponse sûre. Mais il existait évidemment une autre possibilité. Les jumeaux monozygotes étant issus d'un même œuf et partageant un même patrimoine génétique, ils ont aussi le même profil ADN. En théorie, le corps que nous avons trouvé pouvait être celui de Julian tout aussi bien que celui de Franz.

— Et alors ? Tout aussi bien, ce n'est pas la preuve que ce n'était pas Franz !

— En effet. La preuve, je ne l'ai obtenue qu'en me faisant envoyer les empreintes digitales que vous aviez laissées sur le verre dans lequel vous avez bu pendant notre entretien au poste de police de Pothia, Franz. Je les ai comparées à celles que j'avais chez moi, à Athènes.

— Athènes ?

— Plus précisément dans une boîte sur la tablette au-dessus de mon lit. La pierre que vous m'avez donnée à l'hôpital. Oui, paradoxe, c'est du grec, et le paradoxe ici, c'est que, malgré leur profil ADN identique, les jumeaux n'ont pas les mêmes empreintes digitales.

— C'est faux. Nous avons comparé nos empreintes et elles sont presque pareilles.

— Presque.

— Nous avons le même ADN, comment est-ce possible ?

— Les empreintes digitales ne sont pas déterminées à cent pour cent par la génétique, elles sont aussi façonnées par l'environnement utérin, la position des fœtus l'un par rapport à l'autre. La différence de longueur du cordon ombilical peut entraîner une différence dans le flux sanguin et l'accès aux nutriments, qui déterminent la vitesse de croissance des doigts. Quand votre empreinte digitale finit de se former, entre la treizième et la dix-neuvième semaine de grossesse, de petites différences sont survenues et on peut les voir avec un examen rapproché. Je me suis livré à cet examen rapproché. Et vous savez quoi ? Les empreintes sur la pierre que vous m'avez donnée à l'hôpital quand vous vous faisiez passer pour Julian étaient parfaitement identiques à celles sur le verre dans lequel vous avez bu au poste, Franz. Bref, ces deux personnes…

— … n'en étaient qu'une.

— Oui, Franz. »

Peut-être était-ce l'obscurité qui tombait, ou le fait que le regard, toujours faussé, ajuste ses préconceptions au gré de chaque nouvelle information, mais il me semblait voir Franz apparaître dans la personne au-dessous de moi, tomber le masque et s'extraire du rôle qu'il avait joué toutes ces dernières années.

« Il n'y a que vous qui soyez au courant ? a-t-il demandé à voix basse.

— C'est exact. »

Un cri de mouette esseulé et douloureux a résonné sur la mer.

C'était vrai. J'avais effectué le travail de reconstitution du crime et de l'échange de rôles en solo, sans autres moyens que ces empreintes digitales et ma logique, fragile mais conjuguée à une excellente imagination.

Il avait tué Julian la nuit où ils étaient partis pour

l'hôpital, sans doute pendant qu'ils se disputaient encore et dans un accès de rage jalouse. Je partais du principe que, tentant d'obtenir que Franz renonce à elle sans se battre, Julian avait bel et bien prétendu avoir contacté Helena ce jour-là pour lui révéler qu'il était le frère jumeau de Franz et qu'il l'avait dupée, il avait dû affirmer qu'elle lui avait assuré le vouloir lui, Julian, en dépit de tout. C'était un mensonge, Helena n'avait appris qu'elle avait fréquenté deux jumeaux que lorsque je l'en avais informée. Pourtant, il devait savoir qu'il avait raison, qu'elle le préférerait, lui, car quand il s'agissait de gagner le cœur des femmes il supplantait toujours son frère ténébreux. Je supposais que Franz, en proie à la folie, gouverné par les furies de la jalousie, avait dégainé son Luger et abattu Julian sur-le-champ. Dans ce même brouillard, il avait envoyé à Helena, sans réfléchir aux conséquences de ce geste, un message annonçant qu'il avait tué Julian, auquel il croyait qu'elle s'était promise. Mais Franz était ensuite redevenu maître de lui-même. Il s'était rendu compte que, s'il jouait ses cartes convenablement, Helena pouvait encore lui revenir. Il avait trouvé un endroit où descendre en voiture jusqu'à la plage et avait déshabillé le corps avant de le balancer à la mer. Après quoi il était rentré à Massouri et avait remis à leur place dans la chambre les vêtements, le téléphone et toutes les autres possessions de Julian. Le lendemain matin, il l'avait déclaré disparu, en expliquant qu'il était sorti nager avant le lever du jour.

Bien que la noyade soit plausible, Franz se doutait que nous serions tentés de nous pencher sur son cas si nous apprenions qu'il s'était disputé avec son frère la veille. Il avait donc effacé ce message envoyé à Helena dans la fièvre, de même que la liste des appels où il apparaissait qu'il avait tenté de joindre Victoria à huit reprises. Elle l'avait vu rentrer seul le soir. Sans doute voulait-il lui fournir une quelconque explication et lui faire promettre de ne pas compliquer les choses en parlant à la police. Mais, après notre conversation au commissariat de Pothia, il avait compris que nous allions trouver la liste des appels et le texto auprès de l'opérateur. Il avait en outre appris que j'avais parlé avec Helena, et m'avait vu en conversation avec Victoria quand il se dirigeait vers la falaise du secteur Odyssey. L'étau se resserrait.

Il était désespéré.

Il n'avait plus qu'une seule carte en main : le corps de Julian n'avait pas encore été retrouvé. Julian et lui avaient le même ADN ; si l'on retrouvait le cadavre de Julian, on pourrait être porté à croire qu'il s'agissait du sien.

La seule solution était donc que Franz Schmid disparaisse, cesse d'exister. Il avait mis en scène un suicide. Afin de ne laisser aucune place au doute, il m'avait appelé de la plage pour me l'annoncer. Il avait semé l'idée que Julian n'était peut-être pas mort, qu'on pourrait le trouver dans sa « geôle de l'amour ». Il avait probablement opté pour cette formulation mystérieuse afin de se laisser le temps d'arriver à Paleochora, sans imaginer qu'il nous faudrait plusieurs jours pour résoudre l'énigme. Après ce coup de fil, il avait laissé ses vêtements et son téléphone dans la voiture, était parti pieds nus dans les vagues et avait jeté son Luger de façon à renforcer l'impression de suicide si jamais nous le trouvions. Il était sorti de l'eau par les rochers et remonté à Paleochora. Cela n'avait pas dû lui prendre beaucoup plus d'une heure. En cette nuit de tempête, il savait qu'il ne courait qu'un risque minime de croiser des gens, a fortiori des gens qui se souviendraient de lui.

« Vous aviez emporté une couverture en laine, mais vous avez dû laisser vos vêtements, en tout cas vos chaussures, pour monter à Paleochora, ai-je dit. Qu'en avez-vous fait ? »

J'ai vu la prise de Franz se relâcher et l'extrémité de la corde enveloppée d'adhésif jaune glisser vers sa main.

« Chora. Dans une benne à ordures en contrebas des remparts. Avec les emballages de vomitifs et de laxatifs que j'avais pris pour avoir l'air d'être enchaîné depuis longtemps quand vous me retrouveriez. Je suis arrivé à la cave et puis j'ai chié et dégueulé comme un porc. Je pensais que vous me trouveriez relativement vite.

— Vous êtes resté dans la cave tout le temps ?

— La journée, oui, sans quoi j'aurais risqué d'être aperçu depuis Chora ou repéré par des touristes. Mais la nuit, je sortais respirer.

— Et, évidemment, vous n'avez pas attaché vos menottes avant que les "secours" soient en route. La clef des menottes, où l'aviez-vous cachée ?

— Je l'avais avalée.

— Et c'est la seule chose que vous ayez mangée pendant que vous étiez là-bas ? Pas étonnant que je vous aie trouvé plus mince. »

Franz Schmid a eu un petit rire. « Quatre kilos. Ça se voit sur un corps svelte. J'ai un peu perdu espoir quand j'ai compris que vous n'aviez pas saisi l'allusion, j'ai commencé à appeler à l'aide. Quand j'ai enfin entendu des gens dehors, j'étais tellement enroué à force de crier que je n'avais plus de voix.

— Le timbre différent... Vous étiez simplement enroué.

— Personne ne m'a entendu.

— Personne ne vous a entendu », ai-je répété.

J'ai respiré. Le baudrier entravait ma circulation sanguine, mes jambes mollissaient déjà. Je savais, bien sûr, qu'il pouvait avoir deux raisons d'avouer. La première : il avait l'intention de me lâcher dans l'abîme de toute façon. La seconde : ça fait du bien d'avouer, de reporter cette charge sur quelqu'un d'autre. Ce n'est pas sans raison que la confession est l'un des services les plus prisés de l'église.

« Donc vous avez endossé la vie de votre frère », ai-je observé.

Il a haussé les épaules. « Julian et moi connaissions par

cœur la vie l'un de l'autre, alors ç'a été plus facile qu'on ne pourrait le croire. J'ai promis à Helena de revenir vite, et puis je suis rentré au pays. J'ai évité les gens qui nous connaissent trop bien, la famille, les amis et les collègues de Julian. Ce repli sur soi-même et quelques autres situations singulières ont été excusés par des troubles de la mémoire causés par mon traumatisme. Le plus dur a été l'enterrement, quand maman m'a expliqué qu'elle était convaincue que j'étais Franz et que le chagrin l'avait rendue folle. Et les discours, quand j'ai compris qu'un tas de gens m'aimaient. Après les obsèques, j'ai démissionné de mon poste, enfin de celui de Julian, et je suis revenu à Kalymnos. Helena et moi nous sommes mariés en petit comité, ma mère était la seule invitée de mon côté. Mais elle n'a pas voulu venir. Elle estime que j'ai volé Helena à Franz et qu'Helena l'a trahi. Nos contacts ont été très limités jusqu'à la naissance de Ferdinand. Je lui ai alors envoyé des photos de lui et nous nous parlons au téléphone depuis. On verra comment les choses évoluent.

— Et Helena… elle sait quelque chose ? »

Il a secoué la tête. « Pourquoi faites-vous cela ? Vous me donnez une corde, vous vous attachez à l'autre bout et vous m'expliquez que si je vous tue personne n'apprendra quoi que ce soit.

— Permettez-moi plutôt de vous poser une question, Franz : n'est-ce pas pesant de devoir porter tout cela seul ? »

Il n'a pas répondu.

« Si vous me tuez maintenant, vous continuerez d'être seul. Pour un crime passionnel et pour un homicide volontaire. C'est ce que vous voulez ?

— Vous ne m'avez pas laissé le choix, Nikos.

— On a toujours le choix.

— Quand il s'agit de sa propre vie, peut-être. Mais maintenant, j'ai une famille à laquelle je dois penser. Une famille que j'aime, et qui m'aime, et pour laquelle je suis prêt à tout sacrifier. La sérénité de mon âme. Votre vie. Ça vous paraît si étrange que ça ? »

Je suis tombé. J'ai eu le temps de voir l'extrémité de la corde disparaître dans la main de Franz, et j'ai su que tout était terminé. Mais, de nouveau, le baudrier s'est resserré autour de mes cuisses et de mon dos, et je me suis balancé souplement au bout de la corde élastique.

« Pas étrange du tout. » Mon pouls s'est stabilisé, le pire était passé, je n'avais plus si peur de mourir. « Car c'est ce que je suis venu vous offrir. La sérénité.

— Impossible.

— Bien entendu, je ne peux pas vous offrir la paix absolue, vous avez tout de même tué votre frère. Mais je peux vous offrir cette paix de ne plus avoir peur d'être démasqué, de ne plus devoir sans cesse regarder par-dessus votre épaule. »

Il a eu un rire bref. « Parce que c'est enfin terminé et que je vais être arrêté ?

— Vous n'allez pas être arrêté. En tout cas pas par moi. »

Franz Schmid s'est penché en arrière, l'extrémité de la corde dans la main. La question était seulement de savoir combien de temps il allait réussir à la retenir. Ça m'allait. J'étais préparé à ce que ça puisse se terminer de la sorte. C'était l'une des deux seules issues que je pouvais accepter.

« Pourquoi vous ne voulez pas m'arrêter ?

— Parce que je voudrais la même chose en retour.

— La même chose ?

— La tranquillité d'esprit. Et je ne pourrai alors pas vous arrêter sans prendre le même chemin moi-même. »

J'ai vu les veines et les tendons de sa main jouer sous la peau. Les muscles de son cou se sont crispés, il respirait plus difficilement. Je ne disposais que de quelques secondes. Quelques secondes, une phrase ou deux, pour formuler le récit du jour qui avait façonné le reste de ma vie.

« Alors, quels sont tes plans pour l'été ? » ai-je demandé à Trevor en portant le gobelet de la thermos à mes lèvres.

Trevor, Monique et moi nous faisions face, assis chacun sur une pierre. Derrière nous se déployait une paroi de plus de vingt mètres, devant, un paysage de terres ondoyantes. Surtout des terres incultes, une ou deux vaches çà et là. Les jours dégagés comme celui-là, on voyait la fumée des usines de Sheffield depuis le sommet de la paroi. Nous avions fini de grimper, le soleil était déjà bas, nous allions simplement prendre un petit encas avant de repartir. Le gobelet brûlant me paraissait glissant car je venais d'enduire le bout de mes doigts écorchés de crème Huit heures d'Elizabeth Arden. Ce baume avait été développé dans les années 1930 pour le marché des cosmétiques féminins, mais, à l'instar de centaines de grimpeurs, je le trouvais plus réparateur que n'importe quel onguent spécialement formulé pour l'escalade.

« Je sais pas », a répondu Trevor à ma question lancée à la légère.

Il n'était pas loquace, ce jour-là. Monique non plus. Pendant le trajet depuis Oxford, mais aussi pendant que nous grimpions, c'était moi – le cœur brisé – qui avais parlé. Blagué. Encouragé. Bien sûr, je les avais vus échanger des regards qui demandaient : qui lui dit, toi ou moi ? Mais j'évitais adroitement de leur offrir de bonnes occasions. Quand une pause survenait, je l'emplissais d'un discours oiseux qui aurait paru frénétique s'il ne s'était agi d'escalade, parce qu'en escalade, tout paraît frénétique. Nous faisions une simple sortie à la journée, Monique avait besoin du reste du week-end pour préparer son examen de fin d'année, alors ils voulaient sans doute attendre le trajet du retour, quand nous serions presque arrivés, afin de s'épargner plusieurs heures de huis clos avec moi dans la camionnette après avoir lâché leur bombe. D'un autre côté, ils devaient être impatients que ça sorte, brûler de confesser leur faute, de promettre que ça n'allait jamais se reproduire, de subir ma déception, voire mes larmes, mais ensuite de recevoir mon pardon, aussi, ma promesse généreuse que, oui, nous pouvions faire comme si rien de tout cela n'était arrivé, continuer comme avant. Voire être liés encore plus étroitement, maintenant que nous avions perçu ce que nous risquions de perdre : les uns les autres.

Toute la journée, nous n'avions fait que du trad : nous avions escaladé des voies en plaçant nos propres protections là où la paroi le permettait. C'est plus risqué que de grimper une voie avec des ancrages fixes, puisqu'un coinceur glissé en vitesse dans une anfractuosité peut être arraché en cas de chute. Mais, curieusement, étant donné mon agitation intérieure, je grimpais bien. Plus il était difficile de poser des protections sûres, plus j'étais détendu, presque indifférent. Pour Trevor et Monique, c'était l'inverse, surtout Trevor, qui d'un seul coup voulait en mettre partout, même sur les voies faciles, ce qui prenait un temps exaspérant.

« Et toi, quels sont tes plans pour l'été ? a demandé Trevor en mordant dans son sandwich.

— Travailler un peu chez mon père à Athènes. Gagner de l'argent pour pouvoir aller chez Monique en France et rencontrer enfin sa famille. »

J'ai souri à Monique, qui m'a rendu un sourire tourmenté. Elle avait dû oublier ; guère plus de trois mois auparavant, nous avions étudié la carte, désigné des vignobles et de petits secteurs d'escalade en discutant avec beaucoup de joie des détails pratiques, comme s'il s'agissait d'une expédition dans l'Himalaya.

« Il faut qu'on te dise... » Trevor parlait à voix basse, les yeux rivés au sol.

J'ai eu froid, soudain, j'ai senti mon cœur s'enfoncer dans ma poitrine.

« Moi aussi, je pense aller en France cet été », a-t-il poursuivi.

Qu'est-ce qu'il entendait par là, bordel ? N'allaient-ils pas me raconter ce qui s'était passé ? Me parler de ce faux pas qui était désormais derrière eux, Monique qui s'était sentie si seule parce que je la négligeais, Trevor qui avait cédé à un instant de faiblesse ? Aucune bonne excuse, certes, mais leurs remords, la promesse que ça n'allait évidemment jamais se reproduire. Rien de tout cela n'allait-il donc venir ? Trevor en France. Ces deux-là... allaient-ils faire le voyage que Monique et moi avions prévu ?

J'ai regardé Monique, mais elle aussi avait le regard braqué sur le sol. Et ça m'est apparu. J'avais été aveugle. Mais je l'avais été parce qu'ils m'avaient arraché les yeux. Quelque chose de noir, de douloureux et d'énorme a déferlé en moi. C'était irrépressible. Mon estomac se vrillait, une bile verdâtre fétide cherchait la sortie, mais il n'y en avait pas ; ma bouche, mon nez, mes oreilles, mes orbites, tout était cousu. Alors la bile a rempli ma tête, refoulé toute pensée rationnelle et poursuivi ses assauts.

J'ai vu Trevor rassembler ses forces. Avant le crux. Je l'ai vu inspirer, ses épaules désormais larges et son dos se sont élevés. Le dos blanc que j'avais vu par la fenêtre. Il a ouvert la bouche.

« Vous savez quoi ? me suis-je hâté de dire. J'ai envie d'une petite grimpe avant de partir. »

Trevor et Monique se sont regardés, déconcertés.

« Je... », a commencé Monique.

« Je n'en ai pas pour longtemps, ai-je précisé. Je vais juste faire Exodus.

— Pourquoi ? a-t-elle demandé. Tu l'as déjà faite aujourd'hui.

— Parce que je voudrais la grimper en solo. »

Ils m'ont tous deux dévisagé et le silence était si total qu'on entendait la conversation entre le grimpeur et l'assureur cent mètres plus loin sur la falaise. J'ai enfilé mes chaussons.

« Allez, arrête », a dit Trevor avec un rire tendu.

J'ai vu dans le regard de Monique qu'elle avait compris que je ne plaisantais pas.

J'ai essuyé le bout de mes doigts glissants et pommadés sur mon pantalon d'escalade, me suis levé et ai rejoint la paroi. Nous connaissions Exodus par cœur, nous l'avions faite une douzaine de fois, encordés. C'était une voie facile jusqu'à un crux marqué, vers la fin. Là, il fallait tout donner, renoncer à l'équilibre et jeter sa main gauche vers une petite prise en légère pente, où la chute n'était prévenue que par la friction de la pierre. Et comme il s'agissait de friction, on voyait d'en bas que la prise était blanchie par la magnésie que les grimpeurs avaient puisée dans leurs pochons juste avant de se lancer, afin d'avoir la peau aussi sèche que possible.

Une fois qu'on avait réussi à s'accrocher, il suffisait de déporter sa main droite sur une grande prise, de hisser ses pieds sur une corniche et de grimper les derniers mètres, qui ne présentaient pas de difficultés. Une fois au sommet, on pouvait descendre facilement et sans corde par une pente sur l'arrière de la falaise.

« Nikos… », a dit Monique, mais je grimpais déjà.

Dix secondes plus tard, j'étais haut. La conversation plus loin sur la falaise s'est tue brusquement et j'ai compris que les grimpeurs s'étaient rendu compte que j'étais en escalade libre. J'en ai entendu un jurer doucement. J'ai continué. Au-delà du point où on aurait pu avoir des regrets et redescendre. Parce que c'était fabuleux. La roche. La mort. C'était mieux que tout l'alcool du monde, je pouvais vraiment m'abstraire de tout, oublier, et pour la première fois depuis l'arbre, quand j'avais vu Trevor et Monique baiser, je ne souffrais pas du tout. J'étais maintenant si haut que la moindre erreur, un dérapage, une perte de force ou une prise qui cassait, et je ne ferais pas que tomber et me blesser. Je mourrais. J'avais entendu dire que ceux qui pratiquaient l'escalade libre en solo se programmaient pour ne pas penser à la mort, car on entraînait alors une crispation générale, l'asphyxie musculaire, l'accumulation d'acide lactique, et la chute. En ce qui me concerne, ce jour-là, c'était le contraire. Plus je pensais à la mort, plus l'escalade me paraissait facile.

J'étais parvenu au crux. Je n'avais plus qu'à me laisser tomber sur la gauche et à interrompre la chute de la main gauche sur cette seule petite prise. Je me suis arrêté. Non pas parce que j'hésitais, mais pour savourer l'instant. Savourer leur peur.

En appui sur mon gros orteil gauche, mon pied droit pendant sous moi en contrepoids pour assurer mon juste équilibre, je me suis penché vers la gauche. J'ai entendu un petit cri de Monique et ressenti le délicieux appel du vide alors que je perdais l'équilibre, le contrôle, et m'abandonnais à la gravité. J'ai lancé ma main gauche, trouvé la prise, refermé ma paume. Le geste a interrompu ma chute avant qu'elle ait réellement commencé. Ensuite, j'ai déplacé ma main droite vers la bonne grande prise et posé mes pieds sur la corniche. J'étais en sécurité. Et j'ai d'abord ressenti une étrange déception. Les deux autres grimpeurs, deux Anglais d'un certain âge, avaient rejoint Monique et Trevor et, ayant constaté que je ne risquais plus de tomber, ils exprimaient haut et fort leur mécontentement. Je les entendais débiter les trucs habituels, l'escalade libre en solo devrait être interdite, l'escalade, c'était manier le risque, pas défier la mort, les gens comme moi donnaient un mauvais exemple aux grimpeurs plus jeunes. Monique m'a défendu, qu'on veuille bien l'excuser mais, pour autant qu'elle sache, il n'y avait pas de grimpeurs plus jeunes ici ce jour-là. Trevor ne disait rien.

Étant dans une bonne position, et souhaitant me reposer et éliminer un peu d'acide lactique avant les derniers mètres, j'ai employé une technique d'escalade bien connue qui consiste à basculer alternativement la hanche droite puis la gauche contre la paroi, en se tenant tantôt d'une main tantôt de l'autre. Quand ma hanche gauche a frôlé le rocher, j'ai senti quelque chose me piquer la cuisse. Le tube de crème Elizabeth Arden, dans ma poche de pantalon.

Pendant les années qui ont suivi, j'ai essayé de reconstruire la scène, de revenir en arrière dans mon propre cerveau, mais c'est une chose impossible. J'en conclus simplement que nous sommes remarquablement peu aptes à nous rappeler ce que nous avons pensé ; comme dans les rêves, il y a des intermittences, et nous déduisons nos probables pensées d'alors de ce que nous avons effectivement fait, de ce que l'histoire a montré, c'est tout.

Et qu'ai-je fait, cet après-midi-là, dans le Peak District, en Angleterre ? Je me suis maintenu dans une bonne position, en équilibre sur une jambe, en m'accrochant à la paroi de la main droite tandis que je plongeais la gauche dans la poche de mon pantalon. Ce geste était masqué par mon flanc et ma hanche gauches tournés vers la paroi. De surcroît, les personnes au sol étaient occupées à débattre des dilemmes éthiques de l'escalade suicidaire. La main dans la poche, j'ai dévissé le bouchon, appuyé sur le tube, recueilli la crème à la texture épaisse et grasse sur deux doigts. J'ai continué de me tenir de la main droite pendant que je remettais la gauche sur la prise critique du crux, en apparence pour ajuster la position de mes pieds, et j'ai tartiné la crème. Elle ne se distinguait pas de la magnésie blanche qui s'y trouvait. Je me suis essuyé sur l'intérieur de ma cuisse, où je savais que les restes de crème ne se verraient pas si je me tenais les jambes serrées. Puis j'ai fait les derniers mouvements faciles jusqu'au sommet.

Quand je suis revenu, après être redescendu de la falaise par l'arrière, les deux autres grimpeurs étaient partis, je les ai vus sur le sentier qui coupait à travers champs. Des nuages arrivaient par l'ouest.

« Espèce de con ! a sifflé Monique, qui avait son sac sur le dos et était prête à repartir.

— Moi aussi, je t'aime, ai-je rétorqué en enlevant mes chaussons. À toi, Trevor. »

Il m'a dévisagé, incrédule.

En fiction, on met souvent beaucoup de puissance narrative dans un regard. Littérairement, ce procédé aide l'écrivain à conduire son récit de manière efficace et parfois percutante. Mais n'étant pas, comme je le disais, un spécialiste du langage corporel et ne percevant pas les ambiances mieux qu'un autre, je ne peux que déduire de ses actes qu'il savait. Il savait que je savais. Et c'était sa pénitence : défier la mort comme je venais de le faire. La seule façon dont il puisse me témoigner son respect, dans l'espoir d'obtenir mon pardon.

« Ce n'est pas en lui faisant faire quelque chose d'aussi imbécile que ce que tu viens de faire que ton acte imbécile paraîtra moins imbécile ! » Monique avait les yeux brillants. Voilà sans doute pourquoi je n'ai pas entendu le reste de sa tirade. Je fixais ses larmes en me demandant si elles étaient pour moi. Pour nous. Ou était-ce leur chute morale, à elle et Trevor, qui était en contradiction totale avec tout ce en quoi elle pensait croire ? Ou le poignard qui allait bientôt être plongé en moi et qui requérait plus de courage qu'ils ne semblaient en avoir ? Mais au bout d'un moment j'ai arrêté de penser à cela aussi.

Et quand Monique s'est aperçue que je n'écoutais pas et que mon regard ne portait plus sur elle, mais derrière, au-dessus, elle s'est retournée et a vu que Trevor gravissait la paroi. Elle a crié. Mais il avait dépassé le point où il pouvait avoir des regrets et redescendre. Le point où, moi, je pouvais avoir des regrets.

Non, ce n'est pas vrai. J'aurais pu le prévenir. L'aider à essayer de trouver une autre solution, d'autres prises pour franchir le crux. J'aurais pu. L'ai-je envisagé ? Je ne me souviens plus. Je sais que j'y ai pensé, mais était-ce après coup ? À quelles pirouettes ma mémoire s'est-elle livrée pour, si ce n'est m'acquitter, du moins me trouver des circonstances atténuantes ? Une fois encore, je ne sais pas. Et quelle douleur aurait été la plus vive ? Celle avec laquelle j'aurais dû vivre si Trevor était parti en France cet été-là et avait passé le restant de ses jours avec Monique, ou celle qui m'est échue : les perdre malgré tout, chacun de son côté ? Et l'une ou l'autre de ces douleurs aurait-elle été pire que de vivre avec Monique, sur un mensonge, dans le non-dit, en sachant que notre mariage était faux et noué non pas sur l'amour réciproque, mais sur la culpabilité commune, que ses fondations étaient la pierre tombale de celui qu'elle avait aimé plus fort que moi ?

J'aurais pu le mettre en garde, je ne l'ai pas fait.

Parce que, alors comme aujourd'hui, j'aurais choisi de vivre avec elle dans le mensonge, le non-dit et la culpabilité. Si j'avais su à l'époque que c'était impossible, j'aurais préféré tomber. Mais je ne suis pas tombé. Il a fallu que je continue de vivre. Jusqu'à aujourd'hui.

Je ne me rappelle pas tellement le reste de cette journée. Enfin, il est bien sûr archivé quelque part, mais dans un tiroir que je n'ouvre jamais.

Ce que je me rappelle, c'est un moment sur la route du retour à Oxford. C'est la nuit, le corps de Trevor a été évacué depuis plusieurs heures, Monique et moi avons fait notre déposition auprès de la police, nous avons essayé d'apaiser la mère de Trevor, au désespoir, alors que les cris de douleur de son père fendaient les airs.

Je conduis, Monique ne dit rien, nous sommes sur la M1, quelque part entre Nottingham et Leicester, avec la pluie la température a plongé, j'ai allumé le chauffage des sièges, activé les essuie-glaces, en songeant que, sur le crux, les preuves contre moi s'effacaient. Et là, dans la cabine chaude, Monique déclare soudain que ça sent le parfum et, du coin de l'œil, je la vois se tourner dans ma direction et regarder mes genoux. « Tu as une tache sur l'intérieur de la cuisse.

— Magnésie », dis-je furtivement sans quitter l'autoroute des yeux. Comme si je savais qu'elle ferait cette remarque et que j'avais préparé une explication.

Nous avons terminé notre route en silence.

« Vous avez tué votre meilleur ami. »

Le ton de Franz n'était ni accusateur ni choqué, c'était un simple constat.

« Maintenant, vous savez sur moi ce que je sais sur vous », ai-je répondu.

Il a levé les yeux vers moi. Un premier souffle de vent a agité ses cheveux. « Et vous considérez donc que je n'ai rien à craindre de vous. Mais il y a prescription sur votre crime, vous ne pouvez pas être sanctionné.

— Vous ne pensez pas que je l'ai été, Franz ? »

J'ai fermé les yeux. Peu importait qu'il me sauve ou qu'il lâche la corde, j'avais pu présenter ma confession. Il ne pouvait pas me donner l'absolution, bien sûr, mais il pouvait – chacun pouvait offrir à l'autre un récit qui disait que nous n'étions pas seuls, que ni lui ni moi n'étions l'unique pécheur. Cela ne rend pas la chose pardonnable, mais ça la rend humaine. Cela la transforme en erreur humaine. La faute est toujours le fait de l'humain. Mais alors au moins suis-je humain. Et Franz aussi. Le comprenait-il ? Que j'étais venu pour faire de lui un humain ? Et de moi un humain aussi ? Comprenait-il qu'il allait être mon sauveur et moi le sien ? J'ai rouvert les yeux. J'ai regardé sa main.

Il faisait si sombre quand nous avons regagné la voiture que je devais suivre Franz de très près. J'entendais les brisants murmurer et gronder en contrebas, comme des prédateurs déçus qui se rendent compte que la proie leur a échappé, pendant que je me concentrais pour poser mes pieds là où il posait les siens sur le chemin étroit et escarpé.

« Attention, ici », m'a-t-il prévenu, mais j'ai buté malgré tout sur la grosse pierre qu'il venait d'enjamber. Je l'ai entendue rouler à grand bruit dans la pente de la colline, mais je ne voyais rien. Un ophtalmo m'a expliqué que l'évolution la plus prévisible dans le corps humain est que nos yeux perdent vingt-cinq pour cent de leur sensibilité à la lumière quand nous franchissons la barre des soixante ans. J'avais donc une moins bonne vue à présent, mais dans un sens je voyais mieux. En tout cas, je comprenais mieux ma propre histoire. Quand nous avons contourné le cap, j'ai vu les lumières des maisons au bord de la plage.

Franz m'avait sauvé sur Where Eagles Dare en se servant de ses pieds pour approcher un peu plus près du premier point d'assurage, tout en ravalant suffisamment de corde pour la tenir d'une main ferme et pouvoir faire un nœud au bout. En me balançant et en bricolant pas mal, j'avais réussi à m'avancer péniblement jusqu'au surplomb au moment où la lumière du jour disparaissait.

Quand nous sommes remontés en voiture, Franz a appelé Helena.

« Tout va bien pour nous, ma chérie, c'est juste la grimpe qui a pris un peu plus longtemps que prévu. »

Pause. Un sourire s'est déployé sur son visage. « Dis-lui que papa va bientôt rentrer lui lire une histoire, et que je vous aime aussi. »

J'ai regardé la mer. La vie nous semble parfois pleine de choix impossibles, mais peut-être est-ce plutôt que nous ne percevons pas les options faciles comme des choix qui se présentent à nous. Ce sont les dilemmes, les carrefours sans écriteaux qui occupent nos pensées. À la fac à Oxford, dans une discussion sur le célèbre poème *The Road Not Taken*, la route qu'on n'a pas prise, de Robert

Frost, j'avais affirmé, non sans une certaine arrogance de jeunesse, que c'était bien sûr un éloge de l'individualisme, un conseil à nous autres, les jeunes, de prendre « celle qui était moins fréquentée », parce que « ça changeait tout », comme l'auteur l'écrit dans les deux derniers vers. Mais notre professeur sexagénaire avait souri en expliquant que c'était précisément ce malentendu optimiste et naïf qui avait rabaissé le poème de Robert Frost au niveau de Khalil Gibran et de Paulo Coelho et l'avait rendu si cher aux foules. Son point faible était le dernier vers, à l'écriture ambiguë, qui pouvait être lu comme une tentative avortée d'offrir une conclusion à ce dont le poème parle par ailleurs : le fait qu'on est obligé de faire des choix. Qu'on ne sait rien de ces routes. Qu'on ignore aussi laquelle est la moins fréquentée, puisque, d'après le poème, elles paraissent toutes identiques aussi loin que les yeux puissent voir. Et on ne saura jamais non plus où menait celle qu'on n'a pas prise. Car la route choisie mène à d'autres routes et ne reviendra jamais à la première croisée. C'est là que réside toute la poésie, avait affirmé mon professeur. La mélancolie. Le poème ne parle pas de la route qu'on a prise, mais de celle qu'on n'a pas enpruntée.

« C'est même écrit en clair dans le titre, avait-il souligné. Mais le monde interprète tout en fonction de ses besoins, et nous autres en tant qu'individus aussi. Les vainqueurs écrivent l'histoire de la guerre en se présentant comme les seuls justes du récit, les théologiens interprètent la Bible de façon qu'elle donne le plus possible de pouvoir à l'Église, et nous, nous nous servons d'un poème pour nous dire que nous n'avons pas besoin de nous sentir ratés, même si nous n'avons pas été à la hauteur des attentes de nos parents ni marché dans leurs pas. Le déroulement réel de la guerre, le texte réel de la Bible, l'intention réelle du poète sont secondaires. Non ? »

Franz a posé son téléphone sur la console entre nous, mais il n'a pas tourné la clef dans le contact, il est resté à contempler la mer, comme moi.

« Je ne comprends toujours pas, a-t-il dit. Vous êtes pourtant policier.

— Non. Je ne suis pas policier, pour la simple et bonne raison que je ne l'ai jamais été, je travaillais comme policier, c'est tout. Il faut que vous compreniez que dans le récit qui me concerne, je suis vous, Franz. Trevor m'a trahi comme Julian vous a trahi. Et la maladie qu'est la jalousie a fait de nous deux des meurtriers. En Grèce, la prison à vie signifie que vous pouvez bénéficier d'une libération conditionnelle au bout de seize ans. Ma peine a duré plus du double. Je ne veux pas qu'il vous arrive la même chose.

— Vous ne savez même pas si j'ai des remords. Je n'avais peut-être pas besoin de confession pour être en paix. Et pour ce qui est de votre confession à vous, vous auriez pu aller voir un prêtre.

— Il y a une autre raison pour laquelle je suis venu.

— Et c'est ?

— La route que je n'ai pas prise. Il fallait que je la voie.

— Comment ça ?

— Vous l'avez choisie elle, vous avez choisi celle qui, innocemment ou non, était la raison pour laquelle vous avez tué votre propre frère. Je voulais savoir si on peut vivre avec ça. Peut-on vivre heureux avec la personne pour qui on a tué, à l'ombre d'une pierre tombale ? J'ai toujours cru que c'était impossible.

— Maintenant que vous avez vu l'autre route et que vous savez qu'on peut l'emprunter, qu'allez-vous faire ?

— C'est une autre histoire, Franz.

— L'entendrai-je un jour ?

— Peut-être. »

Le surlendemain, il m'a conduit à l'aéroport. Pendant ces deux jours, nous n'avions pas tellement parlé, nous étions tous les deux comme vides. Je passais d'autant plus de temps avec Ferdinand et Helena et, le dernier soir, Ferdinand a insisté pour que je lui raconte l'histoire du soir. Je n'ai perçu aucune jalousie de la part de Franz alors qu'il se tenait sur le seuil, un sourire satisfait aux lèvres, sans doute content de voir Ferdinand me mener par le bout du nez. Alors une fois que le garçonnet a embrassé ses parents et leur a dit bonne nuit, je me suis assis au bord de son lit et je lui ai raconté le mythe d'Icare et de Dédale. Mais, à l'instar de mon père avant moi, j'ai créé ma propre version, dotée cette fois d'une fin heureuse, où tous deux échappaient sains et saufs à la prison en Crète.

Une violente averse s'est abattue sur nous alors que nous nous garions devant le terminal et nous avons attendu dans la voiture. Paleochora était enveloppée dans un nuage gris. Franz portait la même chemise en flanelle que la première fois que je l'avais vu, au commissariat, cinq ans plus tôt. C'était peut-être elle qui faisait que je voyais maintenant qu'il avait vieilli, lui aussi. Les deux mains sur le volant, il regardait par le pare-brise, rassemblant son courage pour dire quelque chose. J'espérais que ce n'était rien de trop grand et de trop lourd. Quand il a finalement parlé, il l'a fait sans me regarder.

« Ce matin, Ferdinand m'a demandé où étaient vos enfants et leur mère. Quand je lui ai dit que vous n'en aviez pas, il m'a demandé de vous donner ça. » Franz a baissé la tête, sorti un petit nounours élimé de sa poche de veste et me l'a tendu.

Il a croisé mon regard. Nous avons ri.

« Et ça. »

C'était une photo sur papier glacé qu'ils avaient manifestement imprimée eux-mêmes, de moi faisant tourbillonner Ferdinand comme j'avais vu son père le faire.

« Merci, ai-je dit.

— Je pense que vous pourriez devenir un bon grand-père. »

J'ai regardé la photo, prise par Helena. « Vous allez lui raconter un jour ? Ce qui s'est réellement produit ?

— À Helena ? » Il a secoué la tête. « Les premiers temps j'aurais pu, j'aurais dû, bien sûr, mais maintenant je n'ai plus le droit de détruire l'histoire à laquelle elle croit. Elle a tout de même fondé une vie et une famille dessus. »

J'ai hoché la tête. « L'histoire, ai-je répété.

— Mais..., a-t-il commencé avant de s'interrompre.

— Mais ? »

Il a soupiré. « Il m'arrive de penser qu'elle sait.

— Ah bon ?

— Une question qu'elle m'a posée un jour. Elle m'a dit qu'elle m'aimait et je lui ai répondu que je l'aimais aussi, et là, elle m'a demandé si je l'aimais au point d'être capable de tuer quelqu'un que j'aimais juste un tout petit peu moins qu'elle pour l'avoir. Il y avait quelque chose dans sa façon de le dire. Elle m'a embrassé avant que j'aie le temps de répondre et elle a changé de sujet.

— Qui sait ? Et qui a besoin de savoir ? »

La pluie a cessé.

Quand j'ai embarqué dans l'avion, la couverture nuageuse s'était déchirée.

En me couchant dans mon appartement athénien ce soir-là, j'ai posé le nounours sur la tablette au-dessus de mon lit et j'ai descendu l'enveloppe qui s'y trouvait. Le cachet de la poste indiquait qu'elle venait de Paris et datait de deux mois auparavant. J'ai sorti la lettre, l'ai lue encore une fois. Son écriture n'avait pas changé au cours de toutes ces années.

La nuit était bien avancée quand je me suis enfin endormi.

Trois mois plus tard

« Merci pour cette journée parfaite. » Victoria Hässel a levé son verre de vin. « Qui eût cru qu'Athènes offrait de la si belle escalade ? Et toi, une telle endurance... »

Elle m'a adressé un clin d'œil, comme pour s'assurer que j'avais bien saisi le double sens.

Victoria m'avait contacté quelques jours après mon retour de Kalymnos et nous avions ensuite correspondu au moins une fois par semaine. La distance, l'absence d'amis communs et le fait que nous ne nous connaissions pas très bien, sans doute, m'avaient permis de me confier très facilement à elle. Pas sur le meurtre, mais sur l'amour. C'est-à-dire sur Monique, en ce qui me concerne. Sa vie sentimentale à elle était un peu plus riche et variée, et quand elle m'avait écrit qu'elle allait retrouver son nouveau coup de cœur, un grimpeur français, en Sardaigne et avait envie de faire un petit crochet par Athènes, je n'étais franchement pas certain que ce soit une bonne idée. Je lui avais expliqué que j'aimais la distance, le sentiment de parler à un confesseur qui ne voyait pas mon visage.

« Je peux me mettre un sac en papier sur la tête, si tu veux, m'avait-elle écrit en retour, mais je ne porterai rien d'autre. »

« Ton frère a un aussi bel appartement ? a demandé Victoria pendant que je débarrassais la table et emportais nos assiettes sur le plan de travail.

— Plus beau et plus grand.

— Tu l'envies ?

— Non. Je suis…

— Heureux ?

— J'allais dire satisfait.

— Moi aussi. Tellement que je trouve presque dommage de devoir partir en Sardaigne demain.

— Quelqu'un t'attend et il paraît que la grimpe est fabuleuse là-bas aussi.

— Tu n'es pas jaloux ?

— De l'escalade ou de ton petit ami ? Parce que ce serait plutôt son boulot à lui d'être jaloux de moi.

— J'étais célibataire à l'époque, à Kalymnos.

— Tu me l'avais dit, oui. Et moi je suis un vieil homme chanceux qui a pu t'emprunter un peu. »

Prenant nos verres, nous sommes allés sur le balcon.

« Tu as pris une décision pour Monique ? » s'est-elle

enquise alors que nous contemplions Kolonaki, où les bruits des terrasses de restaurants s'élevaient en une musique monotone, mais joyeuse.

J'avais parlé à Victoria de la lettre que j'avais reçue juste après mon retour de Kalymnos. Monique, désormais veuve, s'était installée à Paris. Elle écrivait qu'elle avait beaucoup pensé à moi et souhaitait que je vienne la voir.

« Oui, ai-je dit. Je vais y aller.

— Ça va être formidable ! » Elle a levé son verre en riant.

« Oh, je n'en suis pas si sûr, ai-je répondu en reposant le mien sur la petite table.

— Pourquoi ?

— Parce qu'il est probablement trop tard. Nous ne sommes pas les mêmes personnes qu'à l'époque.

— Si tu es si pessimiste, pourquoi veux-tu y aller ?

— Parce qu'il faut que je sache.

— Que tu saches quoi ?

— Où va l'autre route, celle que nous n'avons pas prise. Il faut que je sache s'il aurait été possible de vivre heureux à l'ombre d'une pierre tombale.

— Je ne vois pas du tout de quoi tu parles, mais peu importe… est-ce possible ? »

J'ai réfléchi. « Laisse-moi te montrer quelque chose. »

Je suis revenu avec le nounours et la photo de Ferdinand et moi.

« C'est mignon. Qui c'est, ce petit garçon ?

— C'est le fils de… » J'ai pris ma respiration pour être sûr d'éviter le lapsus. « Julian Schmid.

— Évidemment.

— Ah, tu vois la ressemblance ?

— Non, mais je vois le bonnet.

— Le bonnet ? »

Elle a pointé le doigt sur le bonnet bleu et blanc de Ferdinand. « Les couleurs du club. Et le losange devant, c'est l'emblème du HSV. Notre club, à Julian et moi. »

J'ai acquiescé. Une pensée m'a soudain traversé, mais je l'ai chassée. Et j'ai pensé plutôt à ceci : à cet instant précis, Franz avait sûrement remplacé sa sonnerie de téléphone Led Zeppelin par quelque chose de plus joyeux et de plus accommodant, qui ne révélait pas son moi véritable. Tout comme il avait jeté son bonnet arc-en-ciel du St. Pauli, revêtu les habits de son frère, et mentait à tous autour de lui, chaque jour, en permanence. Moi, je ne pouvais pas. Ce n'était pas une question d'objections morales, simplement je n'avais pas ce talent et cette énergie. Si j'allais à Paris, je serais obligé de raconter à Monique ce que j'avais fait ce jour-là dans le Peak District.

J'ai raccompagné Victoria à son hôtel, elle partait aux aurores le lendemain. Puis je suis rentré chez moi en faisant un long détour par un quartier moins joli que Kolonaki, car je savais que je n'arriverais pas à dormir.

Monique avait peut-être des soupçons depuis le début.

Sa remarque sur la tache sur ma cuisse, quand l'odeur de la crème Elizabeth Arden s'était intensifiée avec le chauffage des sièges, avait pu être sa manière de me le dire. Elle savait, et elle était consciente aussi que, par sa trahison, d'une certaine façon, elle était complice, et nos chemins devaient se séparer.

Mais aujourd'hui, sur le tard, peut-être avions-nous trouvé la route qui ramenait au carrefour où nous nous étions jadis séparés. Aujourd'hui – si nous le voulions, si nous l'osions – nous pouvions prendre l'autre route. Moi, un assassin. Mais n'avais-je pas exécuté ma peine ? J'étais capable de souhaiter le bonheur à Franz. Étais-je capable de me souhaiter la même chose ?

À un coin de rue où je n'avais pas souvenir de m'être jamais trouvé, un chien errant a traversé en trottant sans regarder ni à droite ni à gauche, il semblait avoir flairé quelque chose.

LA FILE D’ATTENTE

J'ai horreur des gens qui resquillent.

Sûrement parce que j'ai passé bien trop de mes trente-neuf années dans une file d'attente.

Alors, même s'il n'y a que deux personnes dans mon magasin 7-Eleven et que la femme d'un certain âge met du temps à sortir son porte-monnaie, je dévisage froidement le garçon qui vient de se glisser devant elle. Il porte une doudoune que je sais être de la marque Moncler, parce que j'en ai regardé une dans une boutique et ai pu constater que je n'aurais jamais les moyens de me la payer. Le manteau que j'ai acheté chez Fretex avant l'hiver est bien, mais je n'arriverai jamais à faire partir l'odeur de celle qui le possédait avant moi, celle qui était devant moi dans la file.

Les gens ne resquillent pas souvent ici, à moins d'être ivres, la nuit ; globalement, on est poli dans ce pays. La dernière fois que quelqu'un l'a fait si ouvertement, de jour, c'était il y a deux mois. Une femme d'âge mûr, bien habillée, qui a nié quand je lui ai fait remarquer qu'elle resquillait et a menacé de parler à mon patron pour me faire mettre à la porte.

Le garçon croise mon regard. Il ébauche un sourire. Il est éhonté. Et il ne porte pas de masque.

« Je voudrais juste une boîte de snus* General, dit-il, comme si ce *juste* légitimait la resquille.

— Eh bien, vous n'avez qu'à attendre votre tour, dis-je dans mon masque.

— Les boîtes sont derrière vous, il y en a pour cinq secondes. » Il pointe le doigt.

« Vous n'avez qu'à attendre votre tour.

— Si vous me l'aviez donnée, je serais déjà reparti.

— Vous n'avez qu'à attendre votre tour.

— Vous n'avez qu'à attendre votre tour. » Il m'imite, en exagérant mon accent. « Allez, *bitch* ! »

Son sourire s'élargit, comme si c'était une plaisanterie. Il se peut qu'il se considère en droit de me parler de cette façon parce que je suis une femme, occupant un poste à bas salaire, immigrée, dont la peau est d'une autre couleur que la sienne, si blanche. Il se peut qu'il emprunte à la langue tribale qu'il se figure que je parle. Ou il se peut que ce soit de l'ironie et qu'il joue une parodie du *bad boy*. L'ayant regardé d'un peu plus près, je rejette cette dernière option : il n'a pas la profondeur requise.

* Poudre de tabac humide qui se glisse sous la lèvre supérieure. *(N.d.T.)*

« Poussez-vous, dis-je.

— J'ai un métro à prendre. Allez…

— La situation aurait peut-être été différente si vous aviez demandé à la femme qui est devant vous si ça lui convient.

— Mon métro…

— Il y en a tout le temps », dis-je alors que le métro gronde deux niveaux au-dessous.

Quand j'ai commencé à travailler ici, ma petite sœur m'a demandé si je n'avais pas peur des terroristes et du sarin. Pendant la guerre civile, avant que nous fuyions, tout le monde avait peur du sarin. Que les insurgés libèrent ce gaz toxique, comme on disait qu'une secte japonaise l'avait fait dans le métro de Tokyo, dans les années 1990. Ma sœur avait neuf ans, elle faisait des cauchemars de gaz toxiques dans les stations de métro toutes les nuits.

« Le mien ne passe que toutes les quinze minutes, siffle-t-il. Il faut que je sois à l'heure pour un truc, OK ?

— Raison de plus pour lui demander poliment », dis-je en lui montrant d'un signe de tête la dame derrière lui, qui a réussi à sortir sa carte pour payer les trois articles sur le comptoir.

Le garçon – je dirais qu'il a autour de vingt-cinq ans et fréquente régulièrement la salle de sport, poids et exercices d'explosivité surtout – perd la patience dont il estime certainement avoir fait preuve.

« Bon, espèce de noiraude ! »

Mon cœur bat plus vite, mais pas tellement à cause de sa tentative d'insulte. Je ne sais pas si ce type est raciste ou s'il cherche simplement à me blesser en décochant ce qu'il imagine de plus blessant et de plus provocateur pour moi. M'aurait-il traitée de naine si j'étais petite, ou de vache si j'étais grosse ? Je me contrefiche des préjugés. Mon cœur accélère parce que j'ai peur, parce que j'ai dans mon magasin un garçon imposant qui, en quelques secondes, a franchi une limite, ce qui indique sans doute certains problèmes de maîtrise de soi. Je ne vois rien dans ses pupilles ou son langage corporel qui suggère qu'il serait sous l'emprise de produits narcotiques, comme l'étaient souvent les soldats, mais il pourrait bien sûr y avoir des stéroïdes anabolisants dans le tableau. Mon ex-mari dit que je cherche toujours à expliquer le monde par la chimie parce que je suis chimiste, comme dans le proverbe sur l'homme au marteau qui voit tous les problèmes comme des clous.

Alors, oui, j'ai peur, mais j'ai déjà eu plus peur que ça. Et je suis en colère, mais je l'ai été davantage.

« Non, dis-je calmement.

— Sûre ? »

Il sort quelque chose de la poche de sa bonne doudoune Moncler bien chaude.

Un couteau suisse rouge. Il déplie la lame. Non, c'est la lime. Il lève la main et dresse son majeur. Il entreprend de limer son ongle en se penchant vers moi. Il a une tache noire sur une incisive. Ce pourrait être les méthamphétamines, dont certains composants chimiques, comme l'ammoniac anhydre et le phosphore rouge, attaquent l'émail. Mais ce pourrait aussi être un mauvais brossage de dents, bien sûr.

Il se tourne vers la femme derrière lui. « Eh, la dame. Ça vous va que je fasse quelques courses ? »

La femme fixe le couteau bouche bée, elle semble vouloir parler, mais pas un bruit ne sort. À la place, elle hoche la tête, avec la rapidité d'un pic, et émet des sons comme si elle avait des difficultés respiratoires alors que ses lunettes s'embuent au-dessus de son masque.

Le garçon se tourne de nouveau vers moi. « Eh ben, vous voyez. Allez, zou ! »

Je respire. Peut-être ai-je sous-estimé ce garçon. Il est en tout cas suffisamment dégourdi pour savoir que les caméras de surveillance des magasins 7-Eleven enregistrent les images, mais pas le son, si bien que dans un procès il n'y aurait pas de preuve incontestable qu'il a dit noiraude ou tenu un autre propos qui tombe sous le coup de la loi sur les déclarations racistes, sauf si la femme âgée entend mieux que je ne le pense. Et aucune loi n'interdit de se limer les ongles.

Je me tourne lentement et saisis la boîte de snus en réfléchissant à l'affaire.

Je le disais, je fais la queue depuis ma naissance ; je me

souviens de toutes. Les queues pour manger, avec maman, quand j'étais petite. La queue autour des camions de l'ONU, quand les premiers troubles ont commencé. La queue au dispensaire, quand ma sœur s'est vu diagnostiquer une tuberculose. La queue aux toilettes du personnel, à l'université, parce qu'il n'y en avait pas pour les étudiantes à l'institut de chimie. La queue de réfugiés qui s'échappaient de la ville, quand la guerre a éclaté. La queue pour monter à bord du bateau sur lequel maman nous avait acheté des places, à ma sœur et moi, en vendant tout ce que nous possédions. De nouvelles queues pour manger, dans un camp de réfugiés où les chances d'être violées ou de se faire agresser et voler ses affaires étaient à peu près aussi élevées que dans notre pays ravagé par la guerre. La queue pour attendre d'être envoyées dans un autre pays, dans un centre d'accueil de réfugiés donnant l'espoir d'une vie meilleure. La queue pour pouvoir quitter le centre d'accueil de réfugiés afin d'apporter sa contribution à la société en travaillant, dans ce pays qui nous a accueillies et que j'adore. Je l'aime tant que parmi les trois portraits que j'ai accrochés au-dessus de mon lit, dans le petit appartement que je partage avec ma sœur, il y en a un du couple royal. Les deux restantes sont de maman et de Mme Curie, mes autres héroïnes.

Je pose la boîte de snus sur le comptoir et le garçon présente sa carte de crédit devant le lecteur.

Pendant que nous attendons la validation de la transaction, j'ouvre un tiroir qui contient une boîte de masques propres. Je débouche le petit flacon à côté, sors un masque et verse une goutte dessus en pensant à ma sœur. Hier, elle a décroché la photo du couple royal, en déclarant que le roi et la reine avaient resquillé. Un journal écrivait qu'ils s'étaient déjà fait administrer ce vaccin que le reste de la population attend. Sans aucune publicité, le gouvernement avait proposé au roi et à la reine d'embarquer les premiers sur les canots de sauvetage, avant que ce soit leur tour en vertu de la législation qui vaut pour le reste de la population. Et les deux personnes sur la photo ont accepté. Deux personnes, dont la seule mission est d'être des symboles, de rassembler le pays dans les crises et dans les guerres, avaient eu l'occasion de remplir cette mission par un acte chargé de sens : se montrer exemplaires devant la population et répondre à l'exhortation des autorités à témoigner solidarité et discipline en faisant patiemment la queue. Mais ces membres de la famille royale, ces privilégiés, n'ont pas saisi cette occasion. Ils ont saisi l'occasion de resquiller. J'ai demandé à ma sœur si elle n'aurait pas fait pareil. Elle m'a répondu que si, mais qu'elle n'était pas le commandant du navire. J'ai dit que le couple royal l'avait peut-être fait pour donner l'exemple, pour montrer à la population que le vaccin était sûr. Ma sœur a répondu que j'étais naïve, que c'était l'excuse que le capitaine algérien avait avancée quand il avait été le premier à sauter à bord du canot de sauvetage alors que le bateau de réfugiés coulait.

Le terminal de paiement indique que la transaction est approuvée.

Je sors le masque du tiroir et le tends au garçon.

Il me dévisage sans comprendre, tout en enfonçant la boîte de snus dans la poche de sa doudoune.

« Il vous en faudra un dans le métro, dis-je. C'est obligatoire maintenant.

— Je n'ai pas le temps de…

— Je vous l'offre. »

Avec un ricanement moqueur, il attrape le masque et part en courant.

« À nous deux maintenant », dis-je en souriant à la femme âgée.

À près de vingt-trois heures, j'entre dans notre studio. Il règne un froid glacial, parce que je ne chauffe que la nuit, quand je suis à la maison et que l'électricité est moins chère.

Fatiguée, je n'allume aucune lumière, simplement la petite télé, avec le son en sourdine. Je ne vois pas ma sœur, mais elle est assise quelque part dans le noir, sa voix emplit la pièce. Elle dit que c'est dangereux là où je travaille. Qu'il y a deux mois une femme est morte dans le métro, on avait trouvé dans son sang des traces d'un organophosphoré utilisé comme insecticide, non sans ressemblance avec le sarin. Et là, il vient d'arriver la même chose à un garçon. Ma sœur pointe le doigt sur l'écran, le présentateur du journal regarde la caméra d'un air grave.

Pendant que je l'écoute sauter du coq à l'âne, je cuisine, c'est-à-dire qu'en fait je me réchauffe les restes de la veille. Je ne prépare rien pour elle, ma sœur n'a pas mangé depuis qu'à dix ans elle a attendu en vain dans la file des tuberculeux à qui on avait promis un traitement. L'an dernier, dans le monde, autant de personnes ont succombé à la tuberculose qu'à cette nouvelle maladie infectieuse. Mais bien sûr, on ne dit pas un mot de la tuberculose au journal télévisé, parce que ce n'est pas un problème ici, dans le monde riche.

« Le pauvre », fait ma sœur, la gorge nouée, alors que s'affiche une photo du garçon, prise un jour d'été, sur un voilier, avec des amis. Il a un large sourire, je note qu'il n'a pas de tache noire sur l'incisive.

« Regarde-le, dit-elle en reniflant. C'est insensé que quelqu'un meure si jeune.

— Oui, dis-je en défaisant les premiers boutons de mon manteau. Pour ça aussi, il a resquillé. »

DÉCHET

Il faut bien que quelqu'un fasse le ménage.

À part que je ramasse les poubelles dans cette ville, je sais pas pourquoi cette phrase m'est venue ce matin précis. J'avais l'impression que c'était un truc auquel j'avais réfléchi pendant la nuit, mais je suis un spécialiste du black-out les soirs où je picole trop, et ce soir-là en avait été un.

Le camion-poubelle s'est arrêté dans un soupir et j'ai sauté du marchepied. J'ai vu l'œil de Pijus dans le rétroviseur avant de marcher vers la poubelle devant l'immeuble. Avant, je courais. C'était le temps où les patrons du centre de traitement se foutaient pas mal qu'on finisse notre tournée avant la fin de la journée de travail (six heures - treize heures trente) pour pouvoir rentrer chez nous une ou deux heures plus tôt. Ou qu'on liquide toute notre semaine de boulot en quatre jours pour pouvoir prendre notre vendredi. Mais ça, c'était avant ; maintenant il faut suivre les règles et les horaires de travail fixes de la ville d'Oslo, et si on termine plus tôt, y a plus qu'à se prendre un café ou jouer avec son portable au bureau, autrement dit, on peut pas juste rentrer à la maison pour baiser notre femme ou tondre la pelouse.

Donc j'ai pas couru, même pas trotté, j'ai marché. J'ai avancé, en frissonnant dans l'aurore d'été, vers la poubelle verte, une deux-roues légère, je l'ai poussée vers le camion, je l'ai collée contre le basculeur et je l'ai vue s'élever en l'air, accompagnée de l'hymne répétitif des vérins hydrauliques et des mécanismes électriques, suivi d'un choc quand les ordures sont tombées du bac en plastique renversé et ont atteint le fond métallique de la benne, avant d'être comprimées par le compacteur. Ensuite, j'ai ramené la poubelle près du garage, je l'ai rangée avec précision, bien à l'écart de la porte, le patron a eu des remarques des habitants. *Fuck you*, je dis, moi, mais il y a eu un peu trop de plaintes ces derniers temps. C'est pas évident de se faire virer quand on est ripeur (comme on dit) (ça rime avec directeur), mais j'ai un problème de colère. Si le patron débarque encore une fois dans la salle de pause pour m'engueuler devant les autres mecs des poubelles (il y a une fille, OK, sur cent cinquante employés), j'ai peur de lui en coller une. Et là, ce serait la porte, c'est clair.

Je suis remonté sur le siège passager à côté de Pijus. Je me suis frotté les mains devant le chauffage. C'étaient les vacances, le mois de juillet, mais à six heures du matin à Oslo, on se caillait bien et j'attendais d'être lancé, d'avoir de la chaleur dans le corps, pour rester sur le marchepied entre deux adresses. En plus, avec Pijus, on peut discuter. C'est pas forcément le cas avec les autres boueux, qui parlent surtout l'estonien, le letton, le roumain, le serbe, le hongrois, et ainsi de suite. Et à peine l'anglais. Pijus, lui, parle le norvégien. Il prétend avoir été psychologue avant de venir en Norvège, mais celle-là, c'est pas la première fois qu'on nous la fait. Enfin, quoi qu'il ait fait là-bas, il est effectivement plus malin que nous (Pijus parle d'ambitions intellectuelles plus élevées), et il a un vocabulaire ampoulé et étendu comme une encyclopédie. Mais au moins, c'est du norvégien, et ça doit être pour ça que le patron nous a mis dans le même camion. On peut se passer de grands discours dans un camion-poubelle, on connaît tous les deux le boulot, mais le patron considère qu'il y a moins de disputes et de malentendus quand les mecs parlent la même langue, au moins. Et il doit penser que Pijus est en mesure de me tenir à l'écart des ennuis.

« Comment t'es-tu fait cette blessure au front ? » il a demandé dans son norvégien ampoulé et soi-disant irréprochable.

Je me suis regardé dans le rétroviseur. Un chenal barrait ma peau juste au-dessus du sourcil.

« J'en sais rien », j'ai répondu, ce qui était la vérité. Comme je le disais, je fais des black-out, et je me souvenais que dalle de la nuit dernière, je savais juste que je m'étais réveillé avec ma femme à côté de moi, le dos tourné. J'avais manifestement oublié de mettre l'alarme, et j'avais dû me réveiller par simple habitude, mais un peu plus tard qu'à l'heure normale, donc. J'avais trop la gueule de bois pour prendre la Corolla dans le garage, il me restait plus qu'à passer mes frusques et aller attraper le premier bus du matin. Alors, non, j'avais pas eu le temps d'examiner ma sale tronche dans le miroir de la salle de bains, dites donc.

« Tu t'es encore bagarré, Ivar ?

— Non, je suis resté à la maison avec ma femme hier », j'ai dit en passant un doigt sur la plaie. Humide. Fraîche. Je me souvenais en tout cas qu'on avait bu un verre ou deux, elle et moi. C'est-à-dire que Lisa s'était mis en tête d'arrêter de boire complètement, donc moi, j'avais bu un verre ou deux. Et puis encore un ou deux, manifestement.

Pijus a arrêté le camion, on a sauté dehors. À cette adresse, il y avait deux gros bacs quatre-roues, on devait se mettre à deux pour les sortir. Autrement, c'est le conducteur qui est le patron du camion, c'est lui qui peut rester à buller au volant, avec son permis poids lourds et trois échelons de plus sur sa fiche de paie. Mais Pijus sait très bien que, quand il a débarqué de son petit pays de merde, c'est moi qui étais le conducteur et lui, l'assistant. Le fait que j'aie perdu mon permis est une autre histoire, une histoire longue, ennuyeuse et marinée dans l'alcool, avec un poulet grande gueule qui m'a fait souffler dans le ballon et qui s'est présenté au tribunal avec un œil au beurre noir en prétendant que le coup avait été injustifié.

J'ai levé le gros trousseau et trouvé la bonne clef. Il paraît qu'il y a un total de sept mille clefs au centre de traitement. J'espère qu'elles sont bien surveillées.

« Donc tu t'es bagarré avec ta petite femme, a dit Pijus.

— Hein ?

— Pourquoi vous êtes-vous battus ? Tu as été infidèle ? Les femmes avec qui on triche peuvent devenir aussi agressives que les hommes. Surtout si elles ont des enfants, mais dans ces cas-là, en général, c'est l'envahisseur qui subit. C'est ainsi que fonctionne l'ocytocine. Les femmes tombent enceintes, et la chimie les rend plus monogames, plus empathiques et gentilles, mais en même temps plus ennemies face aux menaces potentielles.

— Faux, faux et encore faux. » J'ai commencé à pousser un bac vers la sortie de l'immeuble. « On a pas de gamins et j'ai baisé personne. Et les gonzesses sont pas monogames.

— Ha ha ! C'est elle qui a été infidèle.

— Qu'est-ce que tu racontes, bordel ?! »

J'ai lâché ma poubelle pile devant la porte et Pijus a dû stopper la sienne pour m'éviter.

Il a haussé les épaules. « C'est pour ça que vous vous êtes battus. Tu te sentais menacé dans ta position. Ton amygdale a été activée. Réponse combat-fuite. Elle est petite, alors tu as choisi le combat. C'est naturel. »

Je sentais déjà mon sang épaissir dans ma tête. Une sensation bien trop familière. La pression augmente et, pour empêcher le sang de faire exploser mon crâne, je dois ouvrir une soupape, un exutoire, autrement des petits bouts de cervelle jaune tourbillonneront dans les airs et se colleront sur les murs, les vélos, les poussettes et les boîtes aux lettres, et sur un petit mec qui raconte des bobards en prétendant être un putain de psychologue.

En règle générale, la solution est d'ouvrir ses mâchoires et d'équilibrer les pressions comme quand on est dans un avion. Sauf que pour moi, c'est de gueuler. De gueuler quelque chose.

« Mon amagdy… » J'étais calme. Relativement calme. Bon, d'accord, j'ai un peu élevé la voix.

« Amygdale, a dit Pijus avec un petit sourire hyper énervant. Pense à un ami sur une dalle. »

Et là, ça a pété.

« Tu me parles pas comme ça, espèce de putain de nègre pédé nazi ! »

J'ai poussé mon bac de toutes mes forces et le connard de Letton s'est retrouvé pris en sandwich entre les deux poubelles. Je m'apprêtais déjà à lui éclater la tronche quand une voix a fendu l'air matinal dans la cour d'immeuble.

« On essaie de dormir, là ! »

J'ai levé les yeux. Une femme sur un balcon du deuxième étage, elle avait sûrement la quarantaine, mais elle avait l'air d'avoir cinquante ans, putain ; elle avait pas pris soin de son corps. Je pouvais le dire, parce qu'elle était nue comme un ver.

« La ferme et couvre-toi, vieille pute ! » j'ai dit. Bon, d'accord, gueulé.

La bonne femme a rigolé, on aurait dit une pie, elle a levé les mains en l'air et pris une pose de mannequin en se déhanchant, avec un genou dressé. « Je vais appeler votre chef ! a-t-elle hurlé. Demain, vous pointerez au chômage, messieurs ! »

À travers le papillotement écarlate de la colère, j'imaginais bien la scène. Mon chef qui avait enfin son prétexte pour m'annoncer : Svendsen, tu es viré et pas qu'un peu !

J'ai senti le choc contre mon ventre. Pijus poussait à l'autre bout, il a fait un signe de tête vers la porte pour m'indiquer qu'on devait déguerpir.

« Tu crois qu'elle va le faire ? j'ai demandé, alors que les roues du bac roulaient bruyamment sur l'asphalte devant l'immeuble.

— Oui, a répondu Pijus.

— Ça tombe vachement mal.

— Ah bon ?

— On doit emmener la Corolla au contrôle technique

et j'ai promis à ma femme des vacances aux Canaries pour Noël. Et toi ? »

Pijus a haussé les épaules. « J'aide mes parents. Ils s'en sortent, mais sans cet argent ils devront manger de la mauvaise nourriture et vivre sans électricité. »

Je l'ai aidé à mettre le bac sur le basculeur. « Je devrais pas me plaindre, c'est ce que t'es en train de dire ?

— Non, je dis simplement que nous avons tous nos problèmes, Ivar. »

Peut-être bien. Mon problème à moi c'était que, quand j'étais en rogne, j'arrivais plus à faire le tri. J'aurais dû avoir des détecteurs optiques pour le faire à ma place, comme au tri de déchets de Klemetsrud. On balançait juste notre chargement dans une de ces usines de l'enfer sans employés et les ordures partaient sur des tapis roulants où des yeux de robots triaient le petit et le grand, envoyaient les matières organiques à l'incinération, le verre, le plastique et le métal au recyclage et ainsi de suite. Ah, si j'avais pu apprendre à simplement laisser passer certaines choses.

Je me suis calmé, et pendant qu'on vidait les bacs j'ai essayé encore de me souvenir. Qu'est-ce qui s'était passé cette nuit, bordel ? Je savais juste que pas mal de choses s'étaient produites, parce qu'en me réveillant j'avais pas seulement la gueule de bois, mais carrément l'impression d'avoir couru deux marathons. Est-ce que je m'étais battu avec Lisa ? Moi qui avais jamais levé la main sur elle pendant nos trente années ensemble, est-ce que je lui avais fait quelque chose ? À mon réveil, elle était couchée sur le côté, le dos tourné. Ce qui à la rigueur était étonnant, elle avait l'habitude de dormir à plat ventre. Mais une bagarre, physique ? J'avais du mal à visualiser la scène. Ce que je voyais, en revanche, maintenant que j'y réfléchissais, c'était qu'on s'était engueulés. C'était comme si l'écho de mots durs et douloureux de la nuit dernière me revenait. L'un d'eux était sorti de ma bouche il y a quelques secondes. *Pute.* J'avais traité Lisa d'un ou deux trucs au fil du temps, mais jamais de pute.

On a rapporté les bacs vides dans la cour. La bonne femme du balcon était plus là.

« Elle est à l'intérieur en train d'appeler le patron.

— Il n'est pas encore debout, a répondu Pijus. Pas encore. » Il a observé la façade et a hoché la tête en remuant les lèvres, comme s'il comptait dans sa tête. « Viens, Ivar. »

Je l'ai suivi vers l'entrée de l'immeuble, il a examiné les sonnettes.

Il a murmuré « Deuxième étage, deuxième appartement à droite » en appuyant sur la sonnette correspondante. Il a attendu en me regardant avec son petit sourire, qui n'était plus tout à fait aussi énervant.

« Allô ? » La voix de pie.

« Bonjour, madame Malvik. » Pijus parlait comme s'il imitait quelqu'un. Quelqu'un qui parlait mieux le norvégien que lui. « C'est Iversen, de la police d'Oslo. Notre central vient de recevoir un appel des services de la propreté de la ville, qui voulaient porter plainte pour un acte d'exhibition sexuelle commis par quelqu'un qui habite au deuxième étage. Alors comme nous patrouillons près d'ici et qu'il s'agit tout de même d'un acte criminel passible de trois ans d'emprisonnement, on nous a demandé de vérifier. Nous avons vu que plusieurs personnes habitent au deuxième étage, mais tout d'abord : est-ce une situation dont vous avez connaissance, madame Malvik ? »

Une longue pause a suivi.

« Madame Malvik ?

— Non. Non, je n'ai pas connaissance de cette situation.

— Non ? Très bien, alors pour le moment nous vous disons merci. »

On a entendu un raclement quand la bonne femme a raccroché l'interphone, et Pijus m'a regardé. On s'est dépêchés de rejoindre le camion pour ne pas lui laisser le temps d'arriver à une fenêtre sur rue et de voir que c'était nous. C'est seulement en repartant de là qu'on a éclaté de rire. En ce qui me concerne, je rigolais tellement que je me suis mis à pleurer.

« Quelque chose ne va pas, Ivar ? »

Pijus avait arrêté de rire depuis longtemps.

« J'ai la gueule de bois, c'est tout. » Je me suis mouché

dans ma manche. « Cette nana va pas appeler le patron, dis donc.

— Non. »

Pijus s'est arrêté devant le 7-Eleven où on avait l'habitude de se ravitailler en café pour notre première pause clope.

J'ai acheté un grand café, j'en ai vidé la moitié dans le gobelet en carton que j'avais pris en plus et je l'ai tendu à Pijus.

« Je me demandais un truc. Si tu peux imiter quelqu'un qui parle mieux le norvégien que toi, pourquoi tu le fais pas tout le temps ? »

Pijus a soufflé sur son café, mais il a quand même grimacé en avalant la première gorgée.

« Parce que je ne fais qu'imiter.

— Ben, comme tout le monde. C'est comme ça qu'on apprend à parler.

— C'est vrai. Alors, je ne sais pas. Parce que ça me donne un sentiment de fausseté, peut-être. C'est *phoney*, comme on dit en anglais. Comme s'il y avait tromperie sur la marchandise. Je suis un Letton qui a appris le norvégien et ce qu'on entend, je veux que ce soit ça, pas un imposteur. Si je parle d'une façon qui laisse croire que je suis norvégien et qu'une petite erreur phonétique ou grammaticale me trahit, eh bien, consciemment ou inconsciemment, les gens se sentiront mystifiés et ils n'auront plus confiance en moi. Tu comprends ? Mieux vaut se détendre et parler le néonorvégien. »

J'ai acquiescé. C'était comme ça qu'on disait au boulot. Néonorvégien. Un terme qui regroupait le norvégien de kebab, le norglais, le russo-norvégien, tout le sabir que parlait l'immigration économique.

« Pourquoi t'es venu en Norvège, au juste ? »

On était dans le même camion depuis plusieurs années, et c'était la première fois que je lui posais la question. Bon, oui, je l'avais posée avant, mais la différence, c'était que cette fois je demandais pas seulement la réponse standard, sur le fait que c'était plus rentable, que là d'où il venait rien que de trouver un boulot c'était dur. Ce qui était sûrement vrai, mais certainement pas la pleine et entière vérité. Et cette vérité, c'était donc la première fois que quelqu'un s'y intéressait.

Il a attendu un peu avant de répondre. « Je suis devenu intime avec des patients. » Il a pris son souffle et précisé, comme pour s'assurer que je n'allais pas stresser. « Des patientes. Elles s'ouvraient à leur psychologue, elles étaient vulnérables et j'ai exploité la situation.

— Pas bon.

— Non. Certaines d'entre elles étaient malheureuses et seules. Mais moi aussi, je venais de perdre ma femme, qui avait succombé à un cancer. Je n'arrivais pas à résister à l'invitation de ces femmes. Nous avions besoin les uns des autres.

— Alors quel était le problème ?

— D'abord, un psychologue n'a pas le droit d'entretenir des relations sentimentales avec ses patients, quel que soit son état civil. Ensuite, certaines de ces femmes étaient mariées.

— Je vois… », j'ai dit doucement.

Il m'a lancé un regard furtif. « Quelqu'un a vendu la mèche. C'est sorti au grand jour et je me suis fait licencier. J'aurais pu trouver un autre emploi, j'aurais pu par exemple enseigner à l'université de Riga. Mais un ou deux maris ne s'estimaient pas assez vengés et ils ont loué les services de gars venus de Sibérie pour me visser à une chaise roulante. L'une des femmes m'a prévenu et je n'ai pas eu d'autre solution que de fuir. La Lettonie est un petit pays.

— Alors tu fais partie de ces coureurs de jupons qui mettent tout sur le compte d'une histoire triste ?

— Oui. Je suis la mauvaise variante d'une mauvaise personne, quelqu'un qui trouve toujours des excuses pour justifier sa bassesse. Sur ce point, tu vaux mieux que moi, Ivar.

— Ah bon ?

— Ton mépris de toi est plus sincère que le mien. »

N'ayant aucune idée de quoi il parlait, je me suis concentré sur mon café.

« Alors, avec qui ta femme t'a-t-elle été infidèle ? »

J'ai craché du café sur tout le tableau de bord.

La pression dans ma tête était revenue d'un seul coup.

« Du calme. Sers-toi de ton cortex préfrontal. Il t'expliquera que je suis là pour t'aider. Et que le mieux que tu puisses faire est de raconter. N'oublie pas que je suis soumis au secret professionnel.

— Le secret professionnel ! » J'ai secoué ma main pour enlever le café.

« Tous les psychologues y sont soumis.

— Je sais bien, mais t'es pas mon psy, merde !

— Si, maintenant je le suis. »

Pijus m'a tendu le rouleau de papier absorbant qu'on gardait toujours entre les sièges.

J'ai essuyé le café de mes mains, de ma gueule et du tableau de bord. J'ai froissé le bout de papier et sifflé entre mes dents. « Son chef. Un faux-cul. Moche, en plus. Un déchet, ce bonhomme.

— Donc tu le connais ?

— Non. » Qu'est-ce que je venais de dire, bordel ? Que Lisa m'avait trompé avec son patron du Centre de distribution ? Est-ce qu'elle l'avait fait ? C'était à propos de ça qu'on s'était engueulés ?

« Tu ne l'as jamais rencontré ?

— Non. Enfin si. Enfin… »

J'ai réfléchi. Lisa m'avait beaucoup parlé de Ludvigsen, tellement que j'avais peut-être juste l'impression de l'avoir rencontré. Son nouveau patron lui montrait de la reconnaissance pour son travail, ce qui n'avait jamais été le cas de l'ancien, et Lisa s'était épanouie, bien sûr, elle a toujours été sensible à la flatterie. Elle est tellement avide d'un fix de flatterie qu'il faut savoir se contenir pour lui éviter de développer une accoutumance à des doses impossibles à maintenir pour un mari ou un patron. Mais Ludvigsen lui en donnait des tonnes et ça m'a sans doute traversé l'esprit que c'était peut-être pas seulement histoire de motiver son employée. Je me souvenais pas de l'avoir vue si joyeuse et, en plus, elle avait changé de coiffure, une coupe plus courte, elle avait perdu quelques kilos et elle était sortie plusieurs fois tard le soir, des sorties culturelles, avec des copines que je lui connaissais même pas. On aurait dit que, d'un seul coup, elle avait une vie dont j'étais exclu et ça devait être pour ça que j'avais regardé son téléphone. Et que j'avais trouvé le message de ce Ludvigsen. Ou de Stefan, comme elle l'avait enregistré.

Et voilà que j'en parlais à Pijus.

« Qu'est-ce qui était écrit dans le message ?

— Il FAUT que je te revoie.

— En insistant sur faut ?

— Quatre grandes lettres.

— Il y avait d'autres messages ?

— Non.

— Non ?

— Elle avait dû les effacer. Celui que j'ai vu datait seulement de la veille.

— Et sa réponse à elle ?

— Rien. Ou alors elle l'avait effacée.

— Si elle avait eu peur que quelqu'un voie sa réponse, elle aurait effacé son message à lui aussi.

— Elle avait peut-être pas eu le temps de répondre.

— En vingt-quatre heures ? Humm. Ou peut-être n'avait-elle pas de raison d'avoir mauvaise conscience, voilà pourquoi elle n'avait rien effacé. Peut-être qu'il lui faisait la cour, mais qu'elle ne cédait pas et n'a pas non plus répondu à son message.

— C'est ce qu'elle a prétendu, cette espèce de… » J'ai respiré. Pute. Une fois que le mot était prononcé, c'était trop tard, on ne pouvait pas revenir en arrière.

« Tu as peur.

— Peur ?

— Tu devrais peut-être me raconter ce qui s'est passé cette nuit.

— Eh, l'autre. Là, on dirait plus un flic qu'un psychologue. »

Pijus a souri. « Alors ne raconte pas.

— Même si je voulais, je me rappelle pas. Alcool.

— Ou refoulement. Essaie. »

J'ai regardé ma montre. On avait encore une bonne avance et, je le disais, on était incités à finir notre tournée avant treize heures trente.

Alors j'ai essayé. Il avait raison, j'avais peur. Parce que Lisa était couchée sur le côté ? J'en sais rien, mais un truc clochait, je le sentais. Il fallait que quelque chose sorte, comme quand la pression augmentait dans ma tête.

Je me suis mis à raconter, mais j'ai vite bloqué.

« Vas-y tranquillement en commençant par le début, a dit Pijus. Ne néglige aucun détail. La mémoire, c'est comme démêler un écheveau, une association d'idées en entraîne une autre. »

Je me suis exécuté, et un peu mon neveu que c'était vrai.

Je le disais, avec Lisa, on avait bu un verre ou deux quand elle m'a annoncé qu'elle allait sortir ce week-end. J'ai craqué et je lui ai balancé l'histoire du SMS. J'avais prévu de pas le faire, de voir comment les choses allaient évoluer, mais à la place, ça s'est mis à bouillir dans ma tête, et j'ai crié que je savais qu'il y avait une histoire entre elle et Ludvigsen. Elle a nié, mais elle est tellement peu entraînée à mentir que le spectacle frisait le pathétique. J'ai insisté un peu et elle s'est effondrée, elle a pleuré et a avoué qu'il s'était passé des trucs au printemps, pendant leur week-end professionnel à Helsinki, quand ils avaient bu. Elle prétendait que c'était pour ça qu'elle avait complètement arrêté de boire, pour éviter qu'une chose pareille se reproduise. Je lui ai demandé si c'était un machin de MeToo, si Ludvigsen, qui était tout de même le patron, avait tous les torts et pas seulement la moitié. Et Lisa a répondu que oui, il avait peut-être un peu plus de torts, en tout cas quelqu'un avec qui elle travaillait lui avait dit qu'il lui avait bien payé des coups. J'étais franchement furax, je veux dire, on crache pas sur un verre offert par le patron, avaler fait presque partie du boulot.

« Et ensuite ?

— Il m'a invitée chez lui.

— C'est où ?

— Kjelsåsveien 612.

— T'y es allée !

— Non !

— Comment tu connaissais l'adresse, alors ?

— Ben, il me l'a donnée !

— Mais tu te souviens que c'était au 612, c'est… c'est vachement suspect. »

Elle s'est mise à rire, et c'est là que je l'ai traitée de pute, que j'ai attrapé les clefs de la voiture et que je suis sorti au pas de charge, et ensuite j'ai fait des choses plus graves.

« Plus graves que conduire en état d'ivresse ? a demandé Pijus.

— Oui, plus graves que ça.

— Continue.

— J'ai roulé et… enfin… je me suis demandé si j'allais faire demi-tour et la tuer.

— Mais tu ne l'as pas fait ?

— C'est… » J'ai levé la main devant mon visage et je me suis pincé les joues entre le pouce et l'index. Ma voix empâtée chevrotait. « Justement, c'est ce que je sais pas, Pijus. »

Je crois pas que j'avais employé son nom par le passé. Je l'avais pensé plusieurs fois, c'est clair, mais dit tout haut ? Non, putain, je crois pas.

« Mais tu sens que tu pourrais l'avoir fait ? »

J'ai eu tellement mal au ventre, et tellement soudainement, que je me suis plié en deux par réflexe.

Je suis resté courbé comme ça pendant un certain temps avant de sentir sa main sur le bas de mon dos.

« Allez, Ivar, ça va aller.

— Ah bon ? » j'ai demandé dans un spasme. Complètement hors de contrôle.

« Quand tu es arrivé aujourd'hui, j'ai vu qu'il s'était passé quelque chose, mais je ne pense pas que tu aies tué ta petite femme.

— Qu'est-ce que t'en sais, putain ? j'ai rugi, la tête entre les jambes.

— Tu es parti en laissant l'épouse pour éviter un acte précipité. Et ce, après avoir obtenu confirmation d'une situation que tu soupçonnais depuis un certain temps. Tu es parti pour donner à ton cortex préfrontal la possibilité de traiter ce que tu savais que l'amygdale ne serait pas capable de gérer de manière adéquate. C'est de la maturité, ça, Ivar, ça montre que tu commences à comprendre comment gérer ta colère. Je crois que tu devrais appeler à la maison pour voir comment va l'épouse, d'accord ? »

J'ai levé la tête et je l'ai regardé. « Pourquoi tu te soucies de moi ?

— Parce que tu t'es soucié de moi ?

— Hein ?

— Quand je venais d'arriver et que j'étais assistant dans ton camion. Tu m'as aidé, tu m'expliquais en anglais ce que je devais faire. Même si je voyais bien que tu détestais parler l'anglais.

— Je déteste pas l'anglais, c'est juste que je le parle pas. »

Pijus a souri. « C'est justement ça, Ivar. Tu étais disposé à avoir l'air un peu bête pour que je le sois un peu moins.

— Relax, je voulais juste avoir un assistant qui sache ce qu'il avait à faire, autrement les journées auraient été plus longues et j'aurais eu plus de travail, tu comprends ?

— Je comprends. Plus que tu ne crois, sans doute. On le sent, quand les gens veulent aider. Tu ne le sens pas, là ? Ou tu crois que je veux t'aider uniquement parce que j'ai besoin d'éviter que mon assistant ne parte à vau-l'eau ? »

J'ai secoué la tête. Oui, oui, je savais bien que Pijus m'aidait. Qu'il l'avait toujours fait – aujourd'hui avec la tarée du balcon, ce n'était pas la première fois qu'il me couvrait. C'est juste que c'est hyper énervant quand un étranger débarque, et que non seulement il te pique ton boulot, mais qu'en plus il devient ton chef. C'est pas censé arriver. Un type peut pas juste se pointer et prendre ce à quoi il a pas droit. À quoi moi j'ai droit. Là, c'est la guerre. Il faut que quelqu'un meure. Bon, bon, bon, c'est comme ça qu'il faut *pas* que je pense, c'est le genre d'idée qui me met dans les embrouilles, je sais, je sais. Mais merde, quoi.

J'ai dit : « J'ai trop de testestérone.

— Testostérone », a répondu Pijus.

Bon, là, en tout cas, il avait son sourire énervant.

« Ça rend agressif.

— Pas nécessairement.

— Plus agressif qu'excité sexuellement, en tout cas. C'est peut-être pas étonnant que Lisa soit allée voir ailleurs.

— Faux, faux et encore faux, a dit Pijus, et ouais, ouais, j'entendais bien qu'il m'imitait. Quand les expériences sur des animaux semblaient indiquer que la testostérone promouvait exclusivement l'agressivité, c'est parce que les animaux qui avaient reçu de la testostérone sont aussi ceux qui interviennent avec agressivité dans les situations critiques ; le cerveau d'un animal ne voit pas nécessairement d'autre solution. Des études plus récentes montrent en effet que la fonction de la testostérone est plus générale, elle prépare à ce qu'on a à faire dans les situations critiques, que ce soit avec l'agressivité, la colère ou le contraire.

— Le contraire ?

— Imagine une crise diplomatique menaçant la paix mondiale. Ce qui est requis n'est pas l'agressivité, il s'agit au contraire de savoir basculer rapidement vers la générosité altruiste et l'empathie envers quelqu'un qu'on déteste. Ou imagine que tu doives diriger une fusée vers la Lune et que l'ordinateur tombe en panne. Tu dois calculer la vitesse, l'angle et la distance dans ta tête. Le truc nécessaire à ce moment-là, ce n'est pas la colère. Et pourtant c'est la testostérone qui nous vient en aide dans ces situations.

— Là, tu mens comme un arracheur de dents. »

Pijus a haussé les épaules. « Tu te souviens, à Storo ?

— Storo ?

— Le verglas. On avait reculé vers la façade d'un immeuble pour vider les poubelles. »

Il m'a regardé. J'ai secoué la tête.

« Allons, Ivar. On était dans une pente et le camion s'est mis à déraper ? »

J'ai encore secoué la tête.

« Ivar, je tournais le dos au camion et je serais mort écrasé contre l'immeuble si tu n'avais pas pivoté la poubelle à une vitesse fulgurante pour l'interposer entre le camion et la façade.

— Ah, cette fois-là. Tu serais pas exactement mort écrasé.

— Là où je veux en venir, c'est que tu avais montré que tu étais capable d'agir à la fois spontanément et de manière réfléchie. Ce n'est pas comme si on perdait nécessairement la tête quand on sent l'adrénaline et la testostérone. N'aie pas peur, tu es plus intelligent que tu ne crois, Ivar. Alors, appelle-la. Sers-toi de ta testostérone pour l'empathie. Et le calcul mental. »

Bon Dieu ! Alors j'ai appelé.

Ça ne répondait pas.

« Elle doit dormir », a dit Pijus.

J'ai regardé ma montre. Huit heures. Bien sûr, elle pouvait être sur le chemin du boulot, elle ne répondait jamais au téléphone quand elle était dans le bus. Je lui ai envoyé un message. Mes pieds battaient le plancher comme des baguettes de tambour alors que j'attendais une réponse. Le soleil montait, il brillait droit dans le pare-brise, la journée s'annonçait chaude. Une chaude journée en enfer, je me suis dit en enlevant ma veste.

« Bon, continuons notre tournée. » Pijus a tourné la clef dans le contact.

J'ai rencontré Lisa à une soirée chez un copain quand j'étais au lycée professionnel.

J'avais volé dans les plumes d'un type de Ljan qui se figurait avoir des choses à m'apprendre sur le respect. Je savais qu'il me provoquait parce qu'il avait entendu dire que je partais facilement en vrille et parce qu'il savait bien se battre et voulait frimer devant les filles. Mais ça ne change rien de comprendre le tableau, pas quand le type a une tronche de petite frappe qui ne fait que demander un coup de poing. Pour faire court, il m'a cassé la gueule. Lisa a essuyé le sang de mon nez avec du PQ, m'a aidé à me relever et m'a raccompagné chez moi, un studio à Sogn. Elle y a passé la nuit. Et le lendemain. Et la semaine. Bref : elle est restée.

On n'a jamais eu le temps de tomber amoureux, on n'a jamais eu le temps de subir cette incertitude torturante et en même temps délicieuse quand on se demande si l'autre veut de nous. Tout ce jeu, ce doute, cette joie extatique, on a sauté par-dessus. C'était elle et moi, nous deux, point final. Certains pensaient que je m'étais trouvé une nana trop bien pour moi, du moins, c'est ce qu'ils ont pensé au bout d'un certain temps, parce qu'au début Lisa était une souris relativement grise et silencieuse, et elle n'avait pas ce rayonnement que d'autres aussi allaient remarquer à mesure qu'elle se débarrassait de la plus grosse partie de sa timidité.

On disait qu'elle avait une bonne influence sur moi, que j'étais plus calme, moins versatile, comme disait mon pédopsychiatre quand j'étais ado, puisqu'il osait pas me qualifier d'instable. Et c'est vrai, Lisa savait comment m'apaiser, c'est quand elle était pas à proximité ou quand j'avais bu un verre de trop que les choses dérapaient. Je me suis pris une ou deux plaintes pour coups et blessures, mais j'ai seulement écopé de deux peines courtes. Et, je le disais, je n'ai jamais levé la main sur Lisa, je n'ai jamais eu de raison de le faire. Avant maintenant. Je crois pas qu'elle ait eu peur de moi une seule fois. Peur pour d'autres, oui, des amis, la famille, quand ils me disaient un mot de travers. Je la soupçonne aussi d'avoir été plus ou moins soulagée quand le médecin nous a expliqué qu'on pouvait pas avoir d'enfants ensemble. Putain, moi aussi j'étais soulagé, mais je l'ai pas dit bien sûr. Par contre, Lisa n'avait jamais craint pour sa propre sécurité, c'était sans doute pour ça qu'elle avait osé avouer les trucs avec Ludvigsen. Mais comment est-ce qu'elle pouvait se figurer connaître mes limites quand je les connaissais même pas moi-même, bordel, quand j'étais là en train de me demander ce que j'avais fait, putain ?

Quand j'avais dix ans, avec mon grand frère, on nous avait donné un verre de boisson gazeuse chacun, un samedi soir où nos parents allaient sortir. Mais dès qu'ils avaient franchi la porte, mon frère avait craché dans nos boissons, deux gros glaviots gluants, pensant sans doute que comme ça les deux verres seraient pour lui. Sauf qu'on peut pas boire dans un verre avec la mâchoire fracturée, et qu'à l'hôpital il n'y avait que de l'eau dans sa paille.

Bref, ce qui s'était passé cette fois, c'est que Lisa était comme un des verres de soda. On lui avait craché dessus, elle était polluée. Il n'y avait pas d'autre façon pour moi de voir les choses. J'avais perdu ce qu'on m'avait attribué, et la seule chose qui me restait était la vaine revanche, l'équilibrage des pressions. Va te faire foutre. Et moi avec.

Je sentais que ça revenait. La pression dans les tempes.

C'était peut-être parce qu'on était sur Kjelsåsveien et qu'on venait de dépasser le numéro 600.

Entre deux adresses, j'alternais entre remonter dans le camion et me tenir sur le marchepied. Chaque fois, je vérifiais mon téléphone.

Elle était peut-être en réunion.

Avec Ludvigsen.

OK, il fallait pas que je pense comme ça. En plus, c'était pas le cas. Je sais pas pourquoi, mais j'en étais sûr.

Et puis on est arrivés, Kjelsåsveien 612.

C'était une villa, ni plus ni moins ostentatoire que les autres du quartier. Une de ces maisons qu'on pouvait habiter sans être riche si on l'avait héritée de ses parents, eux non plus pas forcément riches. Mais si on voulait acheter maintenant, il fallait cracher plus de dix millions de couronnes. Une pommeraie, ça coûte de l'argent, même dans les quartiers est où j'habite.

J'ai noté que la lampe d'extérieur au-dessus du perron était allumée. Donc soit Stefan Ludvigsen se fichait du montant de sa note d'électricité, soit il était distrait. Ou alors il avait pas encore quitté la maison pour aller au boulot. Est-ce que c'était cette idée qui faisait battre mon pouls comme ça quand je me suis dirigé vers le garage ? Qu'il risque de sortir, de me dire qu'il arrivait pas à joindre Lisa au téléphone, qu'il avait appelé la police et que les flics étaient en route pour chez nous ? Il n'y avait pas que le cœur battant qui me trahissait, d'un seul coup, j'ai su avec certitude que j'avais tué cette nuit. Je le sentais pas uniquement dans mes avant-bras douloureux, dans le bout de mes doigts, dans mes pouces qui avaient appuyé contre un larynx, mais en moi. J'étais un assassin. Je voyais les yeux exorbités, le regard suppliant, mourant, qui me fixait avec un désespoir résigné avant de s'éteindre comme les voyants rouges quand on coupe le courant.

Savait-il, Ludvigsen ? Était-il assis quelque part derrière ces fenêtres à me regarder ? Peut-être qu'il osait pas partir, qu'il attendait la police ? J'ai tendu l'oreille dans le silence du matin d'été pour voir si j'entendais des sirènes et puis j'ai basculé la porte non verrouillée du garage, où était placé le bac à quatre roues. Il y avait une voiture. Une BMW noire flambant neuve. C'étaient les voyous qui roulaient en BMW. Sauf que le voyou, c'était moi, non ? J'ai sorti la poubelle, elle était tellement lourde que je devais pousser vraiment fort et que les roues s'enfonçaient dans le gravier. Je l'ai positionnée contre le basculeur et j'ai croisé le regard de Pijus dans le rétro. Il a crié, mais ses paroles ont été assourdies par le grondement du moteur.

« Hein ? ai-je crié en réponse.

— Ce n'est pas ta voiture ?

— Ben, j'ai pas de BMW, bordel.

— Pas celle-là ! Celle-ci ! »

J'ai vu qu'il pointait le doigt vers la rue. Et là, à

cinquante mètres de nous, se trouvait une Corolla blanche. Une voiture qui devait bientôt passer le contrôle technique, une voiture avec un pet bien visible sur le capot, là où j'avais un jour abattu mon poing pour souligner ce que j'expliquais à un surveillant de stationnement.

Le contenu du bac vert s'est déversé, a atteint le fond de la benne dans une claque molle. J'ai regardé. Entre les sacs en plastique bourrés à craquer et les cartons de pizza vides se trouvait un cadavre pâle et gras en pantalon de pyjama. J'avais dû rencontrer Stefan Ludvigsen, parce que je l'ai reconnu. Son regard fixe, vitreux, m'a traversé. Les marques sur son larynx étaient devenues noires. Et ç'a été comme quand le brouillard commence à se lever, que le soleil perce et semble se nourrir de lui-même, comme la fonte des glaces autour des pôles, le paysage de la mémoire est apparu en accéléré.

Je me suis souvenu de sa confession sanglotée, où il faisait porter la faute sur son divorce, il avait commis une erreur. Je me suis souvenu du couteau de cuisine qu'il avait attrapé et agité devant mon visage, il devait me croire trop bourré pour avoir des réflexes. Il avait réussi à m'entailler le front avant que je le fasse tomber. C'était bien, ce truc du couteau, ça me donnait du carburant. Et une excuse. Légitime défense, merde. Alors j'ai étranglé la vie qu'il avait en lui. Ça ne s'est passé ni trop vite ni trop lentement. Je ne l'ai pas savouré, ce serait exagéré, mais en tout cas il a eu le temps de comprendre. De regretter. De souffrir. Comme moi.

J'ai vu le compacteur plier le corps à moitié nu dans une espèce de position fœtale.

J'ai pivoté sur le marchepied et j'ai regardé le chemin gravillonné qui menait à la porte d'entrée. Pas de traces de traînage. J'avais fait le ménage derrière moi, éliminé les éventuelles traces à la fois à l'intérieur et dehors.

Si j'étais bourré quand je m'étais jeté dans la Corolla et que j'avais roulé jusqu'ici au milieu de la nuit et sonné à la porte, j'avais dessoûlé d'un coup à la vue de Ludvigsen gisant inanimé sur le sol de la cuisine. J'étais suffisamment sobre pour savoir que, si on m'arrêtait pour conduite en état d'ivresse sur la route du retour, ce serait enregistré et qu'on pourrait ensuite faire le lien avec la disparition de Ludvigsen. Parce qu'il allait disparaître. Se volatiliser, en l'occurrence. Est-ce que je l'avais déjà planifié avant de sonner à sa porte ? Il avait raison, Pijus. J'avais manifestement la capacité d'agir rapidement tout en étant réfléchi.

J'ai avancé jusqu'à la cabine et je suis monté sur le siège du coéquipier.

Pijus m'a regardé : « Alors ?

— Alors quoi ?

— Quelque chose à raconter ? Comme je le disais, je suis soumis au secret professionnel. »

Qu'est-ce que j'étais censé répondre à ça, bordel ? J'ai

regardé vers l'est, vers la crête que le soleil avait franchie. Notre tournée se terminait et c'était là qu'on allait, à l'usine de traitement de Klemetsrud, où les yeux de robot allaient trier Ludvigsen comme le déchet organique qu'il était, et où le tapis roulant allait le transporter vers l'enfer brûlant qu'il méritait, où toutes les traces, tous les souvenirs, tout ce qui était derrière nous allait être anéanti et rien de ce que nous avions perdu ne serait recyclé.

Et puis les mots me sont venus, ceux qui d'habitude se coincent quelque part en route ; ils coulaient sur ma langue comme de la musique.

« Il faut bien que quelqu'un fasse le ménage.

— Amen », a répondu Pijus.

Le camion-poubelle a tressailli et s'est mis en mouvement.

LES AVEUX

« Mon assistance vous est-elle utile, inspecteur ? »

Je repose la tasse à café de Simone sur la nappe qui recouvre la table basse. Sa tasse à café. Sa nappe. Sa table basse. Même la coupe de chocolats au centre lui appartient. Les objets. C'est curieux, le peu d'importance qu'ont ces choses-là une fois qu'on est mort, que ce soit d'une manière ou d'une autre.

Non que les objets aient eu tellement d'importance pour elle de son vivant. Tout cela, je viens de l'expliquer au policier. Qu'elle m'avait proposé de prendre ce que je désirais quand elle m'a jeté dehors, la chaîne hi-fi, la télé, les livres, la batterie de cuisine, tout ce que vous voudrez. Elle était préparée, avait décidé que ce serait une rupture civilisée.

« Dans notre famille, on ne se bat pas pour des petites cuillers », avait-elle déclaré.

Moi non plus, je ne me battais pas. Je m'étais contenté de la regarder fixement en essayant de discerner sa véritable motivation, ce qui se cachait derrière les clichés vides qu'elle débitait : « mieux pour nous deux », « évoluons dans des directions différentes », « temps d'avancer ». Merci bien.

Puis elle avait posé une feuille sur la table en me demandant de cocher ce que je souhaitais emporter.

« C'est juste un inventaire que j'ai dressé. Ne laisse pas les sentiments obscurcir ton jugement, Arne. Vois ça comme une liquidation judiciaire. »

Avait-elle dit. Comme si elle parlait d'une filiale de son père et pas d'un mariage. Il va de soi que j'étais bien trop fier pour accorder ne serait-ce qu'un regard à cette liste. Trop blessé pour prendre quoi que ce soit dans cette villa démesurée de Vinderen, où nous avions partagé de bons et de mauvais jours, ces derniers extrêmement rares, à mon sens.

Peut-être était-ce précipité de ma part de renoncer à tout. C'était une jeune femme qui avait les moyens, elle pesait dix millions de couronnes, et moi, j'étais un photographe endetté qui avait un peu trop cru en ses talents administratifs. Simone avait soutenu mon idée de monter mon propre studio avec six autres photographes. Si ce n'est financièrement, au moins moralement.

« Mon père ne voit pas réellement l'avantage financier de cette entreprise, s'était-elle excusée. Enfin, moi, je trouve que tu devrais te mettre à ton compte, Arne. Montre-lui ce que tu vaux et il finira bien par injecter du capital. »

Nominalement, l'argent lui appartenait, mais c'était

son père qui l'administrait. Cette histoire de séparation de biens lors de notre mariage était sa décision à lui, naturellement. Il avait dû imaginer le tableau : elle finirait par s'éloigner du photographe aux cheveux longs, aux grands projets et aux « ambitions artistiques ».

Amer et fermement déterminé à démontrer à quel point il se trompait à mon sujet, j'avais misé. J'avais emprunté en veux-tu en voilà, à une époque où les banques vous arrosaient d'argent dès lors que vous aviez un semblant d'idée commerciale. Et, en six mois, j'avais démontré que le père de Simone avait raison. En règle générale, il est difficile de mettre le doigt sur l'instant où une femme cesse de vous aimer. Avec Simone, c'était facile. Ça s'était produit à l'instant où elle avait ouvert la porte et où l'homme sur le perron lui avait expliqué qu'il était huissier et avait un titre exécutoire pour la saisie de mes biens. Elle l'avait traité avec la même politesse glaciale que quand elle m'avait demandé de prendre ce que je désirais. J'avais emporté mes vêtements, un unique jeu de draps et une dette personnelle de plus d'un million de couronnes.

J'aurais dû prendre la table basse, parce que je l'aime beaucoup. Les petites entailles dans le plateau, qui me rappellent nos fêtes de folie, les taches de la fois où je m'étais mis en tête de tout peindre en vert dans le salon, ce pied que nous avions légèrement tordu la première et dernière fois que nous avions fait l'amour sur la table.

L'enquêteur est assis dans le fauteuil en face de moi, son bloc-notes intact devant lui, sur la table.

« J'ai lu qu'on l'avait trouvée dans ce canapé », dis-je en reprenant ma tasse de café.

Une information superflue, bien sûr. C'était en une de tous les journaux. La police refusait d'exclure l'acte criminel et, naturellement, son patronyme attisait la curiosité des médias. L'autopsie indiquait que la mort avait été causée par du cyanure. À une époque, Simone avait fait une formation d'orfèvrerie, dans l'idée de succéder à son père à la tête de la chaîne de bijouteries, mais, comme si souvent, elle s'était lassée. Dans la cave se trouvaient toujours les flacons de cyanure qu'elle avait chipés en douce dans l'atelier. Pour le frisson, prétendait-elle. Mais rien ne permettait de déterminer si le poison provenait bien de ses propres flacons ni comment elle l'avait absorbé et la police refusait de conclure au suicide sans plus d'investigations.

« Je sais ce que vous pensez, inspecteur. »

Je sens les ressorts du canapé contre mes cuisses. Un vieux canapé rococo, son style. Le nouveau, l'architecte, l'avait-il prise sur ce canapé ? Il avait emménagé seulement quelques semaines après mon départ.

Peut-être même l'avait-il baisée sur le canapé pendant que j'habitais encore dans la maison. L'enquêteur ne me demande pas d'approfondir ce que j'entends par « ce que vous pensez », mais je continue malgré tout : « Vous pensez qu'elle n'était pas du genre à se suicider. Et vous avez parfaitement raison. Ne me demandez pas comment je le sais, mais elle a été assassinée, monsieur l'agent. »

Ma déclaration ne semble pas l'impressionner plus que ça.

« Je sais aussi qu'un meurtre me place sous un jour suspect, puisque je suis le mari bafoué. J'ai un mobile, j'aurais pu lui rendre visite, je savais où elle conservait le poison, j'aurais pu le verser dans son café et m'en aller. Ce doit être pour ça que vous vous êtes rendus chez moi, afin de voir si certains de mes vêtements correspondaient aux fibres textiles que vous avez trouvées ici, dans la maison de Simone. »

Le policier ne répond pas. Je soupire.

« Mais comme les fibres, les empreintes de semelles et les empreintes digitales ne correspondent pas aux miennes, vous n'avez aucune preuve matérielle. Une tête bien faite a donc eu l'idée de me convoquer dans la villa pour voir comment je réagirais en revenant sur les lieux du crime. Un peu de guerre psychologique. Suis-je dans le vrai ? »

Toujours pas de réponse.

« La raison pour laquelle vous n'avez rien trouvé est très simple. Je ne suis pas venu, monsieur l'agent. Du moins pas pendant l'année écoulée. Et, en plus, la femme de ménage fait un travail soigneux avec son aspirateur. »

Je repose mon café et prends un Twist dans la coupe de chocolats. Noix de coco. Pas mon préféré, mais soit.

« C'est presque un peu triste, inspecteur. Toutes les traces qu'on laisse s'effacent facilement, rapidement. Comme si on n'avait jamais existé. »

Le chocolat tourne quatre fois sur lui-même quand je tire sur les extrémités de l'emballage. J'ôte le papier d'argent, le plie quatre fois, en écrase les pliures avec mon ongle et le pose sur la table basse. Puis je ferme les yeux et glisse le chocolat dans ma bouche. La communion. Le pardon des péchés.

Simone adorait le chocolat. Surtout les Twist. On en avait fait une de nos habitudes : tous les samedis, j'achetais un grand sachet de Twist quand je faisais les courses au Kiwi. C'était une sorte d'ancre dans notre vie de couple fluctuant entre occasions, inspirations du moment, un dîner commun de temps à autre et, en règle générale, notre réveil dans le même lit. Nous l'imputions tous les deux au travail, et je pensais que tout serait différent quand nous aurions un enfant pour nous réunir. Un enfant. Je me souviens de sa réaction choquée la première fois que j'ai évoqué l'idée. Je rouvre les yeux.

« Nous étions le parfait couple de twist, Simone et moi. »

Dis-je en m'attendant plus ou moins à ce que le policier hausse un sourcil et m'observe d'un air interrogateur.

« Je ne pense pas à la danse, mais aux chocolats. » Je pointe le doigt. De toute évidence, cet enquêteur n'a pas le sens de l'humour.

« J'aime ceux au réglisse et au praliné, et je déteste la crème de banane. Coup de chance, elle adorait la banane, ceux dont l'emballage est vert et doré, vous savez. Bien sûr, vous avez… Quand nous recevions, je devais les retirer avant de présenter la coupe aux invités, pour qu'elle puisse les avoir pour elle toute seule le lendemain. »

Je pensais ajouter un petit rire, mais à la place – et sans aucun signe avant-coureur – cette anecdote provoque chez moi un déluge d'émotions. Je sens ma gorge enfler, et je n'ai aucune intention de parler, pourtant j'entends ma voix à l'agonie murmurer : « Nous nous aimions, inspecteur. Plus que ça. Nous étions l'air que nous respirions, nous nous maintenions en vie, comprenez-vous ? Non, pourquoi le comprendriez-vous ? »

Je suis presque en colère à présent. Me voilà en train de déverser mes pensées les plus intimes, de lutter contre les larmes, et ce policier reste parfaitement imperturbable. Il pourrait au moins faire un signe de tête pour montrer son implication, ou feindre de prendre des notes.

« Avant de me rencontrer, Simone menait une vie dépourvue de sens, elle allait droit dans le mur. Tout avait l'air agréable en surface – la beauté, l'argent, les soi-disant amis – mais c'était vide, sans substance, comprenez-vous ? J'appelle cela la tyrannie des choses. Les choses peuvent se perdre, et plus on en possède plus on a peur. Elle était tout bonnement en train de se noyer dans l'abondance, n'arrivait pas à respirer. Je lui ai apporté de l'espace. Et de l'air. »

Je me tais. Le visage du policier devient flou.

« De l'air. Le contraire du cyanure, inspecteur. Qui paralyse les cellules de notre appareil respiratoire. On n'arrive plus à respirer et, en quelques secondes, on étouffe. Mais vous le saviez, n'est-ce pas ? »

C'est mieux. Parler d'autre chose. Je déglutis, me ressaisis et reprends : « Cet architecte, Henrik Bakke, je ne sais pas comment elle l'a rencontré. Elle a toujours prétendu que c'était après mon départ, et au début je la croyais, mais des amis m'ont fait comprendre combien j'étais naïf, ils ont souligné avec quelle rapidité le type avait emménagé ici. Avant que ma moitié du lit ait refroidi, comme l'a exprimé l'un d'eux. Pourtant, inspecteur – et cela vous paraîtra peut-être curieux –, c'est une consolation de savoir que ce sont ses sentiments pour un autre qui ont tout gâché entre nous. Que ce que Simone et moi partagions n'était pas du genre qui se consume de soi-même, mais que c'est l'amour qui a vaincu l'amour. »

Je lance un rapide coup d'œil au policier, mais me détourne quand son regard tenace et sévère croise le mien. D'ordinaire, j'hésite à parler de sentiments, surtout des miens, mais un processus est déclenché et je ne peux pas l'arrêter. Peut-être que je ne veux pas.

« Je pense être un type normalement jaloux. Simone n'était sans doute pas une beauté classique, mais elle avait quelque chose d'animal qui la rendait dangereusement belle. Quand elle vous regardait, elle pouvait vous donner la sensation d'être un poisson rouge seul à la maison avec le chat. Et pourtant, les hommes tourbillonnaient autour d'elle comme les oiseaux migrateurs autour de la gueule du crocodile. Elle leur tournait la tête, elle… enfin, vous l'avez vue vous-même. Mon ange noir de la mort, avais-je coutume de l'appeler. Je plaisantais en disant qu'elle allait m'être fatale, que l'un de ses adorateurs fanatiques finirait par me supprimer. Mais, au fond, j'avais moins peur de cela que de la voir un jour séduite par un admirateur insistant. Je le disais, je suis un type normalement jaloux. »

Le policier s'est enfoncé plus profondément dans son fauteuil. Rien de très étonnant à cela, je n'ai encore rien raconté de pertinent pour l'enquête. Mais il ne semble pas vouloir m'interrompre.

« Et cependant, je n'ai jamais été jaloux d'Henrik Bakke. N'est-ce pas singulier ? En tout cas pas d'une façon qui m'aurait fait le détester ou avoir des préventions contre lui. Je crois que, telles que je voyais les choses, c'était juste un type qui se trouvait exactement dans la même situation que moi : il aimait Simone plus que tout sur terre. En fait, plutôt que comme un concurrent, je le percevais comme quelqu'un qui était dans le même bateau que moi. »

Passant ma langue contre les molaires où s'est logée la

noix de coco, je ressens une pointe de désagrément. Le silence du policier est assourdissant.

« Bon, d'accord, ce n'est pas entièrement vrai. J'étais jaloux d'Henrik Bakke. En tout cas la première fois que je l'ai vu. Laissez-moi vous expliquer. Un jour, il m'a appelé au bureau en demandant à me voir pour me remettre des papiers de la part de Simone. J'ai compris que c'étaient les papiers de divorce, et même s'il était bien sûr scandaleux qu'elle se serve de son amant pour me les communiquer, j'étais curieux de voir qui était cette personne, j'ai donc accepté de le rencontrer dans un restaurant. Je suppose qu'il était tout aussi curieux que moi. Quoi qu'il en soit, il s'est révélé être d'un commerce fort agréable – poli sans toutefois paraître servile, intelligent sans fanfaronnade, et abordant avec une bonne dose d'humour cette situation pourtant croustillante. Nous avons bu une ou deux bières et, au bout d'un moment, quand il s'est mis à parler de Simone, je n'ai pas tardé à comprendre qu'il rencontrait avec elle exactement les mêmes problèmes que moi auparavant. Elle appartenait à la famille des chats, allant et venant comme bon lui semblait, pourrie gâtée, grognon, et la loyauté n'était pas son principal trait de caractère, si vous voyez ce que je veux dire. Il se plaignait qu'elle compte tant d'hommes parmi ses amis et regrettait qu'elle n'ait pas plutôt des copines, comme les autres femmes. Il m'a parlé des nuits où elle rentrait après qu'il s'était couché, enivrée par l'alcool et par les nouvelles personnes palpitantes qu'elle avait rencontrées, et sur lesquelles elle discourait avec enthousiasme. En passant, il m'a demandé si je l'avais revue depuis que j'avais déménagé, ce que je n'ai pu que réfuter en souriant. En souriant parce que je me rendais compte qu'il était probablement plus jaloux de moi que moi de lui. N'est-ce pas paradoxal, inspecteur ? »

L'enquêteur ouvre la bouche pour parler, puis se ravise, manifestement, et reste le menton à demi décroché. Une piètre allure. J'avais décidé de ne pas trop en dire, mais le silence d'autrui peut exercer un drôle d'effet. Ce silence que je percevais comme menaçant au début, je ne lui trouve à présent aucune force suggestive, il n'est pas parlant. Ce policier ne paraît pas excessivement intéressé ni très à l'écoute, son mutisme est plutôt une espèce de néant neutre. Une absence de bavardage, un vide qui aspire mes paroles.

« Nous avons bu encore une bière et nous nous sommes payé quelques bonnes tranches de rigolade quand nous avons commencé à comparer nos petites histoires au sujet de ses manies. Par exemple, elle regrettait systématiquement son choix quand elle commandait un plat et on devait toujours appeler le serveur pour modifier la commande. Il fallait aussi toujours qu'elle aille aux toilettes après avoir éteint la lumière et dit bonne nuit. Et, évidemment, il y avait cette histoire de courses du samedi et la catastrophe que cela représentait si on oubliait d'acheter des Twist. C'est pourquoi je n'ai pas été particulièrement surpris de croiser Bakke au Kiwi un samedi matin, une quinzaine de jours plus tard. Nous avons tous deux ri quand j'ai lancé un regard éloquent sur le paquet de Twist dans son chariot. Il m'a du reste demandé où en étaient les papiers du divorce, précisant que l'avocat de Simone les attendait. J'ai répondu que j'avais eu beaucoup à faire, mais que j'allais m'en occuper la semaine suivante. J'ai sans doute ressenti une pointe d'agacement quand il a mentionné ce sujet. Je veux dire, quelle était l'urgence ? Il avait pris ma place dans son lit, ça devait bien suffire dans un premier temps, non ? Quelle était donc cette hâte ? Était-il si impatient de se marier avec elle ? Et avec ses millions ? Alors j'ai posé la question carrément. Avaient-ils l'intention de se marier ? Devant sa perplexité, j'ai répété ma question. À son sourire éteint, à son hochement de tête, j'ai compris. »

J'étire l'emballage du réglisse entre mes doigts. « Lakris – lakrits – lakrids » est-il écrit. Du suédois et du danois en plus du norvégien ?

De toute façon, c'est facile à comprendre. C'est bien, des voisins qui parlent à peu près la même langue que la vôtre.

« J'ai vu quelque chose dans ses yeux, une douleur que m'avait renvoyée mon reflet dans le miroir, à une époque. Bakke était sur le chemin de la sortie. Simone s'était lassée. Ce n'était qu'une question de temps et il le savait, il sentait déjà le goût amer des fruits de la défaite. Avez-vous enquêté là-dessus, inspecteur ? Demandé aux amies de Simone si elle avait de telles intentions ? Vous devriez, parce que, si tel est le cas, il a un mobile, n'est-ce pas ? Crime passionnel, c'est comme ça que vous dites, non ? »

Vois-je un sourire courber les lèvres du policier ? Il ne répond pas. Bien sûr que non, il doit être soumis au secret professionnel concernant l'enquête. Cependant, et malgré moi, l'idée qu'Henrik Bakke puisse être un suspect me fait sourire, moi aussi. Je n'ai même pas envie d'essayer de le cacher. Nous sourions.

« C'est plutôt paradoxal, non ? Je n'ai jamais eu le temps d'envoyer les papiers de divorce, donc quand elle est morte, Simone et moi étions toujours mari et femme. Cela fait de moi son unique héritier. Alors si Henrik Bakke l'a effectivement tuée, cela veut dire que l'homme qui m'a ravi l'amour de ma vie m'a rendu millionnaire. Moi. C'est ce que j'appelle l'ironie du destin. »

Mon rire est renvoyé par le parquet en chêne et les murs habillés de soie. J'y mets un brin d'exagération, je me tape les cuisses et je renverse la tête en arrière. Puis je vois les yeux du policier. Froids, des yeux de requin, qui me rivent au canapé. Je m'interromps brusquement. A-t-il compris ? Je prends un Daim. J'ai déjà ouvert le papier, mais je change d'avis et opte pour un Bali, à la place. Je remballe le Daim. J'ai besoin de réfléchir. Non, je n'ai pas besoin de réfléchir. Un regard sur l'enquêteur suffit.

« Ce qui est bien avec les Twist, c'est l'emballage, dis-je. Le fait de pouvoir se raviser. On peut changer d'avis. On peut remballer le chocolat sans que quiconque s'aperçoive qu'il a été ouvert. Ce n'est pas comme ça pour tout. Les aveux, par exemple. Dès qu'on déballe, il est trop tard. »

L'agent fait un signe de tête, plutôt comme une courbette.

« Bon, dis-je. Arrêtons la comédie. »

Je le dis comme si je m'étais décidé à l'instant, mais évidemment, ce n'est pas le cas. Cela fait déjà plusieurs minutes que j'attends l'instant propice. Cet instant, c'est maintenant.

« Vous avez trouvé les petits flacons de solution de cyanure dans la cave, n'est-ce pas, inspecteur ? » La confiserie fond sur ma langue et je sens le centre, plus dur, appuyer contre mon palais. « Il en manquait un. Je l'ai emporté quand je me suis fait jeter dehors. Je ne sais pas trop pourquoi. J'étais passablement abattu, j'avais peut-être dans l'idée de l'avaler moi-même. On fabrique de l'acide cyanhydrique avec le cyanure, mais vous devez le savoir ? »

Mes doigts fouillent dans la coupe de chocolats, en trouvent un à la crème de banane, aussitôt le reposent, par réflexe. Vieilles habitudes.

« Quelques jours après être tombé sur Bakke au Kiwi, j'ai acheté un sachet de Twist. Ensuite, je me suis procuré une seringue à usage unique à la pharmacie. En rentrant chez moi, je l'ai remplie de cyanure, puis j'ai ouvert le sachet de Twist, j'ai déballé soigneusement les crèmes de banane, j'ai injecté le poison, j'ai remballé les chocolats et je les ai remis dans le sachet. Le reste a été un jeu d'enfant. Le samedi suivant, mon sachet sous le manteau, j'ai attendu devant le Kiwi que Bakke arrive dans la Porsche de Simone, je me suis glissé dans le magasin avant lui, j'ai placé le sachet en première position sur l'étagère des Twist et je me suis dissimulé derrière un rayonnage pour vérifier que Bakke prenait le bon. »

L'enquêteur a l'air de préparer une réponse, une réponse longue et difficile, qui nécessite qu'il réfléchisse bien d'abord. Je continue : « Je partais du principe que vous arrêteriez Henrik Bakke dès que vous auriez autopsié Simone. En fait, je pensais que ce ne serait pas très compliqué d'établir que le cyanure provenait des chocolats qu'il avait apportés dans la maison. »

Je me penche au-dessus de la table.

« Mais vous n'y êtes pas arrivés, inspecteur. Vous n'avez pas réussi à relier le poison aux résidus de chocolat trouvés dans son estomac, parce qu'il avait déjà fondu et était décomposé. J'ai commencé à craindre qu'Henrik Bakke en réchappe. »

Je vide ma tasse de café. Celle du policier est toujours intacte.

« Mais le médecin légiste comprendra quand il aura un corps de plus sur sa table d'autopsie, inspecteur, vous ne croyez pas ? Il comprendra que l'arme du crime était sous votre nez depuis le début. »

Je montre la coupe de chocolats en contractant les zygomatiques. Aucune réaction.

« Encore un Twist avant que je donne l'alerte, inspecteur ? »

Dans le silence qui suit, j'entends le vague bruissement d'un emballage de chocolat à la crème de banane, qui se déploie lentement, comme une rose jaune et verte sur la table basse devant lui. La jolie table basse.

ODD

Odd Rimmen se tenait côté cour.

Il essayait de respirer normalement.

Combien de fois s'était-il trouvé ainsi au bord de la scène, à appréhender de se présenter devant la foule, en écoutant la personne qui s'apprêtait à l'interviewer l'encenser pour chauffer la salle ? Ce soir, les attentes devaient être élevées puisque le billet d'entrée coûtait vingt-cinq livres sterling. Aucun de ses minces romans ne valait si cher. À l'exception peut-être du premier, dont l'édition originale en anglais était paraît-il introuvable chez les bouquinistes et se vendait à trois cents livres pièce sur Internet.

Était-ce ce qui entravait ainsi sa respiration ? La peur que lui-même – l'Odd Rimmen en chair et en os, l'Odd Rimmen véritable – ne soit pas à la hauteur du buzz ? Qu'il ne puisse pas l'être ? Après tout, ils l'avaient transformé en une espèce de Superman, un intellectuel extra-lucide qui non seulement analysait la condition humaine, mais prédisait les tendances socioculturelles et diagnostiquait le problème de l'homme moderne. Ne comprenaient-ils pas qu'il ne faisait qu'*imaginer* ?

Certes, une lecture en filigrane se dégageait toujours des pensées d'un auteur, bien sûr, et l'auteur lui-même ne la comprenait pas forcément, ne la voyait pas systématiquement. Ce devait être vrai aussi des auteurs que lui-même admirait : Camus, Saramago – il soupçonnait même Sartre en personne de ne pas prendre la pleine mesure de ses propres profondeurs, mais de se préoccuper davantage du sex-appeal de la formulation.

Devant la surface impartiale et les possibilités de battre en retraite qu'offrait la feuille de papier – l'écran d'ordinateur – il pouvait être Odd Rimmen, l'homme que le critique du *Boston Globe* avait avec révérence baptisé Odd Dreamin', surnom qui était resté. Mais en face-à-face, il était simplement Odd, un gars qui ne faisait qu'attendre le moment où il serait percé à jour comme un homme d'intelligence moyenne, doté d'un sens de la langue légèrement supérieur à la norme, mais d'une retenue et d'une capacité de contrôle de ses impulsions clairement défaillantes. Il se disait que c'était cela – l'impulsivité – qui lui faisait exhiber sans vergogne sa vie intérieure à des milliers de lecteurs, des centaines de milliers même (pas des millions). Car si la page/l'écran lui permettait de battre en retraite, lui laissait le loisir d'avoir des regrets et de revenir en arrière, il ne le faisait jamais quand il voyait que c'était *bon.* Sa vocation d'écrivain prenait le pas sur son bien-être personnel, il pouvait braver sa faiblesse de caractère et sortir de sa zone de confort tant que ça se passait sur une feuille, dans l'imagination, dans la rêverie et la fiction, qui, quels que soient le thème et le degré d'intimité, était une zone de confort en soi, bien isolée de la vie dans le monde extérieur. Il pouvait écrire n'importe quoi dès lors qu'il se racontait que le texte était destiné au tiroir de son bureau et ne serait jamais publié. Et puis, une fois que Sophie, son éditrice, l'avait lu et avait suffisamment malaxé son ego d'écrivain pour qu'il croie à l'affirmation que ce serait un crime littéraire d'en priver les lecteurs, il ne restait qu'à fermer les yeux, trembler, boire en solitaire et courir le risque.

Il en allait autrement d'une interview sur scène.

La voix d'Esther Abbot lui parvenait comme un lointain grondement, le tonnerre qui approchait, là-bas, sur scène. Elle était debout à un pupitre. Derrière elle étaient disposés les fauteuils où ils allaient s'asseoir. Comme si créer un environnement évoquant un salon pouvait le détendre. C'était une chaise électrique dans un champ de fleurs, oui, qu'ils aillent se faire foutre !

« Il nous a donné, à nous, ses lecteurs, un nouveau point de vue d'où nous observer nous-mêmes, d'où contempler nos vies, nos proches, notre environnement », disait la voix. Il distinguait à peine les mots anglais. Il préférait les interviews en anglais. Il exagérait son accent pour faire croire au public que son expression hésitante était un problème de langue, et non cette difficulté à prendre la parole qui lui faisait gâcher jusqu'aux phrases les plus simples, y compris dans sa langue maternelle.

« C'est l'un des plus fins observateurs de notre époque, l'un des peintres les plus intransigeants de l'individu et de la société. »

Quelles conneries ! se disait Odd Rimmen, en s'essuyant les mains sur son jean G-Star. Ce qu'il était, c'était un écrivain qui devait tout son succès commercial aux fantasmes sexuels qu'il dépeignait en scènes juste assez polissonnes pour qu'on les qualifie de licencieuses et de courageuses, mais tout de même pas scabreuses au point de ne plus être lisibles par tous. Il s'agissait ici de divertissement jubilatoire bien plus que d'outrage réel. Ses livres faisaient aussi office de thérapie pour les lecteurs qui auraient pu ressentir une éventuelle honte en ayant les mêmes pensées que l'auteur. Les scènes de sexe étaient l'attelage qui tirait la voiture, Odd Rimmen avait fini par le comprendre, et il savait – son éditrice et lui savaient, même s'ils n'en parlaient jamais – qu'il avait donné suite en offrant des variations sur ces fantasmes, même s'ils étaient étrangers à la thématique de ses romans, tels de longs solos de guitare déplacés, sans autre justification que les attentes, voire les exigences, du public. La subversion était devenue si routinière qu'elle aurait dû susciter l'ennui plutôt que l'émoi ; l'exercice lui donnait presque la nausée, mais il l'avait excusé en se disant que c'était ce qui pouvait porter son message à la connaissance d'un lectorat plus étendu. Il s'était trompé : il avait en fait vendu son âme et cela lui avait nui en tant qu'artiste. Alors maintenant, ça allait prendre fin.

Dans le roman sur lequel il travaillait et qu'il n'avait pas encore montré à son éditrice, il arrachait tout ce qui pouvait sentir le racolage commercial pour cultiver le poétique, la vision onirique, le vrai. Le douloureux. Fini, les compromis.

Et pourtant, voilà qu'il était à quelques secondes d'être appelé sur scène, sous les applaudissements tonitruants d'un Charles Dickens Theatre bondé, où les spectateurs avaient décidé, avant même qu'il ouvre la bouche, qu'ils l'adoraient comme ils adoraient ses livres, comme si les deux ne faisaient qu'un, comme si son œuvre, ses mensonges leur avaient depuis longtemps raconté ce qu'ils avaient besoin de savoir à son sujet.

Le pire était qu'il en avait besoin. Oui, il avait besoin de leur admiration sans fondement et de leur amour inconditionnel. Il en était devenu dépendant, car ce qu'il voyait dans leurs regards, ce bien volé qu'il emportait avec lui, était comme de l'héroïne, il savait que ça le détruisait, le corrompait en tant qu'artiste, mais il lui en *fallait.*

« … traduit en quarante langues, lu dans le monde entier par-delà les barrières culturelles… »

Charles Dickens avait lui-même dû faire partie de ces

héroïnomanes. Non content de publier de nombreux romans sous forme de feuilleton, en prêtant une oreille attentive aux réactions du public avant d'écrire le chapitre suivant, il partait en tournée pour lire des extraits de ses livres, non pas avec la distance réservée de l'intellectuel face à son texte, la sobriété attachante du modeste, mais avec une exubérance éhontée, qui exposait ses ambitions de comédien, et ses talents, d'ailleurs, ainsi que son désir glouton de séduire les foules, le bas comme le haut, quel que soit le rang, quel que soit l'entendement. Charles Dickens, le militant et le défenseur des pauvres, n'était-il pas tout aussi avide d'argent et de réussite sociale que certains de ses personnages les moins reluisants ? Ce n'était toutefois pas cela, en soi, qu'Odd Rimmen retenait contre Charles Dickens, mais le fait qu'il s'était donné en spectacle avec son art. Dans le pire sens du terme. Amalgame de marchand ambulant braillard et d'ours savant, un de ceux que le soigneur tient au bout d'une chaîne pour qu'il ait l'air dangereux, mais à qui en réalité on a coupé les testicules, les griffes et les dents. Dickens donnait à son public ce qu'il voulait. Dans la mesure où il se livrait à de la critique sociale, c'est parce que c'était de la critique sociale que les masses demandaient à ce moment-là.

L'œuvre de Charles Dickens aurait-elle été meilleure – encore meilleure, s'entend – s'il s'était tenu sur le droit chemin artistique ?

Odd Rimmen avait lu *David Copperfield* en se disant

qu'il aurait pu faire mieux lui-même. Pas beaucoup mieux, mais mieux. Et, à un moment donné, ç'avait été le cas, il en était certain. Mais en était-il encore capable ou, dans ce cirque auquel il se soumettait, sa plume, ses griffes et ses dents avaient-elles déjà perdu le mordant nécessaire pour créer de l'art véritable pour l'éternité ? Et si pareille chose s'était produite, y avait-il un retour possible ?

Oui, se disait-il. Car ce nouveau roman qu'il écrivait était précisément cela, le chemin du retour, n'est-ce pas ?

Et pourtant, il était là, à quelques secondes seulement d'entrer en scène, de se dorer à la lumière des projecteurs et des regards admiratifs, de récolter des applaudissements avec des banalités répétées encore et encore, bref d'obtenir son fix du soir.

« Mesdames et messieurs, vous l'avez attendu, le voici... »

Just do it. Allez, fais-le. Vas-y, fais-le. Fais-le, c'est tout. N'hésite plus, fais-le. Meilleur slogan de tous les temps, pour des baskets ou n'importe quel autre produit, c'était aussi sa réponse standard quand des jeunes gens lui demandaient comment procéder pour écrire. On n'avait aucune raison d'atermoyer, aucune préparation n'était requise, il suffisait de poser son stylo sur le papier, non pas métaphoriquement, mais littéralement. Il leur disait de commencer à écrire le soir même, quelque chose, n'importe quoi, mais ce devait être le soir même.

Comme avec Aurora, quand il avait enfin réussi à la quitter, après d'interminables séances de discussions, de larmes et de réconciliations qui se concluaient par un retour à la case départ. Il avait fallu le faire, c'est tout, physiquement sortir par la porte pour ne plus jamais revenir. Si simple et si difficile. Quand on a été dépendant, on ne peut pas diminuer progressivement, prendre *un peu* d'héroïne, Odd avait vu son frère essayer, l'issue avait été fatale. Il n'y avait qu'une seule voie : arrêter net. Ce soir. Maintenant. Car ce ne serait pas mieux ou plus facile le lendemain, mais plus dur. Le lendemain, on se serait un peu plus enfoncé dans la merde. Et on ne verrait pas pourquoi, après s'être autorisé un sursis d'une journée, on ne s'en accorderait pas un deuxième.

Côté cour, Odd était ébloui par les lumières de la scène. Il ne voyait pas le public, rien qu'un mur noir. Les spectateurs n'étaient peut-être pas là, ils n'existaient peut-être pas. Et si ça se trouve, il n'existait pas, lui non plus.

Puis vint la pensée salvatrice, la seule pensée libératrice. Le cheval d'attelage. Il était là, devant lui, il suffisait de glisser le pied dans l'étrier et de se hisser. Il fallait le faire, c'est tout. L'autre option étant de ne pas le faire. En l'occurrence, il n'y avait que ces deux alternatives. Ou cette seule alternative, pour faire preuve de rigueur linguistique. Et dorénavant, il le voulait. Être rigoureux. Vrai. Intransigeant.

Odd Rimmen tourna les talons. Il ôta le micro serre-tête, le tendit au technicien, qui leva les yeux avec un air d'incompréhension alors qu'Odd s'éloignait. Il descendit dans les loges, où un peu plus tôt l'intervieweuse, Esther Abbot, et l'attachée de presse de la maison d'édition avaient passé en revue certaines questions. À présent, sa loge était vide et on entendait seulement la voix d'Esther, en haut, un grondement vide, creux, qui se propageait à travers le plafond. Il attrapa sa veste sur le dossier de la chaise, prit une pomme dans la coupe de fruits et se dirigea vers la sortie des artistes. Il poussa la porte et respira l'air de la venelle londonienne, qui sentait les gaz d'échappement, le métal brûlé et la cuisine des restaurants. Odd Rimmen n'avait jamais connu d'air plus frais, plus libre.

Odd Rimmen n'avait nulle part où aller.

Odd Rimmen pouvait aller partout.

L'on pourrait dire que tout commença lorsque Odd Rimmen quitta le Charles Dickens Theatre quelques secondes à peine avant de devoir se tenir, ou plus exactement s'asseoir, sur scène pour parler de son dernier roman, *La colline*.

Ou l'on pourrait dire que tout commença lorsque le *Guardian* traita l'incident dans ses pages en parlant de trahison du public payant, de l'organisateur, du Festival de littérature de Camden, et d'Esther Abbot, la jeune journaliste qui avait préparé l'entretien et déclaré se réjouir à cette perspective. Ou l'on pourrait affirmer que tout démarra lorsque le *New Yorker* contacta la maison d'édition de Rimmen pour une interview. Lorsqu'on leur répondit que, malheureusement, il n'en accordait plus, le *New Yorker* demanda son numéro de téléphone pour essayer de le convaincre, et se vit opposer une fin de non-recevoir : Odd Rimmen n'avait plus de téléphone. En l'occurrence, la maison d'édition ne savait pas où il était, n'avait pas eu de nouvelles depuis son départ du Charles Dickens Theatre ce fameux soir.

Ce n'était que partiellement vrai mais, quoi qu'il en soit, le *New Yorker* écrivit un article sur Odd Rimmen in absentia, recueillant les témoignages d'autres écrivains, de critiques littéraires et de sommités de la culture sur leur relation à cet auteur en général et à *La colline* en particulier.

D'où il se trouvait – la maison de vacances de ses parents en France –, Odd Rimmen ne put qu'être stupéfait de voir toutes ces personnalités qui, apparemment, l'avaient lu, et racontaient de surcroît qu'elles le connaissaient personnellement. Qu'elles prétendent connaître son œuvre pour bénéficier d'une exposition dans le prestigieux *New Yorker* n'avait sans doute rien de très étonnant, et avec quelques jours de préavis elles avaient bien sûr eu le temps de feuilleter un ou deux de ses livres pour en percevoir la tonalité générale ou d'écumer des résumés sur divers sites destinés aux étudiants. Qu'elles parlent de sa *personnalité énigmatique* et de son *charisme tout particulier* était plus surprenant, en revanche, puisqu'il avait lui-même tout juste souvenir d'avoir échangé avec elles quelques formules de politesse en contexte professionnel – à des festivals, des foires du livre, des remises de prix – dans un secteur où la politesse confine à la paranoïa. (La théorie d'Odd Rimmen était que les écrivains sont terrifiés à l'idée d'offenser d'autres écrivains puisqu'ils savent mieux que quiconque qu'une âme sensible armée d'un stylo n'est pas sans rappeler un enfant muni d'un Uzi.)

Mais, avec son vœu d'ascèse, de pureté et d'abstinence de tout ce qui pouvait être perçu comme (correction : qui était) une capitulation commerciale, une escroquerie intellectuelle ou de la glorification de soi, Odd Rimmen s'était retenu de corriger l'impression qu'avaient dû avoir les lecteurs du *New Yorker* d'une espèce de héros culte de la littérature.

Où que tout cela ait commencé, ça avait continué. Et c'est ce que son éditrice lui avait expliqué lorsqu'il l'avait appelée de la cabine téléphonique du village.

« Il s'est passé quelque chose, Odd, et ça ne s'arrête pas, ça ne fait que grandir. »

D'après Sophie Hall, les ventes avaient augmenté, les demandes d'interview s'étaient multipliées, de même que les invitations à des festivals et les prières insistantes de la part de ses éditeurs étrangers de déplacements pour le lancement de *La colline*.

« C'est complètement dément, disait-elle. Depuis l'article du *New Yorker*...

— C'est éphémère. Un seul article de magazine ne change pas le monde.

— Tu t'es isolé, tu ne vois pas ce qui se passe. Tout le monde parle de toi, Odd. *Tout le monde.*

— Ah bon ? Et qu'est-ce qu'ils disent ?

— Que tu es... » Elle eut un petit rire. « Que tu es un peu fou.

— Fou ? *In a good way ?*

— *In a very good way.* »

Il savait bien ce qu'elle voulait dire, ils en avaient parlé. Les écrivains qui nous fascinent sont ceux qui dépeignent un monde reconnaissable, mais vu à travers un prisme à peine différent du nôtre. Enfin, du leur, donc, songea Odd Rimmen, puisqu'elle était en train de lui expliquer qu'il avait lui-même rejoint cette ligue des voyant-autrement, des intellectuellement excentriques. Mais en faisait-il partie ? Avait-ce toujours été le cas ? Ou n'était-il – coup de bluff – qu'un arriviste conventionnel qui jouait les excentriques pour faire de l'effet ? Alors qu'il entendait son éditrice se répandre sur l'intérêt qu'il suscitait, ne notait-il pas aussi un respect accru dans sa voix à elle, comme si elle non plus, qui l'avait pourtant suivi de très près, de phrase en phrase, pour ainsi dire, ne restait pas insensible à ce changement soudain d'ambiance, déclenché par un unique événement : son départ, presque impulsif, juste avant d'entrer en scène pour se faire interviewer. Elle lui racontait qu'elle avait relu *La colline* et avait été frappée de constater combien ce livre, sur lequel ils avaient travaillé ensemble, était bon, *en fait.* Odd Rimmen avait beau la soupçonner de s'être contentée de le lire sous un nouveau jour, à savoir celui des éloges d'autres personnes, il ne pipa mot.

« De quoi s'agit-il, Sophie ? demanda-t-il alors qu'elle reprenait son souffle.

— Nous avons été contactés par la Warner Bros. Ils veulent mettre une option sur l'adaptation cinématographique de *La colline.*

— C'est vrai ?

— Ils ont envie de demander à Terrence Malick ou à Paul Thomas Anderson d'assurer la réalisation.

— Ils ont *envie* ?

— Ils se demandent si ça t'irait que ce soit l'un ou l'autre. »

Si Malick ou Anderson m'iraient, songea Odd Rimmen. *La ligne rouge. Magnolia.* C'étaient là deux réalisateurs de qualité qui avaient réussi l'improbable : attirer les foules devant des films d'art et d'essai.

« Qu'est-ce que tu en dis ? » La voix de Sophie prit les accents criards d'une adolescente de quatorze ans, comme si elle n'arrivait pas à croire elle-même ce qu'elle racontait.

« Ils m'eussent convenu, répondit-il.

— Bien, j'appelle la Warner et... » Elle s'interrompit.

Conditionnel passé deuxième forme. *Eussent convenu.* Elle m'avait un jour rappelé que le conditionnel passé deuxième forme était identique au plus-que-parfait du subjonctif. Dans le cas présent, les puristes auraient parlé de plus-que-parfait du subjonctif. Mais pour Sophie, c'était un conditionnel. Quelque chose qui se produisait si certaines conditions étaient remplies. Elle se demandait sans doute quelle était la condition. Il l'énonça.

« Si j'avais voulu vendre les droits d'adaptation cinématographique.

— Tu… tu ne *veux* pas ? » La stridence avait disparu, et maintenant Sophie avait résolument la voix de quelqu'un qui ne croit pas ce qui sort de sa bouche.

« Je l'aime bien tel qu'il est. En livre. Tu le disais toi-même : ces derniers temps, le livre s'est révélé bon, *en fait.* »

Il ne savait pas si elle avait relevé l'ironie. En temps normal, elle l'aurait fait, Sophie avait l'oreille fine, mais à cet instant précis, elle était si exaltée par tout ce qui se passait qu'il n'en était pas certain.

« Tu as réfléchi, Odd ?

— Oui. »

C'était bien ce qu'il y avait d'étonnant. Moins d'une minute s'était écoulée depuis qu'il avait appris que l'une des plus grosses sociétés de production de films du monde voulait proposer à deux des meilleurs réalisateurs du monde de faire de *La colline* non seulement un film mais un phénomène céleste, une comète qui illuminerait ce roman et tous ceux qui portaient le nom d'Odd Rimmen, passés et futurs, et pourtant ça lui avait suffi pour réfléchir à cette offre fabuleuse d'adaptation cinématographique. Enfin, réfléchir, c'était vite dit, il y avait plutôt rêvé, tout cela relevant de la chimère, car hormis les scènes de sexe, il n'y avait rien de cinématographique dans ses romans, au contraire, ils étaient globalement constitués de monologues intérieurs sans trop d'action ni de structure dramaturgique conventionnelle. Il y avait donc réfléchi, finalement. Hypothétiquement, bien sûr, comme dans un jeu intellectuel, il avait opposé les arguments les uns aux autres, en contemplant le golfe de Gascogne. Charles Dickens, lui, aurait hurlé un oui jubilatoire, et en plus ce clown aurait insisté pour jouer au moins l'un des rôles principaux.

L'ancien Odd Rimmen (celui d'avant le Charles Dickens Theatre) aurait lui aussi accepté, mais avec un mauvais goût dans la bouche. Il se serait justifié en arguant que, dans un monde idéal, il aurait décliné et gardé son livre intact, protégé, réservé au lecteur patient, au lecteur qui n'acceptait pas les simplifications, qui voulait absorber chaque phrase à un rythme dicté par la mobilité de son œil, la maturation de la contemplation. Mais dans un monde où dominaient l'argent et le divertissement écervelé, il ne pouvait pas refuser l'attention offerte ainsi à son genre de livres (sérieux, littéraires), compte tenu de ce qu'il avait une obligation de porter la bonne parole (littéraire), pour lui-même, mais aussi pour tous ceux qui essayaient de porter un message avec ce qu'ils écrivaient.

Oui, c'est ce qu'il aurait dit, et en secret il se serait délecté de l'intérêt pour le film, pour le livre et pour son prétendu dilemme.

Le nouvel Odd Rimmen, en revanche, n'acceptait pas ces hypocrisies-là. Et comme il y avait réfléchi, et que la réalité ne se présentait pas très différemment de son rêve éveillé, il le précisa à son éditrice incrédule : « J'y ai réfléchi, Sophie, et non, *La colline* ne sera pas amputé pour faire un scénario de deux heures.

— Mais il est pourtant court. Tu as vu *No Country for Old Men* ? »

Évidemment qu'Odd Rimmen l'avait vu, et évidemment qu'elle prenait cet exemple, songea-t-il. Sophie savait qu'il adorait Cormac McCarthy, elle savait qu'il savait que les frères Coen avaient réussi à *filmer* ce roman court, c'était une transposition sans égale. Sophie savait aussi qu'Odd Rimmen savait à quel point le film avait contribué au déploiement de l'œuvre de ce vieil auteur culte, a priori sans que la considération dont il faisait l'objet dans les cercles littéraires plus élitistes n'en ait (trop) pâti.

« Cormac l'avait d'abord écrit comme un scénario de film, déclara-t-il. Les frères Coen ont dit que, quand ils écrivaient leur scénario, l'un d'eux tenait le livre ouvert pendant que l'autre recopiait. Ce n'est pas possible avec *La colline*. Et puis, je suis en pleine écriture du nouveau roman, donc là, il faut que je raccroche.

— Hein ? Odd, ne… »

Odd Rimmen faisait la queue à l'entrée du musée du Louvre, à Paris, lorsqu'il la vit sortir. Esther Abbot eut l'air de vouloir prétendre qu'elle ne l'avait pas vu, mais elle n'ignorait sans doute pas que sa mine stupéfaite l'avait trahie.

« Le monde est petit », fit-elle.

Elle marchait au bras d'un homme, qu'elle attira à elle, comme si voir Odd Rimmen lui rappelait que, sans surveillance attentive, les hommes risquaient de disparaître à tout moment.

« Je suis désolé, dit Odd Rimmen. Je n'ai jamais pu m'excuser.

— Pu ? Quelque chose ou quelqu'un vous en a empêché ?

— Non, pas réellement. Pardon.

— Vous devriez peut-être plutôt dire ça à tous ceux qui étaient venus vous écouter.

— Absolument, vous avez raison. »

Il la trouvait belle. Plus que dans son souvenir, au théâtre. Il songea que, peut-être, elle avait alors été trop concentrée sur sa mission. Trop flatteuse pour éveiller en lui l'instinct de conquête. Le prédateur se désintéresse des proies qui feignent d'être mortes. Mais ici, toute bronzée, légèrement amère, le vent dans les cheveux et un homme au bras, elle était franchement attirante. Suffisamment pour que Rimmen trouve étrange que ce soit elle qui ait eu le réflexe de serrer son partenaire, ç'aurait dû être l'inverse : l'homme, discrètement, aurait dû marquer son territoire en présence d'un autre mâle, de son âge et au statut social sans doute supérieur, désormais, avec les répercussions de l'article du *New Yorker*.

« Puis-je vous inviter tous les deux à boire un verre de vin en gage de ma sincérité ? » demanda Odd Rimmen en regardant d'un air interrogateur l'homme, qui sembla décontenancé, comme s'il essayait de formuler un refus poli au moment où Esther Abbot répondait que ce serait sympathique.

L'homme se fendit du sourire de quelqu'un qui aurait eu des punaises dans ses chaussures.

« Mais un autre soir, peut-être, dit-il. Vous vous apprêtez à entrer et le Louvre, c'est grand. »

Odd Rimmen observa le couple mal assorti, elle lumineuse et légère, du soleil dans le regard, lui sombre et lourd comme une zone de basse pression. Comment une femme si séduisante pouvait-elle succomber à quelque chose d'aussi dépourvu de charme, ne connaissait-elle pas sa propre valeur ? Si. Elle la connaissait. Il le voyait, et il songea qu'Esther avait attiré à elle son amoureux / mari / amant pour lui signifier qu'il ne fallait pas considérer ce Rimmen comme une menace. Et pourquoi son homme avait-il besoin d'une telle garantie ? Avait-elle un passé de frivolité ou d'infidélité ? Ou avaient-ils parlé de lui, cet écrivain sur qui on ne pouvait pas compter ? Esther avait-elle émis de quelconques signaux lui faisant craindre la concurrence d'Odd Rimmen ? Était-ce là l'origine du mélange de peur et de haine qu'Odd croyait discerner dans le regard de l'homme ?

Le sien traduisait en tout cas le calme et la cordialité lorsqu'il répondit : « Je vais souvent au Louvre, j'ai vu la majeure partie des œuvres. Venez, je connais un endroit où on sert du bon bourgogne.

— Parfait », conclut Esther.

Ils trouvèrent le restaurant et, avant même le premier verre, Esther commença à poser des questions qu'Odd suspectait d'être héritées de l'interview qu'elle n'avait jamais pu réaliser. Où puisait-il son inspiration ? Quelle part de lui y avait-il dans ses personnages principaux ? Les scènes de sexe étaient-elles bâties sur sa propre expérience ou sur ses fantasmes ? À cette dernière question, Odd vit des tressaillements parcourir le visage de l'homme (Ryan, il avait dit travailler à l'ambassade à Paris). Odd répondait, mais ne cherchait pas à impressionner ou à être drôle comme il avait l'habitude de le faire (souvent avec succès) quand il se « produisait ». Quand il s'était produit. Et, de loin en loin, il parvint à renvoyer la conversation vers Esther et Ryan.

Ryan semblait mettre un point d'honneur à rester évasif sur son travail, laissant ainsi transparaître que c'était une mission secrète et importante ; il préférait disserter sur les techniques de négociation internationale et la façon dont elles avaient été influencées par les recherches de Daniel Kahneman sur « l'effet d'amorçage », le fait qu'avec des moyens simples on pouvait semer une idée dans la tête de son partenaire de discussion sans qu'il en soit conscient. Dans une expérience où il fallait ajouter la lettre manquante de S O _ P, le groupe à qui on avait d'abord montré une affiche avec les lettres E A T écrivait SOAP plutôt que SOUP, bien plus souvent que le groupe qui n'avait pas vu cette affiche.

Ryan multipliait les efforts pour être intéressant, mais la psychologie vulgarisée qu'il recrachait étant plus ou moins connue de tous, Odd se tourna vers Esther. Qui lui expliqua qu'elle habitait à Londres, où elle était toujours pigiste dans le journalisme culturel, mais qu'elle et Ryan faisaient la navette pour se voir « autant que possible ». Il nota que cette remarque semblait destinée aux oreilles de Ryan davantage qu'aux siennes. Un possible sous-texte était : Tu entends, Ryan ? Je présente les choses comme si nous avions toujours une relation passionnelle et que nous voulions passer encore plus de temps ensemble. Tu es content maintenant, espèce de monsieur-tout-pour-la-façade ?

Là, c'était Odd Dreamin' qui entrait en scène, songea Odd, mais il y avait peut-être un peu de vrai malgré tout.

« Pourquoi vous êtes-vous retiré ? s'enquit Esther quand le serveur leur eut servi un troisième verre.

— Je ne me suis pas retiré. J'écris plus que jamais. Et mieux, j'espère.

— Vous savez ce que je veux dire. »

Il haussa les épaules. « Tout ce que j'ai à proposer figure dans les pages de mes livres. Le reste n'est que poudre aux yeux et distraction. Je suis un clown triste et sans talent, l'exposition de ma personne ne rend aucun service à mes romans.

— Au contraire, semble-t-il. » Esther leva son verre. « On dirait que moins on vous voit, plus on parle de vous.

— Vous voulez dire de mes livres, j'espère.

— Non, de vous. » Son regard croisa celui d'Odd, s'attarda un peu trop. « Et, par conséquent, de vos livres, naturellement. Vous êtes en train de passer du statut d'écrivain culte littétaire à celui d'écrivain culte grand public. »

Odd Rimmen goûta le vin. Et les paroles d'Esther. Il fit claquer sa langue. Voui. Il sentait déjà qu'il en voulait davantage. Davantage de tout.

Lorsque Ryan se leva et disparut en direction des toilettes, Odd se pencha en avant et posa la main sur celle d'Esther.

« Je suis un peu amoureux de vous, annonça-t-il.

— Je sais », dit-elle, et il songea qu'elle ne pouvait en aucun cas le savoir, cela venait de lui arriver. Ou était-ce que – contrairement à elle – il ne l'avait pas compris plus tôt ?

« Et si ce n'était que le vin ? Ou Ryan, qui vous rend inaccessible ?

— Cela a-t-il une importance ? Cela change-t-il quoi que ce soit que vous tombiez amoureux de moi parce que vous vous sentez seul ou parce que je suis née avec un visage symétrique ? Les raisons sont banales, le sentiment n'en est pas moins délicieux pour autant, si ?

— Peut-être pas. Êtes-vous amoureuse de moi ?

— Pourquoi le serais-je ?

— Je suis un écrivain célèbre. N'est-ce pas une raison suffisamment banale ?

— Vous êtes un écrivain presque célèbre, Odd Rimmen. Vous n'êtes pas riche. Vous m'avez abandonnée quand j'avais le plus besoin de vous. Et j'ai le sentiment que vous pourriez recommencer si vous en aviez l'occasion.

— Donc vous êtes amoureuse de moi ?

— J'étais amoureuse de vous longtemps avant de vous rencontrer. »

Tous deux levèrent leur verre et burent sans se lâcher des yeux.

« C'est incroyable ! criait presque Sophie au bout du fil. Stephen Colbert !

— À ce point ? »

Odd Rimmen se renversa en arrière, la chaise en bois branlante émit un grincement menaçant. Il regarda dehors les vieux pommiers que sa mère prétendait avoir vus fructifier. L'air embaumait les parfums de ce jardin fouillis, non entretenu, et les senteurs de l'océan, portées par les vents rafraîchissants qui soufflaient sur le golfe de Gascogne.

« À ce point ? gémit l'éditrice d'Odd Rimmen. Il a dépassé Jimmy Fallon ! Tu es invité au plus grand talk-show du monde, Odd !

— À cause de… ?

— À cause de l'adaptation cinématographique de *La colline*.

— Je ne comprends pas. J'ai pourtant refusé toutes les propositions.

— Justement ! Tout le monde en parle, regarde les médias sociaux, Odd, c'est une ode unanime à ton intégrité. L'homme qui, dans une maison décrépite en France, écrit un livre sur rien, sans perspectives de ventes, et qui, au nom de l'écriture, refuse la richesse et la célébrité mondiale. Tu es l'écrivain le plus cool de la planète en ce moment précis, tu ne comprends pas ?

— Non », mentit Odd Rimmen.

Car, bien sûr, il n'avait pas été sans savoir que, si ses choix intransigeants et en apparence rigoristes depuis le soir du Charles Dickens Theatre n'allaient pas forcément donner lieu au phénomène actuel, cela restait néanmoins une possibilité.

« Laisse-moi y réfléchir.

— Ils enregistrent l'émission la semaine prochaine, mais ils ont besoin de la réponse dans la journée. J'ai réservé un billet d'avion pour New York.

— Tu auras de mes nouvelles.

— Bien. Au fait, tu as l'air heureux, Odd. »

Il y eut un silence au cours duquel Odd se demanda s'il n'avait pas, par mégarde, révélé ce qu'il ressentait. Le triomphe. Non, pas le triomphe, qui aurait impliqué que cette situation avait été un objectif conscient. Or il n'aspirait qu'à écrire vrai, sans se préoccuper de quoi ni de qui que ce soit, et encore moins de sa prétendue popularité.

Cependant. Il venait de lire, chez le neuro-endocrinologiste Robert Sapolsky, que le simple fait de marcher dans la rue de son ancien bar pouvait activer le système de récompense d'un alcoolique qui avait cessé de boire. Même si l'alcoolique en question n'avait pas l'intention de boire, l'anticipation acquise à l'époque où il buvait entraînait la libération de dopamine. Était-ce ce qui lui arrivait maintenant, était-ce la simple possibilité d'une attention planétaire dirigée sur sa personne qui hérissait les poils de sa nuque ? Il n'aurait su le dire avec certitude, mais ce fut peut-être son affolement, à l'idée de marcher dans ses anciennes traces, qui lui fit crisper la main autour du téléphone et répondre d'un non sec et dur.

« Non ? » répéta Sophie, la voix empreinte d'une légère perplexité. Et Odd comprit qu'elle pensait qu'il répondait à sa remarque sur son apparent bonheur.

« Non, je ne participerai pas à ce talk-show, précisa-t-il.

— Mais… ton livre… Odd, honnêtement, c'est une occasion fabuleuse d'annoncer au monde qu'il existe. Que la vraie littérature existe.

— Mais ce serait rompre mon vœu de silence. Je trahirais ceux qui louent mon intégrité, comme tu dis. Je redeviendrais un clown. (Il nota qu'il employait de nouveau le conditionnel.)

— D'abord, il n'y a personne à trahir, Odd, tu es seul à dépendre de ton silence. Et pour ce qui est du clown, c'est ta vanité qui parle, pas l'homme pour qui la littérature est une vocation. »

Le ton de son éditrice avait un tranchant qu'il ne lui connaissait pas. Comme si sa coupe était pleine, qu'elle avait débordé, même. Sophie n'était pas entièrement convaincue de sa sincérité. Avec son attitude anti-dickensienne, elle le trouvait devenu aussi Charles Dickens que

Dickens lui-même, si ce n'est plus. Était-ce le cas, ne faisait-il que jouer à l'artiste à cheval sur ses principes ? Moui, oui et non. Le lobe frontal de son cerveau, qui, d'après Sapolsky, s'occupait de ce qui est réfléchi, était sans doute sincère. Mais quid des noyaux accumbens, du système de récompense qui exige plaisir et satisfaction immédiate ? Si un ange et un diable étaient actuellement perchés sur ses épaules et lui chuchotaient à l'oreille, il ne savait pas dire avec certitude lequel des deux il écoutait, qui était son réel maître. Odd Rimmen pouvait seulement affirmer qu'il était sincère le soir où il avait quitté le théâtre. Mais, après, que s'était-il passé ? N'avait-il pas découvert que sa ferme résistance à toute exposition conduisait à l'effet inverse ? Il était dans la situation du prêtre qui, paradoxalement, avec son vœu de célibat, devient un sex-symbol et qui, en secret – et à son insu –, s'en délecte.

« Odd, déclara Sophie. Il faut que tu marches vers la lumière. Tu m'entends ? Marche vers la lumière ! Pas vers l'obscurité. »

Odd toussota. « J'ai un livre à écrire. Tu n'as qu'à leur dire ça, Sophie. Et, oui, tu as raison, je suis heureux. »

Il raccrocha, sentit une main chaude se poser sur sa nuque.

« Je suis tellement fière de toi, dit Esther, assise dans le transat à côté de lui.

— Ah oui ? » Odd se tourna pour l'embrasser.

« À une époque où les gens ne courent qu'après les clics et les likes ? Absolument ! »

Elle étira les bras en bâillant, souple comme une chatte.

« Tu préfères qu'on aille en ville ou qu'on reste se préparer un dîner ici ? »

Odd se demandait qui avait ébruité son refus d'adaptation cinématographique de *La colline.* Sophie ? Ou, indirectement, lui-même, puisqu'il avait tout de même évoqué la chose auprès de plusieurs personnes susceptibles de la répéter ?

Lorsqu'ils se couchèrent ce soir-là, il pensa à ce que Sophie avait dit, marcher vers la lumière. N'était-ce pas ce qu'on disait aux gens qui allaient mourir, qu'en arrivant de l'autre côté ils verraient une lumière brillante vers laquelle diriger leurs pas ? Comme des papillons de nuit vers la lanterne qui leur brûlera bientôt les ailes, songea Odd. Mais il se fit aussi une autre réflexion : Sophie avait-elle voulu dire qu'il était mourant en tant qu'écrivain ?

~

L'automne arriva, et avec lui l'écriture d'Odd Rimmen flétrit.

Il avait entendu d'autres écrivains parler de l'angoisse de la page blanche, mais lui-même n'y avait jamais vraiment cru. En tout cas ne l'avait jamais ressentie. N'était-il pas Odd Dreamin', la poule aux œufs d'or, qui pondait des histoires qu'il le veuille ou non ? Alors il partit du principe que c'était transitoire et en profita pour passer plus de temps avec Esther. Grandes promenades à pied, discussions littérature et cinéma, et une ou deux virées à Paris dans sa vieille Mercedes pour aller au Louvre.

Mais les semaines se succédaient et il n'arrivait toujours pas à écrire, sa tête était vide. C'est-à-dire qu'elle était pleine, mais de ces choses dont on ne fait pas de la bonne littérature. Du bon sexe, de la bonne cuisine, de la bonne boisson, de bonnes conversations, une vraie intimité. Le soupçon s'immisça : était-ce tout ce bonheur qui était en cause ? Lui avait-il fait perdre la désolation, le courage désespéré qui l'avaient poussé dans les recoins sombres dont il rendait compte ? Pire que l'euphorie du bonheur, il y avait la sécurité casanière. Le constat quotidien que rien ne pouvait être très grave tant qu'Esther et lui étaient ensemble.

Ils eurent leurs premières disputes. Le ménage, le rangement, des bagatelles, des questions dont il s'était toujours contrefiché. Assez pour qu'Esther boucle son sac et annonce qu'elle allait passer quelques jours chez ses parents, à Londres.

Odd songea que c'était bien, il allait voir si cela relançait Odd Dreamin'.

Le dimanche matin, il s'installa pour travailler à la table de jardin sous les pommiers morts, avant de réintégrer la salle à manger. Sans que ce ne soit d'aucun secours. Il eut beau essayer, il ne parvint à écrire que quelques phrases insignifiantes.

Il envisagea d'appeler Esther pour lui dire qu'il l'aimait, mais ne le fit pas. À la place, il se demanda s'il était prêt à troquer son bonheur et Esther contre le retour de sa capacité à écrire. La réponse ne le surprit sans doute pas, mais vint très vite et de façon retentissante. Oui, il ferait cet échange.

Il aimait Esther et, à cet instant précis, il détestait l'écriture, mais il pouvait vivre sans Esther. Sans l'écriture, en revanche, il s'étiolerait, mourrait, pourrirait.

La porte s'ouvrit.

Esther. Elle avait dû changer d'avis et prendre un train plus tôt.

Mais Odd entendit au bruit des pas que ce ne pouvait être elle.

Quelqu'un apparut dans l'encadrement de la porte. Longue silhouette, pardessus ouvert sur un costume. Des cheveux foncés, une mèche collée au front par la sueur. Le souffle court.

« Vous me l'avez enlevée », déclara Ryan, le timbre voilé, chevrotant.

Il fit un pas en avant, leva sa main droite. Qui tenait un pistolet, vit Odd.

« Et c'est pour ça que vous voulez me tuer ? » demanda Odd, légèrement surpris par son propre détachement, mais au fond il ne faisait qu'exprimer ce qu'il ressentait : il était plus curieux que réellement effrayé.

« Non. » Ryan fit pivoter le pistolet dans sa main pour le tendre à Odd. « Je voudrais que vous le fassiez vous-même. »

Toujours assis, Odd prit l'arme et l'observa. De longues rangées de chiffres – évoquant des numéros de téléphone – étaient gravées dans l'acier noir du canon. Et maintenant qu'il était en sécurité, il éprouvait un sentiment plus curieux encore. Une légère déception que la menace ait disparu aussi vite qu'elle était venue.

« Vous voulez dire comme ça ? demanda Odd en plaquant la bouche du canon contre sa tempe.

— Exactement. »

La voix de Ryan restait mal assurée et il avait le regard trouble Odd s'interrogeait sur la possibilité qu'il soit sous l'influence de substances chimiques.

« Vous savez que vous ne la récupérerez pas, même si je ne suis plus là ?

— Oui.

— Alors pourquoi m'éliminer ? Ce n'est pas logique.

— J'insiste pour que vous vous supprimiez, vous m'entendez ?

— Et si je refuse ?

— Dans ce cas, vous devrez me tuer », dit Ryan. Sa voix n'était plus simplement voilée, elle était étranglée.

Odd hocha lentement la tête tout en exposant son

raisonnement. « L'un de nous doit donc disparaître, dit-il. Cela signifie-t-il que vous ne pouvez pas vivre dans un monde où j'existe ?

— Tirez sur l'un de nous maintenant et qu'on en termine !

— Ou alors est-ce que vous souhaitez en fait que je vous tue pour qu'Esther, lorsqu'elle le découvrira, me quitte et rêve de vous, celui qu'elle ne peut plus avoir ?

— Bouclez-la et faites-le !

— Et si je persiste à refuser ?

— Alors je vous tuerai. »

Ryan glissa la main dans son pardessus et en tira un autre pistolet noir. Le vernis était bizarrement mat. Ryan serrait tellement la crosse qu'Odd entendit le plastique craquer. Ryan braqua le canon sur Odd, qui leva le pistolet qu'il avait dans la main et fit feu.

Tout alla vite. Très vite. Si vite que l'avocat d'Odd Rimmen eût pu (conditionnel) convaincre un jury que, dans sa réponse combat-fuite, seule la preste amygdale du cerveau avait eu le temps de réagir, le lobe frontal, celui qui dit « eh, attends un peu et réfléchis », n'ayant jamais pu être connecté.

Odd Rimmen se leva de sa chaise et rejoignit Ryan, baissa les yeux sur lui. Sur l'ancien amoureux d'Esther. Sur cet être naguère vivant. Sur le trou dans la partie droite de son front. Et sur le pistolet jouet à côté de lui.

Il se baissa pour le ramasser : il ne pesait presque rien et la crosse était fendue.

Odd allait pouvoir l'expliquer au jury. Mais serait-il cru ? Croirait-on que le mort lui avait donné son vrai pistolet pour ensuite le menacer avec un jouet inoffensif ? Peut-être. Peut-être pas. Le chagrin d'amour peut rendre fou, bien sûr, mais un employé de confiance des Affaires étrangères britanniques n'a pas un passé de comportements anormaux ou de problèmes psychologiques. Non, l'affirmation de la défense selon laquelle Ryan avait sciemment provoqué le meurtre dans une espèce de revanche sublime paraîtrait un peu tirée par les cheveux à monsieur et madame tout-le-monde du jury.

Mais une autre idée frappa Odd : s'il se rendait à la police, la nouvelle serait une sacrée bombe. Une histoire créatrice de mythes. Un écrivain tue son rival dans un drame amoureux. Cependant, cette pensée-là eut le temps de passer par le lobe frontal et, par conséquent, d'être rejetée, évidemment.

Il se dirigea vers la porte d'entrée, lança un coup d'œil dehors et vit une Peugeot inconnue de l'autre côté du portail. Les voisins les plus proches n'habitaient pas tout près, il était peu vraisemblable qu'ils aient entendu le coup de feu. Odd retourna auprès du corps, fouilla dans les poches du pardessus, trouva les clefs de voiture, un téléphone, un portefeuille, un passeport et une paire de lunettes de soleil.

Les heures suivantes furent consacrées à l'enterrement dans le jardin. La tombe à laquelle Ryan eut droit fut creusée juste au-dessous du pommier le plus haut, sous lequel Odd plaçait la table pour travailler ou pour dîner avec Esther. Il n'avait pas choisi l'endroit par penchant morbide mais parce qu'il était déjà piétiné, personne ne réagirait en voyant cette zone sans herbe. Et les rares chiens qu'il avait vus dans la propriété passaient plus à l'écart, ils n'osaient jamais approcher si près de la maison.

Une légère pluie s'était mise à tomber et ses vêtements étaient mouillés et sales lorsqu'il eut terminé. Il se doucha, les jeta dans le lave-linge, récura le sol de la salle à manger et attendit le soir.

Lorsqu'il fit suffisamment sombre, il enfila le pardessus de Ryan, chaussa ses lunettes de soleil, mit ses propres gants et un bonnet foncé qu'il trouva dans un tiroir d'Esther. Il fourra une veste imperméable légère dans la poche du pardessus et sortit.

Il conduisit six kilomètres dans une singulière allégresse. Le jour, en particulier le week-end, la falaise de Vellet était assez fréquentée, mais il y avait rarement du monde après la tombée de la nuit. Odd n'y avait jamais vu personne par temps de pluie. Il se gara sur le parking, remonta les cent mètres jusqu'au point de vue, s'arrêta tout au bord du précipice et regarda les brisants qui s'écrasaient dans des flots d'écume blanche. Il prit le téléphone, le lâcha au bas de la falaise et le vit disparaître sans bruit dans l'obscurité, il sortit ensuite sa veste de pluie, s'assura que les clefs de voiture, le passeport et le portefeuille étaient toujours dans l'autre poche avant de plier le pardessus et de le poser par terre, bien visible, avec une pierre dessus pour l'empêcher de s'envoler.

Puis il enfila sa veste imperméable et repartit. Alors qu'il marchait, ses pensées s'enchaînaient en une succession rapide. Avait-il su en son for intérieur que Ryan maniait un pistolet factice ? Si oui, pourquoi avoir fait feu malgré tout ? Son cerveau avait-il eu le temps de réfléchir aux choix possibles ? Et s'il n'avait *pas* tiré ? Quel aurait été le mouvement suivant de Ryan ? L'aurait-il agressé physiquement pour obliger Odd à l'abattre, mais sans le prétexte de la menace de mort ?

Lorsque Odd arriva à la maison, il était vingt-deux heures ; il se fit du café, s'installa devant son ordinateur et écrivit. Et écrivit encore. Il ne fut rappelé à ce monde qu'après minuit, lorsque la porte d'entrée s'ouvrit.

« Salut, dit Esther, qui resta sans bouger, sur la réserve.

— Salut. » Il rejoignit la femme qu'il aimait et l'embrassa.

« Salut, oui, dit-elle doucement en posant la main sur son entrejambe. Je t'ai donc manqué ? »

La police ne cacha pas qu'elle considérait la disparition de Ryan Bloomberg comme un suicide évident, parce que les circonstances et les traces relevées le suggéraient, mais aussi parce que ses amis proches et sa famille avaient témoigné que depuis qu'Esther l'avait quitté il n'était pas lui-même et avait exprimé des pensées suicidaires. L'hypothèse d'une mort auto-infligée était renforcée par l'acquisition récente d'un pistolet de la marque Heckler & Koch et la décision de disparaître non loin de l'endroit où Esther vivait avec son nouveau compagnon, Odd Rimmen.

Le dimanche en question, Esther était revenue tard de Londres, mais Odd Rimmen était là, lui, et il avait pu indiquer à la police qu'une Peugeot s'était garée devant la maison et qu'il lui avait semblé voir un homme assis à l'intérieur ; il était parti du principe qu'il attendait quelqu'un. La police avait confirmé que cela concordait avec le bornage du téléphone portable de Ryan Bloomberg. D'après les signaux que les stations de base avaient reçus, Ryan / son téléphone s'était déplacé vers l'ouest à partir de Paris très tôt le matin, il était resté à proximité de la maison de Rimmen pendant quelques heures et les derniers signaux avaient été captés au niveau de la falaise de Vellet.

Concernant la disparition, la police se cantonna donc à une recherche intense mais brève, et, au vu des forts courants marins de la zone, personne ne fut surpris que le corps ne soit pas retrouvé.

Après quelque hésitation, Esther décida de ne pas participer à la cérémonie de commémoration à Londres. De toute évidence, sa présence aurait pu offenser certains amis et parents de Ryan qui lui imputaient une responsabilité dans sa mort. Elle en fit part à la famille Bloomberg, expliquant qu'elle se rendrait plutôt sur la tombe de Ryan ultérieurement.

Odd Rimmen écrivait avec une fièvre renouvelée. Il aimait avec une fièvre renouvelée.

« Fêtons ce jour divin en buvant un verre », pouvait-il dire quand, une fois de plus, le soleil déclinait dans une incandescence rouge, orange et violette. Odd cherchait une bouteille poussiéreuse de vin de pomme à la cave, et se dirigeait parfois vers le recoin le plus sombre. Il ouvrait la porte du poêle à bois mis au rebut et y glissait sa main pour sentir l'acier froid du Heckler & Koch et caresser les chiffres sur le canon.

« Je suis enceinte », annonça Esther.

Debout à la fenêtre de la cuisine, une pomme à la main, elle contemplait le golfe de Gascogne, où un ciel anthracite théâtral et des vagues coiffées de blanc présageaient une nouvelle tempête d'hiver.

Odd reposa son stylo. Il écrivait depuis le matin ; la date de remise était dépassée depuis plusieurs semaines, mais l'essentiel était qu'il ait recommencé à écrire. Et il écrivait bien. Foutrement bien, même.

« Tu es sûre ?

— Relativement, oui. » Elle posa la main sur son ventre comme si elle le sentait déjà pousser. « Tout à fait.

— Mais, c'est… »

Il chercha le mot. Et, d'un seul coup, ce fut comme si l'angoisse de la page blanche était revenue. Il savait qu'il n'existait qu'un seul mot juste. Toute situation était un boulon : un seul écrou lui convenait et il fallait fouiller suffisamment dans le tiroir pour le trouver. Ces dernières semaines, les mots avaient afflué, s'étaient présentés sans qu'il ait besoin de les chercher, mais là, c'était le rideau noir. Le mot juste était-il *fantastique* ? Non, tomber enceinte était banal, c'était quelque chose à quoi parvenaient la plupart des personnes en bonne santé. *Chouette* ? Ça passerait pour une litote voulue, ironique, et donc un double mensonge. Au cours de leurs neuf mois de vie commune, il lui avait expliqué que son travail était tout, que rien ne pouvait y faire obstacle, même pas elle, la femme qu'il aimait plus fort que tout (plus exactement : plus fort que toute autre femme). *Catastrophique* ? Non. Il savait qu'elle voulait un enfant, il avait toujours été, sinon exprimé, au moins sous-entendu qu'ils ne passeraient pas le restant de leurs jours ensemble, qu'à un moment donné elle devrait trouver quelqu'un qui voulait être le père de son / ses enfant(s), mais voilà qu'elle y était parvenue sans, et c'était une femme indépendante qui s'en sortirait très bien comme mère célibataire. *Inopportun*, peut-être, mais pas *catastrophique*.

« Mais c'est… », répéta-t-il.

La soupçonnait-il de l'avoir fait exprès, d'avoir oublié de prendre sa pilule pour le mettre à l'épreuve ? Si oui, cela fonctionnait-il ? Et comment. Odd Rimmen sentit à sa propre stupéfaction qu'il était, peut-être pas *content*, mais enjoué. Un enfant.

« C'est quoi ? » finit-elle par demander.

Manifestement, il avait là aussi dépassé la date de remise. Il se leva, la rejoignit à la fenêtre et l'enlaça en regardant le jardin. Le grand pommier qui, après un interlude de douze ans, s'était remis à fructifier. Lorsqu'ils avaient descendu la récolte de grosses pommes rouges à la cave, Esther s'était étonnée. À quoi cela pouvait-il bien tenir ? Il avait répondu que les racines avaient dû trouver une terre plus riche. Il sentit qu'elle souhaitait davantage d'explications, et honnêtement il ne savait pas ce qu'il aurait dit si elle en avait demandé. Mais elle n'en demanda pas.

« *Miracle*, répondit Odd Rimmen. Enceinte. Enfant. C'est un miracle. »

La nouvelle qu'il avait décliné une invitation du plus grand talk-show du monde avait circulé pendant quelque temps mais, pour autant qu'Odd puisse en juger, elle n'avait pas produit le même effet que l'article dans le magazine et le veto sur l'adaptation cinématographique. L'affaire d'Odd Rimmen Le Reclus était déjà racontée et digérée, semble-t-il, cela n'était qu'une redite.

Si Odd était en mesure d'avoir une opinion sur le sujet, c'est parce qu'il s'était remis à suivre l'actualité et les médias sociaux. Il se racontait que, en tant que futur père, il devait sortir de l'isolement qu'il s'était imposé, se reconnecter avec le monde, comme il l'avait dit à Esther.

Il la suivit à Londres, où on lui avait demandé, et elle avait accepté, de participer à un projet de recensement et d'interview des voix féminines les plus importantes de la littérature, du cinéma et de la musique. Ils vivaient dans un appartement exigu et Odd regrettait la France.

Tous les jours, une fois Esther partie travailler, il s'installait devant son ordinateur portable et lisait ce qu'on écrivait à son sujet sur Internet. Au début, il fut choqué par l'ampleur de l'intérêt qui lui était porté, ou plutôt par le temps dont les gens devaient disposer. Ils ne se contentaient pas d'analyser ses écrits de fond en comble, ils écrivaient aussi des billets sur les endroits où il avait été vu et avec qui (de la pure invention dans quatre-vingt-dix pour cent des cas, constata Odd), sur les enfants secrets qu'il avait eus avec des mères secrètes, sur les drogues qu'il consommait, sur son identité sexuelle et sur les personnes réelles qui se cachaient derrière ses personnages. La lecture était réjouissante, il devait l'admettre. Oui, même les commentaires insultants et ceux qui le taxaient d'arrogance, le traitaient de soi-disant artiste pas en contact avec les réalités de ce monde, faisaient qu'il se sentait… quel était le mot ? Vivant ? Non. Pertinent ?

Peut-être. Vu ? Oui, c'était sans doute ça. C'était banal et presque déprimant d'être si simple, de tant aspirer à ce qu'il méprisait chez les autres ; le cri insistant et agaçant de l'enfant : « Regarde-moi, regarde-moi ! » quand il n'y avait rien d'autre à voir qu'un profond égocentrisme.

Mais ces réflexions et (devrions-nous dire ?) cette prise de recul ne l'empêchaient pas de poursuivre ses recherches, évidemment. Il se racontait que lors du lancement de son nouveau livre il importerait de savoir où il se situait dans l'espace public. Car il ne s'agissait pas simplement du meilleur roman qu'il ait écrit jusqu'à présent, ce qu'il savait depuis longtemps, mais, il l'avait compris récemment, de son chef-d'œuvre. Le roman signé de sa plume qui pourrait rester pour la postérité comme une œuvre de valeur durable. Le problème bien sûr étant que, parce que c'était un chef-d'œuvre, justement, il était exigeant. Odd Rimmen avait eu du mal et le lecteur aurait du mal. Il n'était ni aveugle ni sourd au fait que la grande littérature pouvait être épuisante, il avait lui-même été à deux doigts de rendre les armes à la fois pour l'*Ulysse* de James Joyce et pour *L'infinie comédie* de David Foster Wallace. Mais maintenant que ce dernier livre était devenu son préféré, il savait qu'il fallait faire pareil : se diriger vers son but sans céder d'un pouce. Cependant, pour pouvoir devenir un chef-d'œuvre, un chef-d'œuvre devait aussi être présenté dans le juste contexte. Dieu seul sait combien de chefs-d'œuvre l'humanité a manqués, combien ont sombré dans l'oubli, enfin, non, ils n'ont même pas été oubliés, ils n'ont jamais été découverts, ils ont disparu dans l'avalanche des centaines ou des milliers de livres qui sont publiés chaque jour dans le monde. Alors, pour avoir une idée plus précise de son propre contexte, Odd Rimmen s'était lancé dans l'examen chronologique des médias sociaux depuis plusieurs années. Il nota une certaine tendance à la baisse des tweets, références à son nom et articles de presse le concernant, cette dernière année, et ceux qui écrivaient aujourd'hui étaient essentiellement des vieux de la vieille.

À quatre mois de la publication du livre (cinq du terme), Odd était à un rendez-vous dans sa maison d'édition de Vauxhall Bridge Road et discutait du lancement avec Sophie et sa très jeune collègue (Jane Machin-Truc, Odd avait oublié son nom de famille).

« La mauvaise nouvelle c'est que c'est un livre difficile à promouvoir », déclara Jane, comme si c'était un fait de toute notoriété. Elle rajusta ses lunettes surdimensionnées, probablement du dernier cri, et afficha un grand sourire très gingival.

« Comment cela ? demanda Odd en espérant que son ton ne trahissait pas son exaspération.

— Pour commencer, il est presque impossible de résumer le propos en deux ou trois phrases. Ensuite, il est difficile d'identifier un lectorat cible au-delà de vos anciens lecteurs et des gens très portés sur la littérature. Qui se confondent, d'ailleurs. Et... » Elle échangea un regard avec Sophie. « C'est un groupe relativement restreint et fermé. »

Elle respira et Odd Rimmen comprit qu'il y avait un troisième point.

« Troisièmement, c'est un roman très sombre et vide.

— Vide ? laissa échapper Odd Rimmen, qui convenait de l'aspect sombre.

— Dystopique, suppléa Sophie.

— Et presque sans humains, renchérit Jane. En tout cas, sans humains avec qui le lecteur puisse s'identifier. »

Odd Rimmen comprit que ces deux-là s'étaient mises d'accord au préalable. Il appréciait en tout cas qu'elles ne se soient pas plaintes que son nouvel opus (*Rien*) soit exempt des scènes érotiques qui étaient devenues sa marque de fabrique. Il haussa les épaules. « C'est comme ça. *Take it or leave it.*

— D'accord, mais maintenant, on est ici pour se concentrer sur comment on va leur faire *take it* », rappela Sophie.

Odd percevait le tranchant de sa voix à présent.

« La bonne nouvelle, reprit Jane, c'est que nous vous avons, vous. Vous, vous êtes intéressant pour les médias. La question est de savoir si vous voudrez aider votre livre en répondant présent.

— Sophie ne vous l'a pas encore expliqué ? demanda

Odd Rimmen. C'est en répondant *absent* que j'aide le livre. Quoi qu'on en pense, c'est devenu mon image. » Il cracha ce mot avec tout le mépris qu'il pouvait mobiliser. « Le département marketing ne voudrait pas perdre l'argument de vente de son écrivain en détruisant ça, si ?

— Le silence peut faire son effet, dit Jane, mais seulement pendant un temps, après, ça devient lassant et contreproductif. Dites-vous que le silence a semé et que nous devons maintenant récolter. Tous les journaux et magazines font la queue pour avoir la première interview exclusive de l'homme qui cessa de parler. »

Odd Rimmen réfléchit à ces paroles. Il y avait là quelque chose qui semblait un peu étrange, contradictoire.

« Si je dois me prostituer, pourquoi l'exclusivité ? Pourquoi pas le gang bang, la couverture totale ?

— Les titres seraient moins gros », répondit Sophie doucement. Elle et Jane Machin-Chose avaient indéniablement parlé ensemble.

« Et pourquoi pas un talk-show ? »

Jane poussa un soupir. « Tout le monde en veut et c'est très, très difficile d'être invité à moins d'être une star de cinéma, un grand sportif ou une célébrité de la télé-réalité.

— Mais Stephen Colbert... » Cette fois, c'était sa faiblesse qu'il espérait imperceptible.

« Tu parles d'une autre époque, là, souligna Sophie.

Les portes s'ouvrent et puis elles se referment, le monde est ainsi fait. »

Il se redressa sur son siège, leva le menton, dirigea son regard sur Sophie. « Je suppose que tu comprends que je pose la question par curiosité, pas parce qu'il est d'actualité pour moi de recommencer à jouer le jeu médiatique. Le livre n'aura qu'à parler de lui-même.

— Vous ne pouvez pas avoir le beurre et l'argent du beurre, précisa Jane. Vous ne pouvez pas *à la fois* être une icône à Hipsterville et être lu par les masses. Nous avons besoin de savoir ce qui est le plus important pour vous avant de fixer notre budget marketing pour ce livre. »

Il tourna lentement la tête vers elle, comme à contrecœur.

« Et encore une chose, ajouta Jane Machin-Chouette. *Rien* est un mauvais titre. Personne n'achète un livre sur rien. Il est encore temps d'en changer. Le service marketing a suggéré *Solitude.* Toujours sombre, mais au moins le lecteur peut s'identifier. »

Odd Rimmen regarda de nouveau Sophie. Son visage semblait exprimer qu'elle compatissait, souffrait avec lui, mais que Jane avait raison.

« Le livre conservera son titre », affirma-t-il en se levant. Sa rage contenue faisait chevroter sa voix, ce qui le rendit plus furieux encore et il décida de hurler pour éliminer tout tremblement. « Et ce titre dit combien j'ai l'intention de participer à ce putain de cirque médiatique commercial. Qu'ils aillent se faire foutre ! Et merde à… »

Sans finir sa phrase, il quitta la salle de réunion au pas de charge, dévala l'escalier, puisque attendre un ascenseur qui ne venait pas aurait gâché sa sortie, et traversa la réception vers Vauxhall Bridge Road, où, bien sûr, il pleuvait. Putain de maison d'édition de merde, putain de ville de merde, putain de vie de merde.

Il traversa la rue au vert.

Vie de merde ?

Il allait publier le meilleur livre qu'il ait jamais écrit, il allait devenir père, il avait une femme qui l'aimait (ça ne se manifestait peut-être pas aussi distinctement que pendant leurs premiers temps ensemble, mais chacun sait les étranges répercussions que peuvent avoir les bouleversements hormonaux sur l'humeur et le désir d'une femme enceinte) et il avait le meilleur travail qu'on puisse avoir : exprimer quelque chose qu'il trouvait important et être écouté, vu – lu, putain !

C'est-à-dire que c'était là précisément ce qu'on cherchait à lui enlever. La seule chose qu'il avait dans cette vie. Car c'était la seule. Il pouvait prétendre que le reste comptait, Esther, l'enfant, leur vie, et cela ne signifiait pas rien, bien sûr, mais ce n'était pas suffisant. Non, en l'occurrence, ce n'était pas suffisant. Il lui fallait tout ! Le beurre, l'argent du beurre, la crémière. Quitte à faire une overdose, autant achever cette vie de merde, et tout de suite !

Il pila net, resta immobile jusqu'à ce que le feu repasse au rouge et que les voitures de part et d'autre fassent rugir leurs moteurs, comme des prédateurs prêts à l'attaque.

Et il songea que cela pouvait s'arrêter ici, comme ça. Ce ne serait pas une mauvaise fin de la narration. De grands écrivains avaient choisi cette fin. David Foster Wallace, Édouard Levé, Ernest Hemingway. Virginia Woolf, Richard Brautigan, Sylvia Plath. La liste continuait, elle était longue. Et forte. La mort vend ; à la mort de son confrère écrivain Truman Capote, Gore Vidal avait parlé de sage décision sur le plan professionnel, mais le suicide était plus vendeur encore. Qui aurait continué de streamer la musique de Nick Drake et Kurt Cobain s'ils ne s'étaient pas supprimés ? Et n'y avait-il pas déjà pensé, peut-être ? Cela ne lui avait-il pas traversé l'esprit quand Ryan Bloomberg lui avait demandé ou de se tuer ou de le tuer lui ? Si le livre avait été fini…

Odd Rimmen descendit sur la chaussée.

Il eut le temps d'entendre une brève exclamation de la personne qui s'était tenue à côté de lui sur le trottoir, avant qu'elle soit assourdie par le rugissement des moteurs. Il vit le mur de voitures avancer vers lui. Oui, se dit-il, mais pas ici, pas comme ça, pas dans ce qui pourrait être réduit à un banal accident de la circulation.

Son amygdale opta pour la fuite et il atteignit le trottoir

opposé juste avant la ruée automobile. Il ne s'arrêta pas, continua de courir, se faufilant entre les gens ou les poussant sur ce trottoir londonien bondé, dans un flot d'invectives en anglais auxquelles il répondait en laissant un sillage d'insultes en français, qui étaient d'ailleurs de meilleure facture. Il traversa des rues, franchit des ponts, parcourut des places, gravit des marches. Lorsque, au bout d'une heure de course, il ouvrit la porte du petit appartement humide, ses vêtements, même sa veste, étaient trempés de sueur.

Il s'assit à la table de la cuisine avec un stylo et un papier et écrivit une lettre d'adieu.

Cela ne lui prit que quelques minutes, il s'était tenu ce discours si souvent qu'il n'avait pas besoin de temps pour réfléchir, pour peaufiner son texte. De plus, on aurait dit que, d'un seul coup, l'étincelle était revenue. L'étincelle qu'il avait perdue quand Esther était entrée dans sa vie, qu'il avait retrouvée en tuant Ryan et partiellement reperdue quand Esther était tombée enceinte. Et il songea en posant la lettre d'adieu sur le plan de travail que c'était sans doute le seul texte parfait qu'il eût jamais écrit.

Odd Rimmen boucla un petit sac et prit un taxi pour la gare de Saint-Pancras, d'où il y avait un départ pour Paris toutes les heures.

La maison l'attendait, sombre et muette.

Il ouvrit la porte.

Il régnait un silence d'église.

Il monta à l'étage, se déshabilla, se doucha. Puis, pensant à Ryan mort sur le sol du salon, il passa aux toilettes. Il ne voulait pas être retrouvé le pantalon plein d'urine et d'excréments. Ensuite, il revêtit son plus beau costume, celui qu'il avait porté le soir du Charles Dickens Theatre.

Il descendit à la cave. Ça sentait les pommes et il resta au milieu de la pièce pendant que le néon du plafond clignotait, comme s'il n'arrivait pas à se décider.

Lorsque la lumière se stabilisa, il se dirigea vers le poêle à bois, en tira le pistolet.

Il avait vu ça en film, il l'avait lu dans les livres, il avait lui-même déclamé les pensées de Hamlet sur le suicide (*To be or not to be*) lors d'une représentation particulièrement peu réussie au lycée. L'hésitation, le doute, le monologue intérieur qui sont censés vous tirailler. Mais Odd Rimmen ne ressentait plus de doute. D'une manière ou d'une autre, tous les chemins avaient mené ici, c'était la seule décision juste. Si juste qu'elle n'était même pas triste, au contraire, c'était le dernier triomphe du narrateur. *Put your gun where your pen is.* Aux autres soi-disant auteurs d'aller se mentir à eux-mêmes et de mystifier tous les spectateurs, sur une scène baignée d'amour acheté à moindre coût.

Odd Rimmen ôta la sécurité du pistolet et le plaça contre sa tempe.

Il imaginait déjà les titres.

Et ensuite, sa place dans les livres d'histoire.

Non, la place de *Rien*, de son roman.

Voilà.

Il ferma les yeux et posa son doigt contre la détente.

« Odd Rimmen ! »

La voix d'Esther.

Il ne l'avait pas entendue arriver, mais elle criait maintenant son nom un peu plus loin, peut-être dans le salon. Avec cet emploi singulier de son nom complet, comme si elle désirait que sa personne entière se montre.

Odd appuya. La détonation crépita, rugit, comme un feu explosif, comme si ses sens étiraient le temps et qu'il entendait au ralenti la poudre s'enflammer et brûler et le bruit s'élever dans un crescendo d'applaudissements.

Odd Rimmen ouvrit les yeux. Il crut en tout cas ouvrir les yeux. Quoi qu'il en soit, il la vit. La lumière.

Marche vers la lumière. Les paroles de Sophie. L'éditrice qu'il avait écoutée et à qui il avait fait confiance pendant toute sa vie d'écrivain.

Alors il marcha vers la lumière, fut ébloui. Il ne vit aucune obscurité derrière, entendit seulement le crépitement des applaudissements s'accentuer.

Il s'inclina légèrement et prit place dans le fauteuil à côté d'Esther Abbot, l'énergique journaliste au physique brut, presque masculin, dont il avait néanmoins remarqué la douceur du regard, dans sa loge, quelques minutes auparavant.

« Allons droit au but, monsieur Rimmen, dit-elle. J'ai entre les mains *La colline*, dont nous allons parler. Mais d'abord : pensez-vous que vous récrirez un aussi bon livre un jour ? »

Odd Rimmen regarda la salle en plissant les yeux. Il entrevoyait certains visages dans les premiers rangs, qui le fixaient, certains en souriant à demi, comme s'ils pressentaient déjà des paroles drôles ou géniales. Il savait que, quoi qu'il dise, ce serait interprété de la meilleure façon possible. C'était comme jouer d'un instrument qui jouait à moitié tout seul, il suffisait d'effleurer les touches, d'ouvrir la bouche.

« C'est vous qui décidez ce qui est bon et ce qui ne l'est pas. Tout ce que je peux faire, moi, c'est imaginer. »

Il y eut un murmure dans la salle. Comme s'ils se concentraient pour pénétrer la *réelle* profondeur de ces mots simples. Seigneur.

« Et c'est ce que vous faites, d'ailleurs, vous êtes Odd Dreamin', dit Esther Abbot en feuilletant ses papiers. Vous imaginez tout le temps ? »

Odd Rimmen hocha la tête. « Tout le temps, absolument. Chaque minute de liberté. Je le faisais pas plus tard qu'avant d'entrer en scène.

— Ah bon ? Et là, vous imaginez ? »

Les rires de la salle se transformèrent en silence plein

d'attente quand Odd Rimmen se retourna pour regarder le public. Il sourit un peu, attendit. Ces secondes tremblées, aspirées, inspirées…

« J'espère que non. »

Les rires éclatèrent. Odd Rimmen s'efforça de ne pas sourire trop largement mais, c'est clair, ce n'est pas évident de se retenir quand on se fait injecter de l'amour inconditionnel droit dans le cœur.

LA BOUCLE D'OREILLE

« Aïe ! »

J'ai jeté un coup d'œil dans le rétro. « Un problème ?

— Ceci, a répondu la grosse dame sur la banquette arrière en levant quelque chose entre son pouce et son index.

— Qu'est-ce que c'est ? »

J'ai ramené mon regard sur la route.

« Vous ne voyez pas ? Une boucle d'oreille. Je me suis assise dessus.

— Je suis désolé, ça doit être une passagère qui l'a perdue.

— J'entends bien, mais comment ?

— Quoi ?

— Une boucle d'oreille, ça ne tombe pas comme ça alors qu'on est simplement assis.

— Je sais pas. » J'ai ralenti alors qu'on se dirigeait vers notre seul feu, qui était rouge. « Vous êtes ma première cliente aujourd'hui, je viens de prendre le véhicule. »

On est restés sans rien dire, j'ai regardé de nouveau dans le rétro. La dame examinait la boucle d'oreille. Elle avait dû la faire jaillir d'entre les sièges en enfonçant son gros cul dans les deux assises à la fois.

J'ai regardé la boucle d'oreille. Une idée m'a traversé. J'ai essayé de la chasser aussi sec, parce que des boucles comme ça, il en existait sûrement mille variantes.

La dame a croisé mon regard dans le rétro.

« C'est une vraie. Il va falloir essayer de trouver la personne à qui elle appartient. »

Elle m'a tendu la boucle d'oreille.

Je l'ai levée dans la lumière grise. La tige était en or. Merde. Je l'ai retournée et, en effet, ni marque ni nom de bijoutier gravés dessus. Alors je me suis dit qu'il ne fallait pas tirer de conclusions hâtives, les boucles d'oreilles se ressemblent toutes.

« C'est vert », m'a signalé la dame.

Palle, le propriétaire du taxi, ayant fait le service de nuit, j'ai attendu dix heures du matin pour l'appeler depuis la station à côté de la Baraque à hot-dogs des Marches. Il y a vingt ans, Palle nous est arrivé d'un club de deuxième division du Grenland pour faire remonter notre équipe de foot, qui était en troisième division. S'il n'y est pas parvenu, il a au moins réussi, d'après ses propres dires, à passer sur tout ce qu'il y avait en matière de femmes prenables entre dix-huit et trente ans.

« Je crois qu'on peut affirmer sans se tromper que j'étais le plus grand tireur de l'équipe », disait-il à l'époque au bistrot, en caressant sa belle moustache blonde entre son pouce et son index. Possible, j'étais tout gosse quand il jouait et je sais seulement qu'il s'est marié avec une des clairement prenables. C'était la fille du président de l'association des propriétaires de taxis et, quand Palle a mis un terme à sa carrière de footballeur, il a obtenu sa plaque sans avoir à se farcir l'attente habituelle. Moi, j'étais taxi locataire pour Palle depuis cinq ans et je n'avais toujours pas vu l'ombre du précieux sésame.

« Un problème ? »

Palle avait le ton menaçant qu'il prenait quand je l'appelais pendant mon temps de conduite. Il pétait de trouille à l'idée d'un accident ou d'un problème mécanique, dont je savais qu'il me rendrait plus ou moins responsable, même si on m'était rentré dedans ou que c'était un défaut de la Mercedes en bout de course qu'il n'entretenait pas régulièrement parce qu'il était trop radin.

« Est-ce que quelqu'un a appelé au sujet d'une boucle d'oreille ?

— Une boucle d'oreille ?

— Sur la banquette arrière, coincée entre les sièges.

— D'accord, eh ben je te dirai si j'en entends parler.

— Je me demandais…

— Oui ? » Palle avait une voix impatiente, comme si je l'avais réveillé.

En règle générale, le service de nuit se terminait à deux heures du matin, soit une ou deux heures après la fermeture des pubs de la ville. Ensuite, il n'y avait qu'un seul taxi jusqu'au matin, le service était en rotation entre les voitures.

« Wenche a pris notre taxi hier soir ? »

Je savais que Palle n'aimait pas que je parle de notre taxi alors que c'était le sien, mais j'avais parfois des absences.

« C'est sa boucle d'oreille ? »

Je l'ai entendu bâiller.

« C'est ce que je me demande. Ça y ressemble.

— Alors pourquoi tu ne l'appelles pas, elle, au lieu de me réveiller ?

— Ben…

— Ben ?

— Une boucle d'oreille, ça tombe pas comme ça quand on est juste assis.

— Ah bon ?

— Il paraît. Elle est montée dans la voiture hier ?

— Laisse-moi réfléchir. » J'ai entendu le déclic du briquet de Palle au bout du fil avant qu'il poursuive. « Pas dans la mienne, mais il me semble l'avoir vue dans la queue des taxis devant le Chute libre vers une heure du matin. Je peux me renseigner.

— Je cherche pas à savoir quel taxi Wenche a pris, mais à qui appartient la boucle d'oreille.

— Eh ben, je peux pas t'aider, dis donc.

— Mais c'est toi qui conduisais.

— Et alors ? Si la boucle d'oreille était entre les sièges, ça faisait peut-être des jours qu'elle s'y trouvait. Et je connais pas le nom de chaque putain de client que je charge. Si cette boucle d'oreille vaut quelque chose, la personne concernée téléphonera. Tu as remis du liquide de frein ? J'ai failli partir droit dans la mer en démarrant hier.

— Je le ferai quand ce sera plus calme. »

C'était typique de Palle le Pingre de m'envoyer au garage au lieu d'y aller lui-même. Comme taxi locataire, je n'avais pas de salaire horaire, je touchais seulement quarante pour cent du fric que je ramenais.

« N'oublie pas la course à l'hôpital à quatorze heures, a-t-il dit.

— T'inquiète. »

J'ai raccroché, examiné encore la boucle d'oreille. J'espérais tellement me planter.

La portière arrière s'est ouverte et j'ai senti l'odeur avant d'entendre la voix. On pourrait croire que les taxis s'habituent à l'odeur âpre et écœurante du client qui vient de toucher son chômage, d'acheter ses bouteilles, et qui rejoint pour une fête matinale un groupe de soûlards qui ne travaillent pas. Mais non. À chaque année qui passe, les relents de vieille beuverie auxquels se superpose l'haleine fraîchement alcoolisée me paraissent pires. Maintenant, cette odeur me tord carrément les boyaux. Il y a eu des tintements dans le sac du Vinmonopol. Un timbre voilé et rauque a ordonné : « Nergardveien 12. Et que ça saute. »

J'ai tourné la clef dans le contact. Ça faisait plus d'une semaine que le voyant du liquide de frein s'allumait et, effectivement, il fallait appuyer un peu plus fort sur la pédale, mais Palle exagérait quand il prétendait qu'il avait failli partir à l'eau, même si la courte pente qui descendait de son garage au quai était raide et dangereuse en hiver. Et, oui, quand j'en avais ras le bol que Palle me file tous les services de jour le week-end et toutes les nuits en semaine, tandis que lui se gardait les services où on pouvait se faire un peu de fric, il m'était arrivé – en garant le taxi devant son garage une nuit d'hiver avant de repartir dans ma voiture – de prier intérieurement pour qu'il glisse sur le verglas et que j'avance d'une place dans la file d'attente des licences de taxi.

« Ce serait mieux de ne pas fumer dans le véhicule.

— Oh, la ferme ! a aboyé le client sur la banquette arrière. Qui est-ce qui paie, hein ? »

C'est moi, me suis-je dit. C'est moi qui travaille pour quarante pour cent de mes courses moins quarante pour cent d'impôts, qui servent à payer pour que tu puisses te tuer à force de picoler, et la seule chose que je puisse espérer, c'est que ça arrive aussi vite que possible.

« Qu'est-ce que vous dites ?

— Ne fumez pas. » J'ai montré l'écriteau d'interdiction de fumer sur le tableau de bord. « C'est cinq cents couronnes d'amende.

— Relax, mon garçon. » La fumée s'insinuait entre les sièges. « J'ai du liquide. »

J'ai baissé les vitres à l'avant et à l'arrière du véhicule en me disant que ces cinq cents balles ne passaient pas par le compteur et pourraient aller droit dans ma doublure, sans prélèvement, parce que Palle clopait tellement qu'il ne sentirait sûrement pas l'odeur. En même temps, je savais que j'allais être un bon garçon et les déclarer et que je ne verrais pas la couleur du moindre øre. Parce que Palle prétendait que c'était lui qui nettoyait l'intérieur de la voiture, ce que nous savions tous deux être de la pure invention. Le nettoyage n'était fait que quand c'était tellement répugnant là-dedans que je n'en pouvais plus et que je m'en occupais moi-même.

Quand je me suis arrêté à l'adresse de Nergardveien, le compteur indiquait cent quatre-vingt-quinze.

Le poivrot m'a tendu un billet de deux cents. « Gardez la monnaie, m'a-t-il dit en sortant.

— Eh ! ai-je crié. C'est six cent quatre-vingt-quinze.

— C'est écrit cent quatre-vingt-quinze.

— Vous avez fumé dans mon taxi.

— Ah bon ? Je m'en souviens pas. Je me souviens juste d'un putain de courant d'air.

— Vous avez fumé.

— Prouvez-le. »

Il a claqué la portière derrière lui et il est parti vers l'entrée de l'immeuble, avec un rire moqueur accompagné du tintement des bouteilles.

J'ai regardé l'heure. Il me restait six heures de cette journée de travail déjà merdique. Ensuite, j'allais dîner chez mes beaux-parents. Je ne sais pas ce que je redoutais le plus. J'ai sorti la boucle d'oreille de ma poche, je l'ai regardée encore. Une perle grise avec une simple tige qui dépassait, donc. Comme un ballon au bout d'un fil. Ça m'a fait penser à ce 17 mai où j'étais trop petit pour défiler, mais où on avait regardé passer le cortège de la fête nationale, avec mon grand-père, qui m'avait acheté un ballon. J'avais dû avoir une seconde de distraction et lâcher la ficelle, parce que, d'un seul coup, le ballon s'était envolé. J'avais chialé, bien sûr. Mon grand-père m'avait laissé pleurer jusqu'à ce que je n'aie plus de larmes et puis il m'avait expliqué pourquoi il n'allait pas m'en acheter un autre. « C'est pour t'apprendre que, quand tu as la chance d'obtenir quelque chose que tu désires, quand tu as une chance dans la vie, il faut la saisir, parce que tu n'en auras pas d'autres. »

Il n'avait peut-être pas tort. Quand je suis sorti avec Wenche, clairement, j'ai eu le sentiment d'avoir eu un ballon que je convoitais. Je n'en avais pas les moyens, mais je l'avais eu quand même. Une chance dans la vie. Et c'est pourquoi je le tenais serré. Je ne lâchais pas une seconde. Je le tenais peut-être un peu trop serré. De temps en temps, je sentais la ficelle tirailler. Cette paire de boucles d'oreilles était un cadeau de Noël un peu trop cher, surtout comparé au caleçon Björn Borg qu'elle m'avait offert. Mais est-ce que c'était une de ces perles ? Ça y ressemblait, pour autant que je puisse voir, elle était même carrément identique, mais ni cette perle ni celles que j'avais achetées n'avaient de caractéristiques flagrantes. Je dormais déjà quand Wenche était rentrée cette nuit, une virée au bar plus longue que prévu, avec deux copines, des jeunes mamans qui avaient enfin une soirée sans enfants.

J'avais saisi l'occasion pour souligner que ça montrait qu'on pouvait avoir une vie même avec des gosses, mais Wenche avait gémi en me demandant d'arrêter de la soûler, elle n'était pas prête. Elle n'avait pas précisé si c'était prête pour moi ou prête pour les enfants, mais c'était là, dans l'air. Wenche avait besoin d'espace pour respirer, plus que la plupart des gens, comprenais-je. Oui, je comprenais. Et je souhaitais lui donner cet espace, mais je n'y arrivais pas. Je n'arrivais pas à me retenir d'agripper le ballon de toutes mes forces.

Une boucle d'oreille, ça ne tombe pas comme ça alors qu'on est juste assis là.

Si elle avait roulé des pelles à un gars sur la banquette arrière pendant que Palle conduisait, elle devait être passablement bourrée et avoir bien disjoncté, elle sait tout de même que c'est mon employeur. Mais bon, quand elle est bourrée, elle disjoncte, oui. Comme la première fois qu'on avait baisé. On était tous les deux raides, il était deux heures du matin, et elle avait insisté pour que ça se passe sur le terrain de foot, contre une cage. J'ai appris seulement plus tard qu'elle était sortie avec le gardien de but et qu'il venait de la larguer.

J'ai tapé son nom, ai regardé fixement mon téléphone pendant un certain temps, et puis je l'ai laissé tomber sur la console entre les sièges. J'ai monté le volume de la radio.

Je me suis garé devant le garage de Palle à dix-sept heures. À dix-sept heures trente, j'étais douché et changé et j'attendais dans l'entrée que Wenche ait fini de se maquiller tout en parlant au téléphone.

« Oui, c'est bon ! a-t-elle dit d'un ton énervé quand elle m'a vu en sortant de la salle de bains. Ça ne fera que me ralentir si tu me stresses. »

Je n'avais pas prononcé un mot et je savais qu'il fallait continuer de ne rien dire. Tenir le silence et tenir la ficelle du ballon.

« T'es obligé de rester comme ça ? a-t-elle geint alors qu'elle s'escrimait à enfiler ses grandes bottes noires.

— Comme ça comment ?

— Les bras croisés. »

Je les ai laissés retomber.

« Et arrête de regarder l'heure, a-t-elle dit.

— Je regarde pas l'h…

— Et ben, n'y pense pas non plus ! J'ai prévenu qu'on arriverait quand on arriverait. Bon sang, ce que tu me tapes sur les nerfs. »

Je suis sorti m'asseoir dans la voiture. Elle m'a rejoint, a vérifié son rouge à lèvres dans le rétroviseur. On a roulé un certain temps en silence.

« Avec qui tu parlais au téléphone pendant si longtemps ?

— Maman, a répondu Wenche en passant l'index sous sa lèvre inférieure.

— Pendant si longtemps ? Et cinq minutes avant que vous vous voyiez ?

— C'est interdit ?

— Il y aura d'autres gens ?

— D'autres gens ?

— D'autres gens que nous et tes parents. Puisque tu te fais belle.

— Ça gâche rien d'avoir l'air potable quand on va à un dîner, si ? Par exemple, t'aurais pu mettre ton blazer noir pour pas avoir l'air de partir en week-end à la montagne.

— Ton père sera en pull, alors moi aussi.

— Il est plus vieux que toi, ça ne fait pas de mal de témoigner un peu de respect.

— De respect, oui…

— Quoi ? »

J'ai secoué la tête pour signifier que c'était rien. Tenir la ficelle.

« Jolies boucles d'oreilles, ai-je dit sans quitter la route des yeux.

— Merci, a-t-elle répondu d'un ton prétendument stupéfait, et en regardant du coin de l'œil, j'ai vu qu'elle portait par réflexe la main à son oreille.

— Mais pourquoi tu ne mets pas celles que je t'ai offertes pour Noël ?

— Je les mets tout le temps.

— Oui, alors pourquoi pas maintenant ?

— C'est incroyable ce que tu peux être soûlant, là. »

J'ai vu qu'elle continuait de triturer ses boucles d'oreilles. Des trucs en argent.

« Celles-ci, c'est maman qui me les a données, alors elle trouvera peut-être sympa de les voir sur moi. D'accord ?

— Oui, c'est bon, je faisais que poser la question. »

Elle a souri, secoué la tête et n'a pas eu besoin de le répéter. Je lui tapais sur les nerfs.

« Alors, il paraît que tu es en lice pour ta plaque de taxi. »

Le père de Wenche a piqué la grosse fourchette de service à trois dents dans une tranche de rôti de bœuf sec et l'a translatée sur mon assiette. Je n'avais pas encore goûté, mais je savais qu'il était sec, ils servaient toujours du rôti de bœuf et c'était toujours de la semelle. Parfois, je me figurais que c'était un test, qu'ils ne faisaient qu'attendre le jour où je balancerais mon assiette contre le mur en beuglant que j'en pouvais plus, ni d'eux ni du rôti ni de leur fille. Et qu'ils pousseraient alors un soupir de soulagement.

« Oui, ai-je dit. Brorson va reprendre la licence de son oncle, qui part à la retraite l'été prochain, je suis le suivant sur la liste.

— Et combien de temps crois-tu que ça puisse prendre ?

— Ça dépend de quand le prochain propriétaire de taxi arrêtera.

— Ça, j'ai compris, ce que je te demande, c'est quand ça va se passer.

— Eh bien, le plus âgé est Ruud, il doit bien avoir cinquante-cinq ans maintenant.

— Mais alors il peut rouler pendant encore au moins dix ans.

— Oui. » J'ai porté le verre d'eau à mes lèvres, je savais que ma bouche avait besoin de liquide pour l'effort de mastication qui l'attendait.

« L'autre jour, j'ai lu que la Norvège avait les taxis les plus chers du monde, a déclaré mon beau-père. Ce n'est pas étonnant quand on pense qu'on a aussi l'industrie du taxi la plus dysfonctionnelle du monde. Ah, ces abrutis de politiciens qui laissent les escrocs du secteur voler des gens qui n'ont pas d'autres moyens de transport et qui, dans n'importe quel autre pays, auraient disposé de taxis à des prix à peu près raisonnables !

— Je crois que tu penses à Oslo, là, ai-je dit. Mais bon, le coût de la vie est élevé dans ce pays.

— Oh, il y a des pays plus chers que la Norvège… Et les taxis d'Oslo sont carrément dans une catégorie à part. L'article disait qu'à Oslo cinq kilomètres de taxi de jour coûtaient vingt pour cent plus cher qu'à Zurich, la suivante dans le classement des villes les plus chères, et cinquante pour cent de plus qu'à Luxembourg, qui est en troisième position. Ouais, sur cette liste, vous écrasez tous vos concurrents ! Et tu savais qu'à Kiev, qui n'est même pas la ville la moins chère du monde, pour le prix d'un taxi à Oslo, on peut en prendre non pas deux, non pas trois, non pas cinq, non pas dix, mais vingt ? J'aurais pu transporter plusieurs classes d'écoliers de Kiev pour le prix que ça coûte de descendre un pauvre bougre à la gare.

— À Oslo. Pas ici », ai-je rappelé en bougeant sur ma chaise. La boucle d'oreille dans ma poche de pantalon me piquait la cuisse.

« Alors ce qui me surprend, a poursuivi le père de Wenche en tamponnant sa serviette sur ses lèvres fines pendant que la mère de Wenche lui servait de l'eau, c'est que dans ce pays un chauffeur de taxi, même s'il n'est que locataire, ne puisse pas gagner un salaire décent.

— Voui, va savoir.

— D'accord, eh bien je vais savoir. À Oslo, on accorde tellement de licences qu'il faut remonter les prix pour que les propriétaires de taxis maintiennent leur niveau de vie élevé, ce qui fait qu'il y a moins de clients, et qu'il faut donc remonter les prix encore plus et, au final, il n'y a que les rares personnes qui n'ont aucune autre solution qui se font plumer pour pouvoir entretenir toute la flotte de chauffeurs qui restent à la station de taxis à rien foutre et à se gratter le cul en se plaignant des chômeurs qui vivent sur leurs allocations. Alors que, dans les faits, c'est eux qui vivent des allocations chômage, sauf que c'est les passagers qui leur versent. Alors quand Uber vient secouer un peu ce secteur à la dérive, le syndicat des taxis et ses membres qui grugent le fisc sont furieux et exigent le monopole du droit à être payé pour rester garés sans rien faire. Et le seul gagnant est Mercedes, qui peut vendre des voitures qui ne sont d'aucune utilité. »

Sa voix n'avait pas augmenté en volume, seulement en intensité, et je savais que Wenche me regardait avec une certaine allégresse. Elle aimait quand son père faisait clairement savoir qui commandait, elle avait carrément dit qu'il me montrait en actes et en paroles comment un homme devait se comporter, que je devrais le prendre comme une leçon profitable.

« C'est ce qui est prévu, en tout cas, ai-je dit.

— Quoi donc ?

— D'attendre ma licence et puis d'acheter une Mercedes qui n'est d'aucune utilité. » J'ai ri brièvement, mais il n'y a pas eu ne serait-ce qu'un sourire autour de la table.

« Amund est exactement comme les taxis d'Oslo, vous comprenez, a dit Wenche. Il aime attendre dans une file en espérant que, tôt ou tard, quelque chose de bien arrivera. Ce n'est pas un homme d'action comme certains autres. »

Sa mère est intervenue en changeant de sujet, je me rappelle plus quoi, je sais juste que je mastiquais encore et encore un bœuf qui avait l'air d'avoir eu une vie pénible. Et je me demandais ce que Wenche avait voulu dire par « certains autres ».

« Tu n'as qu'à me déposer au pub, a dit Wenche sur le chemin du retour.

— Maintenant ? Il est vingt et une heures.

— Les filles y sont. On a convenu de se prendre une petite bière réconfortante ce soir.

— Pas bête. Peut-être que, moi aussi, je devrais…

— Le but, c'est d'avoir un moment sans gamins ni mari.

— Je peux m'asseoir à une autre table.

— Amund ! »

Ne pas tenir si fort, me suis-je dit. Ne pas attraper une

crampe à la main, ça fait perdre ses sensations, on ne sent plus la ficelle.

En rentrant à la maison, seul, je suis monté dans notre chambre et j'ai commencé à chercher dans le tiroir où Wenche garde tout son bric-à-brac. J'ai ouvert des boîtes de bijoutiers et vu des bagues et des chaînes en or, l'une d'elles avait l'air neuve, je n'avais pas souvenir de l'avoir déjà vue. Je suis arrivé aux boucles d'oreilles. D'abord une boîte vide, ça devait être celle des boucles en argent qu'elle portait ce soir. Ensuite, une paire de perles grises plutôt bizarres, avec un petit anneau bleu autour, comme un équateur. Son père les lui avait offertes pour ses vingt ans et elle les appelait ses perles Saturne. Mais je n'ai pas trouvé celles que je lui avais données, ni la boîte dans laquelle elle les rangeait. J'ai cherché dans les autres tiroirs. Dans les penderies. Dans sa trousse de toilette, ses sacs à main, les poches de ses vestes et de ses pantalons. Rien. Qu'est-ce que c'était censé signifier ?

J'ai pris une bière dans le frigo et je me suis assis à la table de la cuisine. Je n'avais pas trouvé de preuve et je ne pouvais pas être sûr, mais je savais quand même que je n'avais plus le choix. Je devais me pencher sur les pensées qui m'avaient traversé, mais que j'avais écartées dans l'attente du moment où je trouverais la boîte avec l'autre boucle d'oreille. Au moment où je serais sûr.

Ce qui me torturait, ce n'était pas tant le fait que Wenche avait peut-être eu un flirt poussé sur la banquette arrière que le fait que Palle avait nié l'avoir transportée dans son taxi hier soir. Pourquoi mentir là-dessus ? Il n'y avait que deux réponses possibles. Un, il ne voulait pas cafter, peut-être même qu'elle le lui avait demandé. Deux, c'était Palle lui-même qui avait débarqué sur la banquette arrière. Et maintenant que j'ouvrais cette vanne, je n'arrivais pas à empêcher le reste de venir, évidemment. Je visualisais le petit cul de Palle en piston sur Wenche, qui criait son nom comme elle avait crié le mien sur le terrain de foot et avait continué de le faire la première année, jusqu'à notre mariage. L'image me rendait malade. Oui, ça me rendait malade. Wenche était ce qui m'était arrivé de meilleur et de pire, mais, surtout, elle était tout ce qui m'était arrivé. Quand je l'avais rencontrée, je n'étais pas puceau, mais les autres, c'étaient des filles que tout le monde avait. Le temps passant, au fur et à mesure qu'elle se rendait compte qu'elle aurait pu trouver mieux, elle avait bien sûr fait en sorte de réajuster l'image que j'avais de moi, mais je n'étais jamais redescendu aussi bas qu'avant que je sorte avec elle. Wenche avait été et restait mon ballon d'hélium. Tant que je tenais la ficelle, j'étais un peu plus léger, j'étais poussé un peu vers le haut.

Telles que je voyais les choses, j'avais deux possibilités. Lui exposer les faits, mes découvertes. Ou la boucler et faire comme si de rien n'était. Avec la première option, je risquais de la perdre elle et de perdre mon boulot, surtout si c'était Palle qui l'avait baisée.

Avec la seconde, je risquais de perdre mon estime de moi.

J'ai tout de suite préféré l'option deux.

Mais l'option un, la confrontation, offrait bien sûr la possibilité qu'elle trouve une tout autre explication à la façon dont sa boucle d'oreille avait atterri entre les sièges. Une explication dont je pourrais me convaincre qu'elle était crédible. Une explication qui me permettrait de ne plus avoir à visualiser le cul, vieux mais ferme, de footballeur de Palle jusqu'à la fin de mes jours. Et peut-être que la confronter au problème, lui montrer que j'étais prêt à tout risquer, lui ferait comprendre que, merde, j'étais pas quelqu'un qui faisait qu'attendre que les choses m'arrivent, que j'étais capable de donner un coup de collier, de créer mon destin. Que, Bon Dieu, c'était pas de ma faute si les règles d'attribution des licences étaient ce qu'elles étaient.

Oui, j'allais être obligé de lui exposer la situation.

J'ai ouvert encore une bière et j'ai commencé à attendre. À attendre en suant à grosses gouttes.

Sur le frigo, il y avait une photo de nous avec notre bande d'amis. Elle avait été prise il y a huit ans, à notre mariage. Et on avait tous l'air tellement jeunes, que maintenant, c'était pas seulement que ça remontait à huit ans. Putain ce que j'avais été fier ce jour-là. Et heureux. Je crois que je peux le dire, oui : heureux. Parce que j'étais encore à cet âge où on croit que tout ce qui nous arrive de bien est le début de quelque chose, pas la fin. J'étais alors loin d'imaginer que ce jour-là, ces mois-là, cette année, peut-être, allaient être tout le bonheur que la vie avait à m'offrir. Je savais pas, putain, que j'étais au sommet, alors j'ai pas pris le temps d'admirer la vue, j'ai continué de croire qu'on allait atteindre de nouveaux sommets. J'avais vu cette photo sur le frigo pendant quelques milliers de jours, mais ce soir, elle me faisait pleurer. Oui, en l'occurrence, j'ai pleuré.

J'ai regardé ma montre. Vingt-trois heures. J'ai ouvert encore une bière. Ça a atténué la douleur, mais seulement un peu.

J'allais en ouvrir une quatrième quand le téléphone a sonné.

J'ai été rapide comme l'éclair, ça devait être Wenche.

« Excusez-moi d'appeler si tard, a fait une voix de femme. Je m'appelle Eirin Hansen. Vous êtes bien Amund Stenseth, chauffeur de taxi ?

— Oui ?

— C'est Palle Ibsen qui m'a donné votre numéro de téléphone. J'ai cru comprendre que vous aviez peut-être une boucle d'oreille que j'ai perdue dans son taxi hier soir.

— Quel genre de…

— Juste une perle ordinaire », a répondu Eirin Hansen.

Si elle avait été dans la cuisine, je l'aurais prise dans

mes bras. Ma jubilation intérieure était si retentissante que je me disais qu'elle devait l'entendre.

« Je l'ai.

— Oh, quel soulagement ! C'était un cadeau de ma mère.

— Alors c'est particulièrement chouette qu'elle ait été retrouvée, ai-je dit en songeant que c'était formidable qu'Eirin Hansen, une totale inconnue, et moi puissions partager tant de bonheur et de soulagement sur une ligne de téléphone. C'est drôle, non, quand on a de mauvaises nouvelles qui finalement ne sont pas fondées, et que du coup la journée qu'on passe est meilleure qu'avant les mauvaises nouvelles ?

— Je n'y ai jamais réfléchi, mais vous avez sans doute raison », a-t-elle répondu en riant.

Je sais que c'était l'euphorie, mais j'ai trouvé le rire d'Eirin Hansen si joli, elle avait l'air d'une bonne personne, oui, quand je l'entendais, j'avais carrément l'impression qu'elle était très belle.

« Quand et où puis-je… euh… récupérer la boucle d'oreille ? »

Pendant une seconde, j'ai failli proposer de la lui apporter chez elle tout de suite, avant de reprendre le contrôle de mes pensées et des émotions qui me traversaient.

« Je conduis de jour demain. Appelez-moi et je vous préviendrai quand je serai à la station de taxis à côté de la Baraque à hot-dogs des Marches. De toute façon, je ne serai sans doute pas loin.

— Parfait ! Merci beaucoup, Amund !

— Aucun problème, Eirin. »

On a raccroché. Et, la jubilation chantant encore en moi, j'ai vidé le reste de ma bière.

Il était tout près de minuit quand Wenche s'est glissée dans le lit. Elle avait dû comprendre que je ne dormais pas, et pourtant elle ne faisait pas de bruit et se déplaçait avec précaution. Je l'entendais, couchée derrière moi et qui retenait son souffle, comme si elle écoutait le mien. Et puis je me suis endormi.

Le lendemain, je me suis réveillé tendu, fébrile.

« Qu'est-ce que t'as ? a demandé Wenche au petit déjeuner.

— Rien, ai-je répondu en souriant. Tu ne portes toujours pas mes boucles d'oreilles.

— Mais tu vas bientôt arrêter de me soûler avec ça ? elle a râlé. Je les ai prêtées à Torill, elle les trouvait tellement jolies sur moi qu'elle a voulu les emprunter pour une soirée du boulot. Je la vois ce soir et je les récupérerai à ce moment-là, OK ?

— Bon, eh ben, c'est chouette que d'autres gens aussi trouvent qu'elles te vont bien. »

Elle m'a regardé bizarrement alors que je terminais

mon café et que je sortais d'un pied léger, presque en dansant.

Je me sentais comme un ado à son premier rendez-vous, à la fois content et apeuré.

Je me suis garé chez Palle et installé dans le taxi. En roulant dans la descente vers le quai, j'ai senti que la pédale de frein était encore plus lente. J'ai appelé le garage et demandé à Todd s'il pouvait s'en occuper le lendemain.

« Ouais, bien sûr, mais on aurait plus de temps si tu venais aujourd'hui », a dit Todd.

Je n'ai pas répondu.

« Je vois, a ricané Todd. C'est Palle qui roule de jour demain et tu en as plein les bottes de toujours être celui qui doit passer son service au garage.

— Merci. »

À dix heures, le téléphone a sonné.

J'ai vu sur l'écran que c'était Eirin.

« Bonjour, ai-je simplement dit.

— Bonjour », a-t-elle dit, comme si elle savait qu'elle n'avait pas besoin de donner son nom, que je reconnaissais son numéro. Et n'avait-elle pas, elle aussi, une voix tendue, presque stressée ? Peut-être pas, c'était peut-être juste moi qui prenais mes désirs pour des réalités.

On a convenu de se retrouver à la station de taxis à dix heures et demie. J'ai eu une petite course et ensuite je me suis garé et j'ai fait signe à Gelbert et Axelson de passer devant moi. Pendant que j'attendais, j'ai essayé de ne pas réfléchir. Parce que toutes les représentations, toutes les attentes qui se bousculaient dans mon cerveau étaient vaines. J'allais bientôt savoir.

La portière côté passager s'est ouverte et j'ai senti son odeur avant d'entendre sa voix. Champ de fleurs devant le chalet en juin. Pommes en août. Vent d'ouest sur la mer en octobre. Oui, oui, je sais que j'exagère, mais c'étaient les images qui me venaient.

« Rebonjour. »

Elle semblait légèrement essoufflée, comme si elle avait marché vite. Elle était sans doute un peu plus âgée que je l'avais imaginé. Sa voix était plus jeune que son visage, pour dire ça comme ça. Elle se faisait peut-être une réflexion similaire à mon sujet, m'avait trouvé plus séduisant au téléphone, je sais pas. Mais Eirin avait été belle, aucun doute là-dessus. Prenable, me suis-je dit. Oui, c'est ce que je me suis dit, j'ai pensé ce mot, l'expression de Palle. Possible à prendre. Voulais-je la prendre ? Oui, je le voulais.

« Merci beaucoup d'avoir pris soin de cette boucle d'oreille, Amund. »

Elle allait droit au but, alors. Comme pour en terminer. Je ne sais pas si c'était de la timidité, de la nervosité ou moi qui l'avais déçue.

« La voilà, ai-je dit en lui tendant la boucle d'oreille. Si j'ai trouvé la bonne, en tout cas. »

Elle a retourné la boucle d'oreille. « Oh oui, a-t-elle dit lentement. Vous avez trouvé la bonne.

— Bien. Ça nc court pas les rues, les boucles comme ça, alors ça n'aurait pas été facile d'en retrouver une pour aller avec celle qui est dépareillée.

— C'est vrai, c'est vrai. »

Elle hochait la tête en fixant la boucle d'oreille, comme si elle n'osait pas me regarder. Comme s'il risquait alors de se produire quelque chose qu'elle souhaitait éviter.

Je ne disais rien, je restais à sentir mon pouls battre dans mon cou, tellement fort que si jamais j'essayais de parler, je savais que le tremblement de ma voix me trahirait.

« Bon, encore merci. »

Eirin a tâtonné pour ouvrir la porte. Comme moi, elle avait dû être prise d'une légère panique. Évidemment. Elle était là, son alliance au doigt. Elle était maquillée, mais la lumière du matin était impitoyable. Elle avait au moins cinq, peut-être dix ans de plus que moi. Mais prenable, donc. Et très certainement prenable à l'époque où je n'étais qu'un gamin.

« Vous connaissez Palle ? » ai-je demandé sans tremblement de la voix.

Elle a hésité. « Connaître, c'est un bien grand mot. »

C'était tout ce qu'il me fallait. Une boucle d'oreille, ça ne tombe pas comme ça quand on est simplement assis là. J'ai regardé mon rétro latéral, apparemment il s'était pris un petit coup et avait besoin d'être revissé.

« On dirait bien que j'ai un client, ai-je dit.

— Ah bon, a-t-elle répondu. Mais merci encore, alors.

— Il n'y a pas de quoi. »

Elle est descendue et je l'ai regardée traverser la place.

Elle ne le savait pas, personne ne le savait, mais j'avais fait le pas qui me sortait de prison. J'étais devant l'établissement carcéral, je respirais l'air inhabituel, je sentais cette nouvelle liberté effrayante. Maintenant, il n'y avait plus qu'à continuer, à en profiter, à ne pas retomber dans les vieilles habitudes pour bientôt se retrouver de nouveau entre les murs. J'allais bien y arriver. Et ma manœuvre suivante était là pour le prouver.

Quand dix-sept heures ont sonné, j'avais eu une bonne journée. J'avais même touché des pourboires, ce qui ne m'arrivait quasiment jamais. Était-ce à cause de mon inhabituelle bonne humeur, mon nouveau moi, pour ainsi dire ?

J'ai garé le taxi dans le garage de Palle. Il avait des outils accrochés au mur et j'ai passé vingt minutes à arranger ce qui devait l'être.

Je me suis assis au volant de ma voiture et j'ai appelé Wenche pour lui dire que j'avais acheté une bouteille de vin blanc pour le dîner, la marque qu'elle aimait.

« Mais qu'est-ce que t'as ? » a-t-elle demandé encore, mais sans l'agacement qu'elle avait manifesté au petit déjeuner. Presque avec curiosité. Oui, maintenant que j'étais nouveau, je pouvais peut-être devenir nouveau pour elle aussi.

Je chantonnais en dirigeant la voiture d'une main. En dirigeant. J'aimais diriger. J'ai glissé ma main libre dans ma poche de pantalon en pensant au liquide de frein que j'avais vidé, dans le garage. Je me demandais quelle prise Palle avait sur Eirin, à moins qu'ils aient prise l'un sur l'autre ? Je me demandais si c'était une longue histoire. Suffisamment longue et compliquée pour qu'il puisse lui demander un coup de main quand il avait compris que je verrais un lien entre la boucle d'oreille, Wenche et lui. Et Wenche avait tout de suite caché la boîte avec la boucle restante. Cette histoire de prêt à une copine était bien trouvée. Elle sortait ce soir, oui, mais ce n'était pas pour voir Torill ou d'autres copines, elle avait rendez-vous avec Palle, le plan était qu'il ait récupéré la boucle d'oreille que j'avais donnée à Eirin. Mais Palle ne rendrait jamais cette boucle à Wenche. Pas parce qu'il avait vu à quoi ressemblaient ses boucles quand ils étaient allongés sur la banquette arrière. Non, il n'y verrait que du feu quand Eirin lui remettrait la perle. Il ne remarquerait pas la différence, cet anneau mince, un équateur bleu.

Ce soir, Wenche ne recevrait de Palle ni la boucle Saturne ni celle qu'elle avait perdue. Et elle ne comprendrait jamais, jamais, jamais qu'elle s'était fait rouler dans la farine. Parce qu'à partir de cet après-midi Palle ne serait plus parmi nous, comme on dit. Alors il faudrait qu'elle se contente de ce qu'elle a. Moi. Mais je crois que je vais lui plaire. Le nouveau moi. Celui qui va reprendre la licence de Palle Ibsen après sa brutale disparition. Je me suis souri dans le rétroviseur, je conduisais, ma main libre dans ma poche tenait la tige de la boucle d'oreille que j'avais offerte un jour à Wenche. Elle la tenait d'une main souple, mais ferme. Comme il faut tenir la ficelle d'un ballon.

DU MÊME AUTEUR

Aux Éditions Gallimard

LEUR DOMAINE, Série Noire, 2021

LE COUTEAU, Série Noire, 2019 (Folio Policier nº 940)

MACBETH, Série Noire, 2018 (Folio Policier nº 913 ; Écoutez-Lire, 2019)

LA SOIF, Série Noire, 2017 (Folio Policier nº 891 ; Écoutez-Lire, 2018)

SOLEIL DE NUIT, Série Noire, 2016 (Folio Policier nº 863)

L'INSPECTEUR HARRY HOLE. L'intégrale, 1 : L'homme chauve-souris – Les cafards, 2015 (Folio Policier nº 770)

LE FILS, Série Noire, 2015 (Folio Policier nº 840 ; Écoutez-Lire, 2015)

DU SANG SUR LA GLACE, Série Noire, 2015 (Folio Policier nº 793)

POLICE, Série Noire, 2014 (Folio Policier nº 762 ; Écoutez-Lire, 2014)

FANTÔME, Série Noire, 2013 (Folio Policier nº 741 ; Écoutez-Lire, 2013)

LE LÉOPARD, Série Noire, 2011 (Folio Policier nº 659)

CHASSEURS DE TÊTES, Série Noire, 2009 (Folio Policier nº 608)

LE BONHOMME DE NEIGE, Série Noire, 2008 (Folio Policier nº 575 ; Écoutez-Lire, 2019)

LE SAUVEUR, Série Noire, 2007 (Folio Policier nº 552)

L'ÉTOILE DU DIABLE, Série Noire, 2006 (Folio Policier nº 527 ; Écoutez-Lire, 2019)

Aux Éditions Gaïa

RUE SANS-SOUCI, 2005 (Folio Policier nº 480 ; Écoutez-Lire, 2021)

ROUGE-GORGE, 2004 (Folio Policier nº 450 ; Écoutez-Lire, 2021)

LES CAFARDS, 2003 (Folio Policier nº 418)

L'HOMME CHAUVE-SOURIS, 2003 (Folio Policier nº 366 ; Écoutez-Lire, 2020)

Aux Éditions Bayard Jeunesse

LE PROFESSEUR SÉRAPHIN ET LA FIN DU MONDE (OU PRESQUE), 2012

LA BAIGNOIRE À REMONTER LE TEMPS, 2010

LA POUDRE À PROUT DU PROFESSEUR SÉRAPHIN, vol. 1, 2009

Déjà parus dans la même collection

Horace McCoy, *Les rangers du ciel*
Sébastien Raizer, *Mécanique mort*
Jeff Lindsay, *Riley tente l'impossible*
Jørn Lier Horst, *La chambre du fils*
Audrey Gloaguen, *SEMIA*
Sébastien Gendron, *Chez Paradis*
Mike Nicol, *Infiltrée*
Chantal Pelletier, *Sens interdits*
J.P. Smith, *la médium*
Raf Vallet, *Mort d'un pourri*
Raf Vallet, *Adieu poulet!*
Jacques Moulins, *Retour à Berlin*
Jo Nesbø, *Leur domaine*
Chang Kuo-li, *Le sniper, son wok et son fusil*
Deon Meyer, *La femme au manteau bleu*
William Lindsay Gresham, *Nightmare Alley*
Jørn Lier Horst, *Le code de Katharina*
Olivier Barde-Cabuçon, *Le cercle des rêveurs éveillés*
Thomas Cantaloube, *Frakas*
Marin Ledun, *Leur âme au diable*
Jean-Bernard Pouy & Marc Villard, *La mère noire*
Parker Bilal, *Les divinités*
Pierre Pelot, *Les jardins d'Éden*
Dolorès Redondo, *La face nord du cœur*
Sébastien Raizer, *Les nuits rouges*
William R. Burnett, *Good-bye, Chicago 1928*

William R. Burnett, *Little Caesar*
Jacques Moulins, *Le réveil de la bête*
Deon Meyer, *La proie*
Jean-Patrick Manchette, *L'affaire N'Gustro*
Jørn Lier Horst, *Le disparu de Larvik*
J.-P Smith, *Noyade*
Dror Mishani, *Une Deux Trois*
Sébastien Gendron, *Fin de siècle*
Parker Bilal, *La cité des chacals*
Vlad Eisinger, *Du rififi à Wall Stree*t
Danü Danquigny, *Les aigles endormis*
Neely Tucker, *Seules les proies s'enfuient*
Marc Villard, *Barbès Trilogie*
Caryl Férey, *Paz*
Mike Nicol, *L'Agence*
Jo Nesbø, *Le Couteau*
Tom Piccirilli, *Dernier murmure dans le noir*
Bryan Reardon, *Le vrai Michael Swann*
Chantal Pelletier, *Nos derniers festins*
Marin Ledun, *La vie en rose*
Elsa Marpeau, *Son autre mort*
Jørn Lier Horst, *L'usurpateur*
Patrick Hoffman, *Chaque homme, une menace*
Éric Maravélias, *Au nom du père*
Thomas Cantaloube, *Requiem pour une république*

Composition : APS-ie.
Achevé d'imprimer
sur Roto-Page
par l'Imprimerie Floch
à Mayenne, le 27 juin 2022.
Dépôt légal : juin 2022.
Numéro d'imprimeur : 100671.
ISBN 978-2-07-294686-8 / Imprimé en France.

395259